Die drei ???®

Die drei ???®

und der sprechende Totenkopf

Erzählt von Robert Arthur

Aus dem Englischen von Leonore Puschert

Die drei ???®

und die brennende Stadt

Erzählt von Christoph Dittert

KOSMOS bei CARLSEN

Außerdem in der Reihe Die drei ???® bei Carlsen lieferbar:
Die drei ??? – Codename Cobra
Die drei ??? – Das Geheimnis der Diva
Die drei ??? – Der namenlose Gegner
Die drei ??? – Die geheime Treppe
Die drei ??? – Die Höhle des Grauens
Die drei ??? – Die sieben Tore
Die drei ??? – Doppelte Täuschung
Die drei ??? – Fußball-Teufel
Die drei ??? – Grusel auf Campbell Castle
Die drei ??? – GPS-Gangster
Die drei ??? – Im Schatten des Giganten
Die drei ??? – Im Zeichen der Schlangen
Die drei ??? – Nacht der Tiger
Die drei ??? – Pfad der Angst
Die drei ??? – Pistenteufel
Die drei ??? – Rufmord
Die drei ??? – Spuk im Netz
Die drei ??? und das Aztekenschwert
Die drei ??? und der Feuergeist / Nacht in Angst
Die drei ??? und die Fußball-Falle
Die drei ??? und der lachende Schatten
Die drei ??? und der Meister des Todes
Die drei ??? und der Tanzende Teufel
Die drei ??? und der verschollene Pilot
Die drei ???-Schuber (4 Bände)

MIX
Papier aus verantwortungsvollen Quellen
FSC® C083411
FSC www.fsc.org

Sonderausgabe
Veröffentlicht im Carlsen Verlag
Januar 2017
Mit freundlicher Genehmigung des Franckh-Kosmos Verlages
und der Universität von Michigan
Die drei ??? und der sprechende Totenkopf

Based on characters by Robert Arthur
Die drei ??? und die brennende Stadt

Based on characters by Robert Arthur
Umschlagbild: Helge Vogt, trickwelt.com
Umschlaggestaltung: formlabor
Corporate Design Taschenbuch: bell étage
Druck und Bindung: CPI books GmbH, Leck
ISBN 978-3-551-31582-3
Printed in Germany

Die drei ???®

und der sprechende Totenkopf

Die drei ???®

und die brennende Stadt

Die drei ???®

und der sprechende Totenkopf

Willkommen, Krimi-Freunde!

Hier treffen wir uns wieder bei einem spannenden Abenteuer der drei ???, deren Motto lautet: »Wir übernehmen jeden Fall.« Hätten sie geahnt, was ihnen bevorstand, als sie sich auf die sonderbare Sache mit dem sprechenden Totenkopf einließen – sie hätten möglicherweise ihren Leitspruch gewechselt.
Lassen wir's dahingestellt. Diesmal werden die drei ??? in einen besonders geheimnisvollen und gefährlichen Fall verwickelt, der ihnen Rätsel über Rätsel aufgibt. Doch ich will hier nicht zu viel ausplaudern, so habe ich es den dreien feierlich versprochen.
Nur eines lasst mich noch sagen: Die drei ??? sind die Juniordetektive Justus Jonas, Peter Shaw und Bob Andrews. Sie wohnen alle in Rocky Beach, einem kalifornischen Städtchen in der Nähe von Hollywood. Ihr Hauptquartier ist ein Campingwagen auf dem Schrottplatz der Firma »Gebrauchtwarencenter T. Jonas«, und das ist ein Super-Flohmarkt, der Justs Onkel und Tante, Titus und Mathilda Jonas, gehört.
Die drei Jungen sind ein hervorragendes Team. Justus schaltet schnell und kombiniert mit Kennerschaft. Peter ist weniger verstandesbetont, dafür robust und sehr mutig. Bob liegt eher die Fleißarbeit, seine Stärke sind Nachforschungen und Ermittlungen. Gemeinsam haben die drei schon eine Reihe interessanter und rätselhafter Fälle aufgeklärt – meist in den langen Sommerferien amerikanischer Schuljungen.

Mehr sei hier nicht verraten. Ich weiß: Ihr seid froh, dass ihr diese Vorrede hinter euch habt und mit der Geschichte beginnen könnt. Erlaubt mir wie immer hier und da meine kleinen persönlichen Kommentare; sie genau zu untersuchen ist vielleicht nicht ganz unnütz, falls ihr selbst Detektiv spielen wollt.

Albert Hitfield

Justus kauft einen Koffer

Alles fing damit an, dass Justus Jonas die Zeitung las. Die drei Detektive – Justus, Peter Shaw und Bob Andrews – hatten es sich gerade in Justs Werkstatt hinten auf dem Schrottplatz der Firma Jonas gemütlich gemacht. Bob vervollständigte Aufzeichnungen zu einem abgeschlossenen Fall. Peter ließ sich von der Morgensonne bescheinen. Und Justus las die Zeitung. Plötzlich blickte er auf. »War einer von euch eigentlich schon mal auf einer Versteigerung?«, fragte er.

Bob verneinte.

Peter schüttelte den Kopf.

»Ich auch nicht«, sagte Justus. »Hier steht, dass heute Vormittag im Auktionsbüro Davis in Hollywood eine Versteigerung stattfindet. Herrenloses Reisegepäck, das sich in ein paar Hotels angesammelt hat, kann gegen Höchstgebot erworben werden. Und da steht weiter, es gehe um Koffer und Taschen mit unbekanntem Inhalt, die Gäste dagelassen und nicht mehr abgeholt haben – aus Vergesslichkeit oder weil sie die Hotelrechnung nicht bezahlen konnten. Ich stelle mir das ganz interessant vor, so eine Auktion mitzumachen.«

»Warum?«, fragte Peter. »Ich brauch keinen Koffer voll alter Klamotten.«

»Ich auch nicht«, sagte Bob. »Wollen wir schwimmen gehen?«

»Wir sollten bewusst neue Erfahrungen sammeln«, hielt ihm

Justus vor. »Jede neue Erfahrung erweitert unseren Horizont und kommt unserer Detektivarbeit zugute. Ich will mal hören, ob uns Onkel Titus nicht mit Patrick und dem kleinen Lastwagen nach Hollywood fahren lässt.«

Patrick, einer der beiden irischen Brüder, die im Schrottlager arbeiteten, hatte tatsächlich Zeit, und so standen die drei Jungen eine Stunde später in einem großen Saal unter vielen Menschen und sahen zu, wie ein kleiner, dicker Auktionator von einem Podest herab große und kleine Koffer versteigerte. Alles ging ganz schnell. Gerade hatte er einen sehr gut erhaltenen Koffer vor sich und versuchte noch ein höheres Gebot zu erzielen.

»Zwölf Dollar fünfzig zum Ersten! Niemand mehr?«, rief er. »Zwölf fünfzig zum Zweiten … und zum Dritten! Zwölf Dollar fünfzig, bitte sehr, der Herr mit der roten Krawatte.« Mit einem Hammerschlag besiegelte der Auktionator den Handel. Dann wandte er sich dem nächsten Stück zu.

»Und nun die Position achtundzwanzig!«, pries er stimmgewaltig an. »Ein sehr interessantes Stück, meine Damen und Herren. Etwas ganz Besonderes! Hebt es mal hier rauf, Jungs, damit es alle sehen können.«

Zwei kräftige Helfer hoben eine kleine, altmodische Reisetruhe auf das Podest. Peter trat unruhig von einem Fuß auf den anderen. Es war ein heißer Tag, und die Luft im Raum war stickig. Ein paar Männer aus dem Publikum hatten offensichtlich Lust dazu, den unbekannten Inhalt der Reisetruhe zu ersteigern, aber für Peter bot die Sache nicht den geringsten Reiz.

»Los, Just, wir gehen!«, flüsterte er seinem Freund zu.

»Nur noch ein paar Minuten«, flüsterte Justus zurück. »Das Stück sieht recht interessant aus. Ich glaube, ich biete mit.«
»Für das Ding?« Peter starrte den altmodischen Koffer an. »Du spinnst.«
»Egal – ich will sehen, ob ich's kriegen kann. Wenn der Inhalt irgendetwas wert ist, teilen wir.«
»Etwas wert? Da drin ist wahrscheinlich ein Haufen Kleider, die seit achtzehnhundertneunzig aus der Mode sind«, sagte Bob.
Der Koffer wirkte wirklich altväterisch. Er war aus Holz mit Ledereinfassung und Lederriemen, er hatte einen gewölbten Deckel, und man sah ihm an, dass er solide verschlossen war.
»Meine Damen und Herren!«, rief der Auktionator. »Ich bitte um Ihre Aufmerksamkeit für dieses Prachtstück. Glaubt mir, Leute, einen solchen Koffer macht euch heute niemand mehr!«
Hier und da in der Menge lachte jemand. Wie wahr: Solche Koffer machte bestimmt niemand mehr. Das gute Stück war mindestens fünfzig Jahre alt.
»Ich glaube, der Koffer gehörte einem Schauspieler«, flüsterte Justus seinen beiden Begleitern zu. »Solche Reisetruhen hatten früher Schauspieler auf Tourneen bei sich – für ihre Garderobe.«
»Das fehlt uns noch – ein Haufen alter Theaterkostüme«, murmelte Peter. »Also, Just, ich bitte dich um alles.«
Aber schon erging sich der Auktionator in lautstarken Anpreisungen. »Sehen Sie her, meine Damen und Herren, sehen Sie sich das an!«, schrie er. »Nichts Neues, nichts Modernes – oh nein. Aber betrachten Sie es mit den Augen des Sammlers –

sehen Sie darin eine liebenswerte Erinnerung an die gute alte Zeit. Und was mag wohl darin stecken?« Er klopfte mit dem Fingerknöchel an den Koffer. Es gab einen dumpfen Klang. »Wer weiß, was dieser Koffer birgt? Alles Erdenkliche könnte das sein. Stellt euch vor, Leute – in diesem Koffer stecken vielleicht die Kronjuwelen der russischen Zarenfamilie. Garantieren kann ich es nicht, aber die Möglichkeit ist nicht von der Hand zu weisen. Nun, wer bietet etwas? Ihr Gebot, bitte sehr, meine Herrschaften, Ihr Gebot!«
In der Menge blieb es ruhig. Offenbar wollte niemand einen alten Koffer haben. Der Auktionator wurde ärgerlich. »Auf geht's, Herrschaften!«, drängte er. »Wer bietet? Wo soll ich anfangen? Ein solch edler antiker Koffer, ein so kostbares Sammlerstück, ein –«
Gerade begann er sich wieder an seinem eigenen Redefluss zu berauschen – da trat Justus Jonas einen Schritt vor. »Ein Dollar!«, rief er. Vor Aufregung kippte seine Stimme über.
Der Auktionator hielt inne. »Ein Dollar!«, schrie er dann. »Ein Dollar ist geboten – von diesem jungen Mann mit dem klugen Gesicht in der ersten Reihe. Und wisst ihr, was ich jetzt tun werde, Herrschaften? Ich belohne diese Klugheit und verkaufe ihm das Stück für einen Dollar! Basta!«
Er ließ den Hammer niedersausen. Ringsum lachten die Leute. Niemand sonst wollte den Koffer haben, und der Auktionator bemühte sich gar nicht um weitere Gebote. Und so wurde Justus Jonas zum gelinde verblüfften Besitzer eines antiken, fest verschlossenen Koffers mit unbekanntem Inhalt.
Doch plötzlich rührte sich hinten in der Menge etwas. Eine Frau drängte sich vor – eine kleine alte Dame mit weißem

Haar, einem altmodischen Hut und goldgefasster Brille. »Warten Sie bitte noch!«, rief sie. »Ich biete mehr. Zehn Dollar! Ich biete für den Koffer zehn Dollar!«

Die Leute drehten sich überrascht nach ihr um. Wollte da tatsächlich jemand für einen alten Koffer zehn Dollar bezahlen?

»Zwanzig Dollar!« Die weißhaarige Dame fuchtelte mit dem Arm. »Ich biete zwanzig Dollar!«

»Tut mir leid, Madam«, rief der Auktionator zurück. »Das Geschäft ist perfekt, und verkauft ist verkauft. Weg damit, ihr zwei, nehmt das Ding fort. Wir müssen weiterkommen.«

Die beiden Handlanger hoben den Koffer vom Podest und trugen ihn zu den drei Jungen. »Da habt ihr ihn«, sagte der eine. Peter und Justus traten vor.

»Na ja – scheint so, als gehöre die alte Kiste jetzt uns«, brummte Peter. Er packte den Lederhenkel an einer Seite. »Und was tun wir damit?«

»Wir bringen ihn zum Schrottplatz und machen ihn auf!« Justus nahm den Griff an der anderen Seite.

»Nicht so hastig«, sagte einer der beiden Männer. »Erst muss bezahlt werden. Ist ja schließlich nicht ganz unwichtig.«

»Aber natürlich.« Justus ließ den Griff los, zog eine Brieftasche hervor, entnahm ihr einen Dollarschein und gab ihn dem Mann. Der kritzelte etwas auf einen Zettel und reichte ihn Just. »Deine Quittung«, sagte er. »Jetzt gehört das Ding euch. Wenn wirklich ein Kronschatz drin ist, seid ihr reiche Leute geworden. Hahaha!« Lachend ließ er die Jungen mit dem Koffer ziehen. Bob ging voraus und bahnte einen Weg durch die Umstehenden, und Just und Peter schleppten den kleinen, aber schweren Koffer zum hinteren Ausgang. Gerade

hatten sie ihn an all den Leuten vorbeigetragen, als die weißhaarige Dame, deren Gebot zu spät gekommen war, aufgeregt auf sie losstürzte.
»Hört mal, ihr Jungen«, sagte sie. »Ich kaufe euch diesen Koffer für fünfundzwanzig Dollar ab. Ich sammle nämlich alte Truhen und Koffer, und diesen hier hätte ich gern in meiner Sammlung.«
»Mensch – fünfundzwanzig Dollar!«, entfuhr es Peter.
»Da würd ich zugreifen, Just«, riet Bob.
»Da macht ihr ein gutes Geschäft, und der Koffer ist auch unter Sammlern wirklich nicht mehr wert«, meinte die Dame. »Hier bitte, fünfundzwanzig Dollar.« Sie nahm das Geld aus einer dicken Brieftasche und streckte es Just energisch entgegen. Doch zur Verwunderung seiner Freunde schüttelte Justus den Kopf.
»Es tut mir leid, Madam«, sagte er. »Aber wir wollen ihn nicht verkaufen. Wir möchten sehen, was drin ist.«
»Da kann doch nichts Wertvolles drin sein«, widersprach die Dame sichtlich erregt. »Da, ich gebe euch dreißig Dollar.«
»Nein, vielen Dank.« Justus schüttelte wieder den Kopf. »Ich möchte nun mal nicht verkaufen.«
Die Frau seufzte. Sie wollte wohl noch etwas sagen, aber plötzlich sah sie erschrocken aus. Sie wandte sich um und trippelte hastig davon. Gleich darauf war sie in der Menge untergetaucht. Wie es schien, hatte ihr ein junger Mann, der eben mit einer Kamera herzutrat, den Schrecken eingejagt.
»Hallo, Jungs«, sagte der junge Mann. »Ich bin Fred Brown, Reporter für die *Hollywood News*, und ich suche gerade etwas für die Seite ›Notizen aus dem Alltag‹. Kann ich ein Bild von

euch mit dem Koffer machen? Sonst war ja auf der Versteigerung wirklich nichts los. Hebt ihn doch mal hoch, bitte – ja, so ist es gut. Und du –«, er wandte sich an Bob, »du stellst dich dahinter, damit du auch mit aufs Bild kommst.« Bob und Peter wussten nicht recht, was sie davon halten sollten, aber Justus dirigierte sie schnell entschlossen so, wie der Reporter sie haben wollte. Als Bob hinter dem Koffer stand, bemerkte er auf der Oberseite eine Aufschrift in verblasstem Weiß: DER GROSSE GULLIVER. Der junge Mann zückte die Kamera, ein Blitzlicht flammte auf, und das Foto war im Kasten.

»Besten Dank«, sagte der Reporter. »Darf ich noch eure Namen erfahren? Und wollt ihr mir erzählen, warum ihr die dreißig Dollar nicht genommen habt? Das wäre doch ein ganz gutes Geschäft gewesen.«

»Wir sind eben zu neugierig«, gab Justus zur Antwort. »Ich glaube, dieser Koffer gehörte mal zum Theater. Wir wollen sehen, was drin ist. Wir haben ihn nur so zum Spaß gekauft, wir wollten kein Geschäft machen.«

»Dann glaubt ihr also nicht, dass da drin die russischen Kronjuwelen sind?« Fred Brown unterdrückte ein Lachen.

»Das war doch bloß Geschwätz«, sagte Peter. »Alte Kleider sind wahrscheinlich drin.«

»Mag sein«, gab der junge Mann zu. »Der Name hier, ›Der Große Gulliver‹, klingt ja recht komödiantisch. Apropos Namen: Wie sagtet ihr doch gleich?«

»Bis jetzt noch gar nichts«, stellte Justus richtig. »Aber hier ist unsere Karte. Wir sind – hm, wir befassen uns mit Ermittlungen aller Art.« Er reichte dem Reporter eine der Geschäftskarten, die er und seine Freunde immer bei sich trugen.

Darauf stand:

Die drei Detektive	
???	
Wir übernehmen jeden Fall	
Erster Detektiv	Justus Jonas
Zweiter Detektiv	Peter Shaw
Recherchen und Archiv	Bob Andrews

»Aha!« Der Reporter hob die Augenbrauen. »Ihr seid also Detektive, wie? Was bedeuten denn die Fragezeichen?«
»Die sind unsere Marke«, erklärte ihm Justus. »Das Fragezeichen ist ein Symbol für unerforschte Geheimnisse, für ungelöste Rätsel, für alle möglichen verzwickten Probleme. Deshalb führen wir es als Firmenzeichen. Wir untersuchen alles, was irgendwie nach Geheimnis riecht.«
»Und jetzt untersucht ihr also einen alten Theaterkoffer.« Der junge Mann lächelte und steckte die Karte ein.
»Danke schön für alles! Vielleicht seht ihr heute Abend euer Bild in der Zeitung – es hängt davon ab, ob dem Redakteur die Story gefällt oder nicht.« Er winkte zum Abschied, wandte sich um und ging weg. Just hob den Koffer auf seiner Seite wieder hoch. »Los, Peter, wir müssen hier raus«, sagte er. »Wir können Patrick nicht länger warten lassen.«
Bob ging wieder voran, Justus und Peter schleppten den Koffer zum Ausgang. Peter war immer noch unzufrieden. »Warum hast du dem Burschen denn gesagt, wer wir sind?«, wollte er wissen. »Werbung«, sagte Justus. »Kein Unternehmen kommt

ohne Werbung aus. Die wirklich spannenden Fälle sind in letzter Zeit rar geworden, und wenn wir nicht bald wieder ins Geschäft kommen, setzen wir Rost an.«

Sie traten auf den Gehweg hinaus. Etwas weiter stand der kleine Lastwagen. Die Jungen hoben den Koffer auf die Pritsche und stiegen zu Patrick ins Führerhaus.

»Jetzt geht's heim, Patrick«, sagte Justus. »Wir habe etwas ersteigert und möchten es uns anschauen.«

»In Ordnung, Just.« Patrick startete den Motor. »Was habt ihr denn Schönes gekauft?«

»Einen alten Koffer«, antwortete Peter. »Was meinst du, Chef – wie kriegen wir den auf?«

»Auf dem Schrottplatz gibt es jede Menge Schlüssel«, erklärte Justus. »Wenn wir Glück haben, passt einer davon.«

»Oder wir müssen ihn eben aufstemmen«, schlug Bob vor.

»Nein.« Justus schüttelte den Kopf. »Dabei würde er ja kaputtgehen. Wir bekommen das Schloss schon irgendwie auf.«

Schweigend fuhren sie das letzte Stück bis zum Gelände der Firma Jonas in Rocky Beach. Peter und Just reichten den Koffer von der Pritsche herunter, Patrick stellte ihn unten ab. Aus der kleinen Baracke, die als Büro diente, kam Mrs Jonas gelaufen.

»Ach, du liebe Güte, was habt denn ihr erstanden?«, fragte sie. »Der alte Kasten sieht ja aus, als sei er damals mit der ›Mayflower‹ übers Meer gekommen.«

»Stimmt nicht ganz, Tante Mathilda«, sagte Justus. »Aber alt ist er schon. Einen Dollar haben wir dafür bezahlt.«

»Na, dann habt ihr wenigstens nicht viel Geld vertan«, meinte Mrs Jonas. »Und nun braucht ihr wohl das Schlüsselbund, um ihn aufzubekommen. Es hängt drinnen über dem Schreibtisch an der Wand.«

Bob holte die Schlüssel, und Just probierte alle aus, die ungefähr die passende Größe hatten. Nach einer halben Stunde gab er es auf – kein einziger Schlüssel öffnete das Kofferschloss.

»Und was machen wir jetzt?«, fragte Peter.

»Aufbrechen?«, schlug Bob vor.

»Noch nicht«, entschied Just. »Ich glaube, irgendwo bewahrt Onkel Titus noch mehr Schlüssel auf. Wir müssen warten, bis er kommt. Dann fragen wir ihn danach.«

Justs Tante kam wieder aus ihrem Bürohäuschen. »Hört mal«, sagte sie energisch, »damit können wir uns nicht den ganzen Tag aufhalten. Es wird Zeit, was zu arbeiten. Erst gibt's Essen, dann geht's an die Arbeit. Der alte Koffer muss eben warten.«

Widerstrebend gingen die Jungen zum Essen in das hübsche zweistöckige Haus neben dem Schrottplatz, wo Justus bei Onkel und Tante wohnte. Danach machten sie sich ans Werk: Im Warenlager gab es allerlei zu flicken und zu reparieren. Später würde Titus Jonas die Sachen wieder verkaufen und den Jungen einen Teil der Einnahmen als Taschengeld überlassen.

Sie waren bis zum Spätnachmittag beschäftigt; dann kam der große Lastwagen mit Titus Jonas und Kenneth, Patricks Bruder, in den Hof gerumpelt. Sie brachten eine Ladung Trödelkram und Gerümpel heim, die Mr Jonas tagsüber aufgekauft hatte. Titus Jonas, ein kleiner Mann mit einer großen Nase und einem gewaltigen schwarzen Schnauzbart, sprang behände vom Wagen. Dann schwenkte er eine Zeitung durch die Luft. »Kommt mal her, ihr Burschen!«, rief er. »Ihr steht

in der Zeitung!« Neugierig scharten sich die Jungen um Titus Jonas und seine Frau. Titus entfaltete die *Hollywood News* und zeigte ihnen die erste Seite des Lokalteils. Ja, richtig – da war ihr Bild: Just und Peter trugen den alten Koffer, und Bob stand dahinter. Es war ein gutes Foto – sogar der Name auf dem Koffer, DER GROSSE GULLIVER, war deutlich zu erkennen. Die Überschrift hieß: »Geheimnisvoller Koffer ruft Nachwuchsdetektive auf den Plan«. Der Artikel darunter berichtete mit viel Humor, wie Justus den Koffer ersteigert hatte und ihn dann selbst für gutes Geld nicht wieder hergeben wollte. Auch die Anspielung darauf, dass die Jungen im Innern des Koffers etwas ganz Geheimnisvolles oder Kostbares vermuteten, fehlte nicht. Letzteres hatte sich der Reporter natürlich nur als Würze für seinen Bericht ausgedacht.
Die Jungen hatten ja keine Vorstellung davon gehabt, was sie in dem Koffer finden mochten.
Der Artikel nannte auch ihre Namen und berichtete, dass sie ihr Zentralbüro auf dem Schrottplatz der Firma Jonas in Rocky Beach hatten.
»Na, wenn das keine Werbung ist«, sagte Peter. »Nur werden wir ein bisschen doof hingestellt – als ob wir wirklich glaubten, es sei etwas Wertvolles in dem Koffer.«
»Das haben wir dem Auktionator zu verdanken, weil er das mit den russischen Kronjuwelen sagte«, meinte Justus. »Wir müssen den Artikel ausschneiden und in unser Album kleben.«
»Später«, sagte Mrs Jonas sehr bestimmt. »Es ist Zeit zum Abendessen. Verstaut den Koffer und wascht euch. Wie ist es, Bob und Peter, bleibt ihr zum Essen da?«
Die beiden aßen im Jonas'schen Haus sicher ebenso oft wie

daheim. Diesmal wollten sie aber lieber nach Hause fahren, also strampelten sie auf ihren Rädern los. Justus schob den alten Koffer hinter die Bürobaracke und ging zum Essen ins Haus. Mr Jonas folgte und schloss das große Tor zum Schrottplatz ab. Die reich verzierten eisernen Torflügel hatte er einmal von einem abgebrannten herrschaftlichen Anwesen erstanden.

An diesem Abend ereignete sich nichts weiter, bis Justus gerade zu Bett gehen wollte. Da klopfte es leise an der Haustür. Es waren Patrick und Kenneth, die hinten auf dem Betriebsgelände in einem kleinen Haus wohnten.

»Wir wollten Ihnen bloß was melden, Mr Jonas«, sagte Patrick leise. »Wir haben auf dem Schrottplatz ein Licht gesehen, und da guckten wir durch den Zaun rein. Da drin treibt sich einer herum. Sollten wir nicht lieber miteinander nachsehen?«

»Himmel, hilf – Einbrecher!«, stöhnte Mrs Jonas.

»Wir wollen mal schauen, Mathilda, meine Liebe«, beruhigte Mr Jonas sie. »Patrick und Kenneth sind ja hier – da nehmen wir es mit jedem Einbrecher auf. Wir werden uns an die Eindringlinge heranschleichen und sie aus dem Hinterhalt überfallen.«

Mit seinen beiden kräftigen Helfern ging er vorsichtig zum großen Hoftor. Justus kam hinterher. Es hatte ihn zwar niemand dazu aufgefordert, aber verboten hatte es ihm auch keiner. Durch die Ritzen zwischen den Zaunplanken konnten sie jetzt den flackernden Lichtschein einer Taschenlampe sehen. Auf Zehenspitzen gingen sie weiter. Und da passierte es – Patrick stolperte, schlug der Länge nach hin und rief verdutzt: »Hoppla!« Das blieb drinnen im Hof nicht ungehört. Sofort war Füßegetrappel zu vernehmen. Zwei dunkle Ge-

stalten rannten zum Tor hinaus, waren mit wenigen Sprüngen bei einem Wagen, der auf der anderen Straßenseite stand, und brausten damit los. Mr Jonas, Kenneth und Justus liefen schnell zum Tor. Es stand offen – anscheinend war es mit einem Dietrich geöffnet worden. Die Diebe waren verschwunden.
Aber Justus kam plötzlich ein Verdacht; er lief zu der Stelle, wo er seine Erwerbung, den alten Koffer, verstaut hatte. Der geheimnisvolle Koffer war weg!

Die drei ??? *Ob jene alte Dame, die auf der Auktion so hartnäckiges Interesse für den Koffer gezeigt hatte, wohl noch so gut zu Fuß ist, dass sie große Sprünge machen kann? Oder sollten es gar andere »Sammler« gewesen sein? Wer weiß etwas – und was weiß man? Und wer hat nun den Koffer?*

Ein sonderbarer Besuch

Bob Andrews radelte in die Einfahrt zum Schrottplatz. Es war ein strahlender Spätsommermorgen, sicher würde es ein heißer Tag werden. Seine Freunde waren schon fleißig bei der Arbeit. Peter nahm gerade einen verrosteten Rasenmäher auseinander, und Justus strich ein paar eiserne Gartenstühle, von denen er zuvor den Rost abgeschmirgelt hatte, mit weißer Lackfarbe frisch an.

Als Bob sein Rad abgestellt hatte und auf sie zukam, blickten sie auf. Irgendetwas schien sie zu bedrücken.

»Hallo, Bob«, sagte Justus. »Nimm dir einen Pinsel und tu auch was. Wir haben eine Menge Stühle anzustreichen.«

Bob konnte sich nicht mehr zurückhalten. »Habt ihr den Koffer aufgekriegt? Was war denn drin?«

»Den Koffer?« Peter lachte bitter. »Von was für einem Koffer redest du da, Bob?«

»Du weißt doch, was ich meine«, sagte Bob verwirrt. »Den Koffer, den Just gestern auf der Auktion ersteigert hat. Meine Mutter fand, dass wir drei auf dem Foto ganz gut getroffen seien. Sie interessiert sich auch sehr für den Koffer.«

»Alles scheint sich für diesen Koffer zu interessieren«, meinte Justus, während er großzügig Farbe aufstrich. »Und zwar brennend. Wir hätten ihn doch mit Gewinn verkaufen sollen, solange wir ihn noch hatten.«

»Sagt mal, wovon redet ihr eigentlich?«, wollte Bob wissen.

»Er meint, dass es keinen Koffer mehr gibt«, erklärte Peter. »Weg ist er. Heute Nacht gestohlen worden.«
»Gestohlen!« Bob riss die Augen auf. »Und wer war es?«
»Das wissen wir nicht«, sagte Justus. Dann berichtete er Bob von der nächtlichen Ruhestörung. »Zwei Männer sind weggelaufen und verschwunden«, schloss er. »Und der Koffer war auch weg. Offenbar haben sie ihn gestohlen.«
»Ich möchte bloß wissen, warum die so scharf drauf waren!«, rief Bob. »Was meint ihr – was war wohl drin?«
»Vielleicht waren auch sie nur neugierig«, meinte Peter. »Vielleicht haben sie den Artikel in der Zeitung gelesen und wollten sich das Ding mal ansehen.«
»Das glaube ich nicht.« Justus schüttelte den Kopf. »Aus purer Neugierde stiehlt man keinen Koffer, der bloß einen Dollar wert ist – das Risiko wäre zu groß. Sie müssen Grund zu der Annahme gehabt haben, dass etwas Wertvolles drin war. Allmählich glaube ich, der Koffer wäre eine Untersuchung wert gewesen. Zu dumm, dass wir ihn nicht mehr haben.«
Die Ankunft eines teuren blauen Autos unterbrach die Unterhaltung. Ein großer, magerer Mann mit seltsam schräg gestellten Augenbrauen stieg aus und kam auf die Jungen zu. »Oh, guten Morgen«, sagte er. Dabei sah er Justus an. »Justus Jonas, wie ich annehme.«
»Ja, Sir«, erwiderte Justus. »Was wünschen Sie? Meine Tante und mein Onkel sind gerade nicht da, aber wenn etwas in unserem Lager hier Sie interessiert, kann ich es Ihnen auch verkaufen.«
»Mich interessiert nur eines«, sagte der große Mann. »Nach einer Meldung in der Lokalzeitung habt ihr gestern einen al-

ten Koffer gekauft. Auf einer Auktion. Für den stolzen Preis von einem Dollar. Entspricht dies den Tatsachen?«

»Ja, Sir.« Justus machte große Augen. Erscheinung und Sprechweise des Mannes waren wirklich etwas sonderbar. »Das stimmt.«

»Sehr schön«, meinte der Mann. »Vergeuden wir unsere Zeit nicht länger mit Worten. Ich möchte euch den Koffer abkaufen. Ich will doch hoffen, dass ihr ihn noch nicht verkauft habt?«

»Nein, Sir«, gab Justus wahrheitsgemäß Auskunft. »Wir haben ihn nicht verkauft. Aber –«

»Dann ist es ja gut«, unterbrach ihn der Fremde. Mit weit ausholender Geste streckte er die Hand von sich, und zwischen seinen Fingern erschien ein Fächer aus grünen Geldscheinen.

»Da, seht her«, sagte er. »Hundert Dollar. Zehn Zehndollarscheine. Die biete ich euch für den Koffer.« Da Justus zögerte, fuhr er fort: »Das dürfte ja wohl reichen? Ihr erwartet doch nicht im Ernst, dass ich für einen altmodischen Koffer voll Krimskrams noch mehr bezahle, oder?«

»Nein, Sir«, fing Justus noch einmal an. »Aber –«

»Dein Aber kannst du dir sparen«, fiel ihm der Mann wieder ins Wort. »Ich biete euch einen anständigen Preis. Ich möchte den Koffer als Andenken haben. In dem Zeitungsartikel stand, dass er früher dem Großen Gulliver gehört habe. Ist das wahr?«

»Na ja –«, antwortete Justus. Bob und Peter staunten stumm. »Der Name stand drauf. Aber –«

»Schon wieder ein Aber!« Der große Mann zog die Brauen zusammen. »Schluss jetzt mit dem Palaver! Der Große Gulliver war nämlich einst mein Freund. Seit Jahren habe ich ihn nicht mehr gesehen. Ich muss wohl gar fürchten, dass er nicht mehr unter uns weilt. Dahingeschieden. Entschlafen. Rundheraus gesagt: tot. Wer den Großen Gulliver kannte, vergisst ihn nicht. Als Andenken an die alten Zeiten möchte ich seinen Koffer gern haben. Hier – meine Karte.«

Er schnippte mit den Fingern. Das Geld in seiner Hand verwandelte sich in ein weißes Kärtchen, das er Justus reichte. Auf der Karte stand *Maximilian der Magier*, und darunter war seine Adresse angegeben: der Magische Zirkel in Hollywood.

»Sie sind Zauberer!«, rief Justus. Maximilian der Magier machte eine kleine Verbeugung.

»Ehedem recht bekannt«, erwiderte er. »Vor allen gekrönten Häuptern Europas zeigte ich meine Kunst. Jetzt lebe ich im Ruhestand und widme meine Zeit dem Schreiben: eine Geschichte der Zauberkunst. Gelegentlich gebe ich noch unter Freunden eine kleine Kostprobe meiner Fertigkeiten. Aber nun wieder zur Sache.«

Ein zweites Mal schnippte er mit den Fingern, und das Geld war wieder in seiner Hand.

»Wir wollen unseren Handel abschließen«, meinte er. »Ich habe das Geld – ich möchte gern den Koffer. Ihr lebt hier vom Kaufen und Verkaufen. Es ist doch ganz einfach: Ihr verkauft, ich kaufe. Was zögert ihr noch?«

»Ich kann Ihnen den Koffer nicht verkaufen!«, stieß Justus hervor. »Das versuche ich Ihnen schon die ganze Zeit klarzumachen.«

»Du kannst nicht?« Die schräg stehenden Brauen des Magiers zogen sich noch enger zusammen. Sein Ausdruck war eine dunkle Drohung. »Natürlich kannst du es. Mach mich nicht zornig, Junge. Noch verfüge ich über magische Kräfte. Wie wäre es –«, und sein Kopf mit den dunkel glühenden Augen schnellte vor, »wie wäre es, wenn ich dich mit einem Fingerschnippen verschwinden ließe? Ffft! In Luft aufgelöst! Und es gäbe kein Zurück. Dann würde es dir wohl leidtun, mich in Wut gebracht zu haben.«

Mr Maximilians Worte klangen so bedrohlich, dass Bob und Peter mühsam schlucken mussten. Auch Just war es sichtlich nicht geheuer. »Ich kann Ihnen den Koffer nicht verkaufen«, sagte er, »weil ich ihn nicht habe. Er ist gestern Abend gestohlen worden.«

»Gestohlen! Ist das die Wahrheit, Junge?«

»Ja, Sir.« Zum dritten Mal an diesem Morgen begann Justus über die Ereignisse des vergangenen Abends zu berichten. Maximilian hörte aufmerksam zu. Dann seufzte er.

»Ach, wäre ich doch nur gleich gekommen, als ich die Zeitung gelesen hatte!«, sagte er. »Und ihr habt keinen Fingerzeig, wer die Diebe sein könnten?«

»Sie sind uns entwischt«, erklärte Justus.

»Schlimm, sehr schlimm«, murmelte der Magier. »Wer hätte gedacht, dass der Koffer des Großen Gulliver auf so seltsame Weise wieder auftauchen und dann erneut verschwinden würde? Ich möchte nur wissen, warum sie ihn haben wollten.«

»Vielleicht ist doch etwas Wertvolles drin«, gab Bob zu bedenken.

»Unsinn!«, sagte Maximilian. »Der Große Gulliver hat nie irgendwelche Reichtümer besessen, der arme Kerl. Er hatte nichts als seine Zauberkünste. Irgendwelche alten Requisiten könnten in dem Koffer sein, doch die wären nur für einen anderen Zauberer etwas wert – für mich zum Beispiel. Hatte ich schon gesagt, dass der Große Gulliver auch Zauberer war? Aber ihr habt es bestimmt schon erraten. Groß war er eigentlich nicht, auch wenn er sich so nannte. Ein kleiner, dicker Mann war er, mit rundem Gesicht und schwarzem Haar. Manchmal trug er ein orientalisches Kostüm, um wie ein exotischer Magier zu wirken. Er hatte einen ganz besonderen Trick, und ich hatte gehofft, ich könnte vielleicht … doch sei's drum. Der Koffer ist fort.«

Er verstummte und dachte nach. Dann zuckte er die Achseln, und das Geld zwischen seinen Fingern verschwand. »Meine Fahrt hierher war umsonst«, sagte er. »Aber es ist immerhin möglich, dass ihr den Koffer wiederbekommt. Wenn das geschehen sollte, so vergesst nicht: Maximilian der Magier sucht ihn!« Er sah Justus mit durchdringendem Blick an. »Hast du verstanden, junger Mann? Ich muss diesen Koffer haben. Wenn er wieder in eure Hände gelangt, werde ich dafür bezahlen. Ihr werdet mir über den Magischen Zirkel Nachricht geben. Einverstanden?«

»Ich wüsste nicht, wie wir den Koffer je wiederkriegen sollten«, gab Peter zu bedenken.

»Nun, vielleicht ergibt es sich doch«, meinte Maximilian beharrlich. »Und wenn er wieder auftaucht, habe ich das Vorrecht. Sind wir uns einig, Junge?«

»Falls wir den Koffer wiederbekommen«, sagte Justus, »werden wir ihn nicht verkaufen, ehe wir mit Ihnen verhandelt haben, Mr Maximilian. Weiter kann ich nichts versprechen. Peter hat schon recht: Ich wüsste nicht, wie wir den Koffer zurückbekommen könnten. Die Diebe sind jetzt sicher schon über alle Berge.«

»Das fürchte ich auch«, sagte der Zauberer niedergeschlagen. »Nun, wir müssen abwarten, was geschieht. Verliert nur meine Karte nicht.«

Er streckte die Hand in die Tasche, schien überrascht und holte ein Ei hervor. »Oh – wie kommt denn das hierher?«, fragte er. »Ich kann doch in meiner Tasche kein Ei gebrauchen. Da, Junge, fang auf!« Er warf Peter das Ei zu. Schnell streckte Peter die Hand aus, aber mitten im Flug verschwand das Ei plötzlich, als ob ein Licht ausgeknipst würde.

»Hm«, murmelte der Zauberer, »muss wohl eines vom Urvogel gewesen sein, heute bekanntlich ausgestorben. Aber nun muss ich gehen. Vergesst nicht, mir Bescheid zu geben.«

Er schritt auf seinen Wagen zu. Die drei Jungen waren darauf gefasst, dass er sich noch einen ungewöhnlichen Abgang verschaffen würde, aber er fuhr ganz normal zum Tor hinaus und bog in die Straße ein.

»Mensch!«, sagte Peter. »Das war vielleicht ein Kunde!«

»Es war ihm ja sehr um den Koffer zu tun«, stellte Justus fest. »Ob das wirklich nur daher kommt, dass er und der Große Gulliver Kollegen waren? Oder ob da irgendwas in dem Koffer ist, was er gern haben möchte?«

Sie diskutierten noch darüber, als wieder ein Wagen in die Einfahrt gerollt kam. Erst dachten sie, Mr Maximilian sei noch einmal zurückgekommen, aber dann sahen sie, dass es kein so großes Auto war, sondern ein kleiner Sportwagen. Er hielt, und ein junger Mann stieg aus. Sie erkannten den Reporter wieder, der sie tags zuvor bei der Versteigerung fotografiert und interviewt hatte.

»Hallo«, sagte er. »Kennt ihr mich noch – Fred Brown?«

»Ja, natürlich«, antwortete Justus. »Was wünschen Sie, bitte?«

»Ich wollte mal hören, ob ihr den Koffer schon aufgemacht habt«, sagte der Reporter. »Über diesen Koffer werde ich wohl noch mal einen Aufmacher schreiben können. Es ist nämlich möglich, dass etwas ganz Besonderes drin ist. Ich glaube, es ist ein Totenschädel – und der kann sprechen!«

Rätsel über Rätsel

»Ein Schädel? Sprechen?«, riefen die Jungen durcheinander. Fred Brown nickte. »Ja, genau das. Ein echter Totenkopf, und er kann sprechen. Habt ihr ihn schon gefunden?«
Justus musste zugeben, dass sie nichts gefunden hatten, weil der Koffer gestohlen worden war. Wieder musste er die Geschichte erzählen. Der Reporter runzelte die Stirn.
»Verflixt!«, sagte er. »Dann ist es nichts mit meinem Aufmacher. Ja, und wer hat den Koffer gestohlen? Wahrscheinlich jemand, der den Zeitungsartikel gelesen hat.«
»Sehr wahrscheinlich, Mr Brown«, stimmte ihm Justus zu. »Vielleicht wusste noch jemand etwas von dem sprechenden Totenkopf und wollte ihn an sich bringen. War es denn wirklich ein Schädel, der richtig sprechen konnte?«
»Bitte, nennt mich doch Fred«, sagte der Reporter. »Ob der Schädel richtig sprechen konnte oder nicht, kann ich euch nicht sagen. Ich weiß nur, dass es allgemein behauptet wurde. Ich habe mir nämlich über den Namen auf dem Koffer – Der Große Gulliver – Gedanken gemacht. Mir war, als hätte ich ihn früher schon mal gehört. Also schaute ich in unserem Archiv nach.«
Bob nickte verständnisvoll. Sein Vater arbeitete ebenfalls bei einer Zeitung, und daher kannte er ein solches Pressearchiv, in dem alte Manuskripte, Zeitungsausschnitte und Fotos für künftige Recherchen säuberlich abgelegt sind. Im Grunde ist

es eine umfangreiche Bibliothek über alle möglichen Personen und Ereignisse.
»Ja«, fuhr Fred Brown fort, »und dort schlug ich unter Gulliver – Der Große Gulliver – nach. Tatsächlich existierten verschiedene Berichte über ihn. Man gewinnt daraus den Eindruck, dass er zwar als Zauberkünstler nicht überragend war, aber eine ganz besondere Nummer vorführte. Er besaß nämlich einen sprechenden Totenschädel.
Vor einem Jahr ist dieser Gulliver dann plötzlich verschwunden – es war, als hätte er sich in Luft aufgelöst. Niemand weiß, ob er gestorben ist oder was sonst geschah. Aber anscheinend ließ er in einem Hotel seinen Koffer zurück – den Koffer, der gestern versteigert wurde und den ihr gekauft habt. Ich dachte mir, dass in dem Koffer wahrscheinlich das ganze Zubehör für seine magischen Tricks sein müsste, auch der Totenschädel, und dass das eine feine Story abgeben würde.«
»Sie sagen, er sei verschwunden?«, fragte Bob.
»Die Sache wird ja allmählich ziemlich mysteriös.« Justus runzelte die Stirn. »Ein Zauberkünstler verschwindet, ein Koffer verschwindet, und ein Totenkopf soll sprechen können.«
»Mal langsam, Justus – da bin ich nicht einverstanden!«, protestierte Peter. »Du guckst so merkwürdig, und das mag ich nicht. Du siehst da wieder einen Fall vor dir! Aber ich habe keine Lust zu untersuchen, weshalb ein Totenkopf sprechen kann. Wenn du mich fragst: So was gibt es nicht, und wenn es so wäre, will ich davon nichts wissen.«
»Jetzt, wo der Koffer weg ist, können wir sowieso nichts untersuchen«, erklärte ihm Justus. »Aber Fred, ich würde gern noch mehr über den Großen Gulliver erfahren.«

»Gern«, sagte der Reporter. Er setzte sich auf einen von Justs Stühlen, der noch nicht angestrichen war. »Dann will ich mal ein bisschen weiter ausholen. Gulliver war, wie gesagt, kein Zauberkünstler von Format, aber er hatte diesen Schädel, der allem Anschein nach tatsächlich sprechen konnte. Gulliver stellte ihn auf eine Glasplatte, ohne alles Drumherum, und dann beantwortete der Totenkopf Fragen.«
»Also Bauchrednerkunst?«, vermutete Justus. »Gulliver übernahm das Sprechen, ohne die Lippen zu bewegen?«
»Tja – mag sein. Aber der Schädel konnte auch sprechen, wenn Gulliver weit weg am anderen Ende des Saals saß, und manchmal sogar dann, wenn er überhaupt nicht im Raum war. Auch andere Zauberer konnten sich nicht erklären, wie das möglich war. Nun, zuletzt brachte der Schädel Gulliver noch mit der Polizei in Konflikt.«
»Und wie kam das?«, fragte Bob.
»Gulliver hatte als Zauberer keinen rechten Erfolg, und so versuchte er sich als Wahrsager – und das ist ja hier bei uns verboten. Er nannte sich zwar nicht Wahrsager, sondern Lebensberater. Aber er kostümierte sich als Orientale und saß in einem kleinen Zimmer voller mystischer Symbole. Gegen Honorar empfing er Abergläubische, die seinem Totenkopf Fragen stellen konnten. Er hatte ihm sogar einen Namen gegeben – Sokrates – nach dem Weisen aus dem alten Griechenland.«
»Und der Schädel beantwortete die Fragen?«, wollte Bob wissen.
»Ja, so hieß es. Angeblich hat er auch Leuten, die mit ihren Sorgen zu ihm kamen, guten Rat erteilt. Aber Gulliver ging zu weit. Sokrates gab schließlich auch Börsentipps und andere

Ratschläge dieser Art, und ein paar Kunden verloren dabei Geld und erstatteten Anzeige. Gulliver wurde wegen gesetzeswidriger Wahrsagerei verurteilt und kam ins Gefängnis. Etwa ein Jahr lang war er in Haft. Als er entlassen wurde, machte er Schluss mit der Zauberei und dem Wahrsagen und arbeitete in einem Büro. Und eines Tages – fft! Verschwunden war er. Das Gerücht ging um, dass ein paar Schlägertypen es auf ihn abgesehen hatten – warum, wusste niemand. Vielleicht planten sie ein Verbrechen, in das sie ihn und Sokrates hineinziehen wollten, und deshalb wollte er verschwinden und ihnen damit entgehen.«

»Aber seinen Koffer hat er nicht mitgenommen.« Justus knetete seine Unterlippe – das regte stets seinen Denkapparat zu besserem Funktionieren an. »Und das deutet darauf hin, dass ihm entweder etwas zugestoßen ist oder dass er von einer Minute zur anderen untertauchen musste.«

»Das hast du gut überlegt«, sagte Fred. »Vielleicht ist er verunglückt und nicht identifiziert worden.«

»Ich möchte wetten, dass Maximilian deshalb den Koffer haben wollte«, meldete sich Peter. »Ihm ging es um den Totenkopf – er wollte sich das Geheimnis für sein Programm aneignen. Vielleicht war er tatsächlich Gullivers Freund, aber jetzt dachte er wohl, er könnte die Tricks des Verschollenen ruhig übernehmen.«

»Maximilian?«, fragte Fred Brown, und Justus berichtete von dem Besuch, den ihnen der große, schlanke Magier kurz zuvor abgestattet hatte.

»Wenn er euch den Koffer abkaufen wollte, hatte er sicher mit dem Diebstahl nichts zu tun«, meinte Fred. »Ob die Diebe glaubten, sie könnten Sokrates für ihre Ziele einspannen? Na, das spielt wohl keine große Rolle. Ich hatte gehofft, wieder zu einer guten Story zu kommen mit einem Bild von euch samt dem Totenkopf – und Justus vielleicht in Gullivers Kostüm. Aber es war nett, euch wiederzusehen.«

Fred Brown fuhr davon.

Justus sah ganz unglücklich drein. »Bestimmt hätten wir da einen interessanten Fall bearbeiten können«, sagte er. »Es tut mir richtig leid, dass der Koffer weg ist.«

»Mir überhaupt nicht«, widersprach Peter. »Ein Koffer mit einem Totenschädel drin kann mir gestohlen bleiben – ich will nichts davon wissen. Wie kann ein Schädel überhaupt sprechen?«

»Das ist unter anderem das Interessante an der Geschichte«, antwortete Justus. »Aber wir brauchen uns ja nicht erst damit zu befassen, weil – oh, da kommt gerade Onkel Titus zurück.«

Der große Lastwagen bog mit einer Ladung Schrott und Altmaterial für das Lager in den Hof ein. Justs Onkel sprang vom Wagen und kam zu den Jungen herüber.

»Fleißig bei der Arbeit, wie ich sehe.« Er zwinkerte ihnen zu. »Ein Glück, dass Mathilda nicht da ist. Sie würde schon eine Beschäftigung für euch finden. Aber ihr schaut ja alle so nachdenklich aus – gibt's was Wichtiges zu überlegen?«

»Ja, weißt du, es geht um den Koffer, der gestern Abend verschwunden ist«, erklärte Justus. »Gerade haben wir dazu etwas Interessantes erfahren.«

»Ach, der Koffer.« Titus Jonas lachte. »Der ist also noch nicht wieder aufgetaucht?«

»Nein, das ist es ja gerade«, sagte Justus. »Ich glaube, den kriegen wir nicht mehr zu sehen.«
»Hm, das würde ich nicht sagen«, meinte Titus Jonas. »War er nicht von einem Zauberer? Na, siehst du – dann könnten wir ihn doch vielleicht wieder herzaubern.«
Die Jungen starrten ihn an. »Was soll das heißen, Onkel Titus?«, fragte Justus. »Wie sollte das zugehen, das Herzaubern?«
»Na, so etwas.« Titus Jonas setzte eine geheimnisvolle Miene auf. Er schnippte dreimal mit den Fingern, drehte sich einmal mit geschlossenen Augen um sich selbst und gab dazu einen seltsamen Singsang von sich: »Abrakadabra, der Koffer ist fort – er muss wieder her aufs Zauberwort! – So«, schloss er, »das war ein Zauberspruch. Und wenn der nicht wirkt, dann bekommen wir den Koffer vielleicht mit Köpfchen zurück.«
»Mit Köpfchen?« Justus knetete verwirrt seine Unterlippe. Sein Onkel war immer guter Laune und meist zu Scherzen aufgelegt. Auch jetzt sah es so aus, als wollte er sich über die Jungen lustig machen, aber so ganz sicher war Justus nicht.
»Du hast doch so viel für Rätsel und verzwickte Probleme übrig, Justus«, sagte Titus Jonas. »Und du löst sie gern mit Logik und Verstand. Nun denk mal darüber nach, was gestern Abend passiert ist. Erzähl mir noch mal den Hergang.«
»Na ja …«, sagte Justus. Er versuchte noch immer dahinterzukommen, worauf sein Onkel hinauswollte. »Wir gingen alle zum Schrottplatz. Und da rannten zwei Männer aus dem Hof und sprangen in ein Auto und fuhren weg. Und der Koffer war fort.«
»Also haben ihn die Männer gestohlen, wie?«, fragte Titus.

»Auf jeden Fall«, bekräftigte Justus. »Sie hatten ja das Schloss am Tor aufgebrochen und – halt mal!«, rief er dann. Sein rundes Gesicht errötete – einmal vor Aufregung und dann vor schamvoller Erkenntnis. »Sie waren noch auf dem Schrottplatz und suchten wahrscheinlich nach dem Koffer, als wir ankamen. Darauf liefen sie zu ihrem Wagen und fuhren weg. Ja, und wie sollten sie den Koffer da gestohlen haben? Hätten sie ihn schon im Wagen gehabt, dann wären sie nicht noch herumgelungert. Und da sie ihn auch nicht wegschleppten, können sie nicht die Diebe gewesen sein. Es gibt nur eine Erklärung: Der Koffer war schon gestohlen, ehe die beiden Männer kamen!«
Mr Jonas konnte sich das Lachen nicht verkneifen. »Justus«, sagte er, »du bist bestimmt schlau. Aber manchmal bekommt es so einem wie dir ganz gut, wenn er merkt, dass er doch nicht der Schlauste ist. Du hast übersehen, dass es noch eine Erklärung gibt. Vielleicht ist der Koffer gar nicht gestohlen worden. Vielleicht haben ihn die beiden Männer nur nicht gefunden.«
»Aber ich hab ihn neben dem Büro abgestellt«, wandte Justus ein. »Einfach auf den Boden. Ich hätte ihn vielleicht im Büro einschließen sollen, aber ich habe ihn nicht für so wertvoll gehalten.«
»Und als du dann vor dem Essen gingst und Patrick und ich abschließen wollten«, sagte Titus Jonas, »da dachte ich mir: Das ist also ein Zauberkoffer. Wäre doch keine schlechte Überraschung für Justus, wenn er plötzlich weggezaubert wäre! Und eine gute Übung wär's für ihn, das Ding wieder aufzuspüren. Und da hab ich dir einen Streich gespielt, Justus. Ich habe den

Koffer versteckt. Als wir dann die vermeintlichen Diebe ertappt hatten, da dachte ich, ich lasse ihn lieber bis zum Morgen in seinem Versteck, falls die Burschen es noch mal probieren wollten. Ich wollte dir das alles erzählen, aber dann musste ich doch mal sehen, ob du nicht von selber dahinterkommen würdest. Ich wollte nur deinen Denkapparat ein bisschen ankurbeln.«

»Sie haben ihn versteckt«, platzte Bob heraus. »Wo denn, Mr Jonas?«

Und Peter stimmte ein: »Wo?«

»Wo wäre ein so gutes Versteck, dass der Koffer gar nicht auffallen würde?«, fragte Mr Jonas. Doch schon sah sich Justus überall um, bei den Bauholzstapeln und den alten Maschinen und all dem übrigen Zeug auf dem Schrottplatz. Unter solchem Kram konnte ein Koffer praktisch überall versteckt sein. Aber Justs suchender Blick hielt drüben an der Mauer inne. Dort ragte ein zwei Meter breites Dach in den Hof, und darunter wurden die besseren Stücke des Warenlagers aufbewahrt. An einer Stelle stand ein halbes Dutzend alter Koffer in Reih und Glied. Sie waren alle recht stabil und in ordentlichem Zustand. Und sie waren alle groß …

»Das ideale Versteck für einen kleinen Koffer wäre ein großer Koffer!«, rief Justus voll Eifer. »Hast du das etwa auch gedacht, Onkel Titus?«

»Du kannst ja mal nachschauen«, schlug Mr Jonas vor. Justus lief hinüber. Aber Peter war schneller als er und riss schon hastig den ersten Koffer auf. Er war leer. Justus öffnete den nächsten – auch er war leer, und der dritte und vierte Koffer ebenso.

Als sie beim fünften Koffer waren, war auch Bob herangekommen. Und als sie den Deckel hoben, konnten sie alle drei nur große Augen machen.
In dem großen Kasten steckte wie in einem Futteral der geheimnisvolle Koffer des Großen Gulliver.

Sokrates wird vorgestellt

»Und jetzt wollen wir mal sehen, ob wir mit den Schlüsseln von Onkel Titus den Koffer aufkriegen«, sagte Justus.

Die drei Jungen waren hinten in Justs Werkstatt, die mithilfe hoch aufgestapelter Lagerware unauffällig vom vorderen Teil des Schrottplatzes abgetrennt war. Schleunigst hatten sie den ersteigerten Koffer aus seinem Versteck hierhergebracht, wo sie unbeobachtet an ihm hantieren konnten.

Vorn im Hof schlenderten ein paar Kauflustige durchs Warenlager und sahen sich nach allerlei Krimskrams um. Mathilda Jonas war zur Stelle, wenn Bedienung verlangt wurde. Titus hatte Just für die Zeit beurlaubt, bis er mit der Warenladung, die er jetzt noch zusammenholen wollte, wieder zurück sein würde.

Während Justus mit dem Schloss beschäftigt war, ärgerte er sich immer noch darüber, dass er den Koffer nicht weiterhin auf dem Schrottplatz vermutet hatte. Onkel Titus hatte ihn da tüchtig hereingelegt. Justus hätte am Vorabend eben nicht gleich draufloskombinieren sollen. Und spätestens am Morgen, das sagte er sich jetzt, hätte ihm der wahre Hergang klar werden müssen. Durch den bloßen Anschein hatte er sich vollkommen täuschen lassen.

»Dass ich gestern Abend den Sachverhalt nicht gründlich untersucht habe, war mein Fehler«, sagte er. »Na, man lernt wenigstens mehr daraus, als wenn man die Sache von Anfang an richtig gemacht hätte. Da hat mir Onkel Titus wirklich eine Lektion erteilt.«

Bob und Peter grinsten und nickten.

»Und Mr Maximilian?«, fragte Bob. »Wir haben ja versprochen, ihm Bescheid zu geben, falls der Koffer wieder auftaucht.«

»Wir haben versprochen, ihn zu verständigen, ehe wir den Koffer an jemand anders verkaufen«, berichtigte Justus. »Und das haben wir ja nicht vor, wenigstens nicht gleich.«

»Ich wäre dafür, das Ding zu verkaufen«, sagte Peter. »Maximilian hat uns immerhin einen stolzen Preis geboten.«

Aber die Vorstellung, einen sprechenden Schädel zu besitzen, beschäftigte bereits Justs Fantasie. »Ans Verkaufen können wir später noch denken«, meinte er. »Zuerst will ich herausfinden, ob Sokrates wirklich spricht.«

»Gerade das fürchte ich doch«, gestand Peter mit einem Seufzer. Justus probierte immer neue Schlüssel. Endlich passte einer, das Schloss schnappte auf. Justus löste die Schnallen an den beiden langen Lederriemen, die den Koffer zusammenhielten. Dann hob er den Deckel.

Gespannt schauten sie hinein. Über den Kofferinhalt war ein großes rotes Seidentuch gebreitet. Darunter lagen in einem flachen Einsatz viele kleine Gegenstände, von denen einige in bunte Seidentücher gewickelt waren. Es gab da einen zusammenlegbaren Vogelkäfig, eine gläserne Kugel in einem Untersatz, eine Menge kleiner roter Bälle, ein paar Kartenspiele und einen Satz Metallbecher, die ganz genau ineinanderpassten. Aber es fand sich kein Totenschädel, und auch keines der Tücher schien einen so großen Gegenstand zu umhüllen. »Da haben wir ein paar von Gullivers magischen Requisiten«, stellte Justus fest. »Wenn hier noch etwas Wichtiges ist, dann wird es darunter sein.«

Er und Peter hoben den Einsatz heraus und stellten ihn auf den Boden. Darunter lagen, wie es schien, vorwiegend Kleider. Gewöhnliche Sachen waren es allerdings nicht. Als sie Stück für Stück herausnahmen, fanden sie einige Seidenjacken, eine lange goldfarbene Robe, einen Turban und noch mehr Gewänder von orientalischem Zuschnitt.

Aber dann entdeckte Bob, was sie gesucht hatten. »Da ist es!«, sagte er. »Hier, an der Seite, unter dem lila Tuch. Etwas Rundes. Ganz bestimmt ist das der Totenkopf.«

»Ich glaube, unser Rechercheur hat recht«, sagte Justus anerkennend. Er hob das runde Ding heraus, und Bob schälte es hastig aus der violetten Umhüllung. Und da ruhte er nun in Justs Händen: ein blanker weißer Schädel, der ihn aus leeren Augenhöhlen anzustarren schien. Der Anblick war nicht furchterregend – der Schädel hatte sogar etwas Freundliches an sich. Er erinnerte die Jungen an das menschliche Skelett im Biologiesaal der Schule, das jeder nur »Graf Klapperbein« nannte. Es war ihnen allen vertraut, und daher gruselte es sie auch nicht vor dem Schädel des Zauberers.

»Das dürfte also Sokrates sein«, meinte Bob.

»Da war noch was drunter«, sagte Justus. Er gab Sokrates an Bob weiter, tauchte in die Tiefen des Koffers und förderte eine runde Platte zutage, fünf Zentimeter stark und vielleicht fünfzehn Zentimeter im Durchmesser. Offenbar war sie aus Elfenbein. Rings um den Rand waren merkwürdige Symbole eingeschnitzt.

»Das sieht aus wie ein Untersatz für Sokrates«, sagte Justus. »In diese Vertiefungen würde er genau passen.« Er legte die Elfenbeinplatte auf den Tisch neben sich, und Bob setzte den Schädel darauf. Da ruhte nun Sokrates und schien zu grinsen, und alle drei starrten ihn an.

»Er sieht wirklich aus, als ob er plötzlich zu reden anfangen könnte«, bemerkte Peter. »Aber wenn er das tut, dann sehe ich mich nach einem anderen Job um.«

»Wahrscheinlich konnte ihn nur Gulliver zum Sprechen bringen«, beschwichtigte Justus. »Ich vermute, dass er im Innern irgendeinen Mechanismus hat.« Er nahm Sokrates hoch und betrachtete ihn genau. »Nichts zu entdecken«, murmelte er enttäuscht. »Wenn da was drin wäre, könnte ich es bestimmt sehen. Irgendetwas müsste sich finden lassen, aber da ist nichts – gar nichts. Das ist mir ein Rätsel.«

Er setzte Sokrates auf seinen Elfenbeinsockel zurück. »Sokrates, wenn du wirklich reden kannst, dann sag etwas«, befahl er.

Doch Sokrates schwieg.

Die drei ??? *Kein Mechanismus im Totenschädel? Kein künstlicher Kehlkopf? (Doch übersehen wir nicht: Ein Hals ist ja nicht vorhanden – der Schädel ruht direkt auf dem Sockel, wo der Kehlkopf sonst wäre.)*

»Na, er scheint jetzt nicht zum Sprechen aufgelegt«, meinte Justus schließlich. »Wir wollen nachsehen, was sonst noch im Koffer ist.«

Die drei zogen weitere orientalische Gewänder heraus. Dann fanden sie noch einen Zauberstab und ein paar kurze Krumm-

säbel. Mit dem Rücken zu Sokrates betrachteten sie die Säbel. Plötzlich hörten sie hinter sich ein unterdrücktes Niesen. Sie fuhren herum. Da war niemand – das heißt niemand außer dem Totenschädel.
Sokrates hatte geniest!

Die Stimme aus der Nacht

Die Jungen sahen einander mit großen Augen an.
»Er kann niesen!«, sagte Peter. »Da fehlt nicht mehr viel bis zum Sprechen. Wenn ein Totenkopf niesen kann, dann kann er wahrscheinlich auch die Unabhängigkeitserklärung aufsagen!«
»Hm …« Justus runzelte die Stirn. »Bist du sicher, dass du's nicht selber warst, Bob?«
»Es war keiner von uns dreien«, stellte Bob fest. »Ich habe das Niesen ganz deutlich hinter uns gehört.«
»Ausgesprochen sonderbar«, murmelte Justus. »Wenn es ein Trick des Großen Gulliver gewesen wäre, dass der Schädel redet oder sonst was von sich gibt, könnte ich das verstehen. Aber Gulliver ist nicht da. Vielleicht ist er sogar tot. Es will mir einfach nicht in den Kopf, dass ein Totenschädel von alleine niesen kann. Wir müssen ihn noch mal untersuchen.« Er nahm den Schädel wieder auf, er drehte und wendete ihn, er studierte ihn ganz genau. Er hob ihn sogar hoch, damit das Sonnenlicht voll darauffallen konnte. Aber er konnte nichts entdecken.
»Da sind weder Kabel noch sonst etwas«, sagte Justus. »Das ist aber wirklich seltsam.«
»Das kann man wohl sagen«, bestätigte Peter eifrig.
»Aber wieso sollte ein Totenkopf ausgerechnet niesen?«, wollte Bob wissen. »Dafür gibt es doch keinen Grund.«

»Ich weiß nicht, warum, und ich weiß nicht, wie«, sagte Justus. »Aber da hätten wir nun einen sehr schönen Fall zu bearbeiten. Und noch dazu einen, für den sich Albert Hitfield garantiert interessieren dürfte.«

Er sprach von dem berühmten Filmregisseur und Produzenten, der ihnen schon einige höchst verwickelte Detektivaufgaben vermittelt hatte und an ihrer Arbeit lebhaft Anteil nahm.

»Hör bloß auf!«, rief Peter. »Gestern Abend wollten zwei Männer den Koffer hier klauen. Heute machen wir ihn auf und finden einen Totenkopf, der niest. Und als Nächstes kommt womöglich –«

Mathilda Jonas' weit tragende Stimme unterbrach ihn. »Justus! Bob! Peter! Ich weiß, dass ihr dahinten zusammensteckt. Kommt her, aber dalli! Es gibt was zu tun!«

»Ach, du Schreck!«, sagte Bob. »Deine Tante will uns einspannen.«

»Und das war ihr schneidigster Kasernenhofton«, meinte Peter. Schon ertönte Mathildas Ruf von Neuem. »Wir gehen wohl besser zu ihr.«

»Richtig«, sagte Justus hastig. Er legte Sokrates wieder in den Koffer und schloss ab. Dann trabten sie miteinander über den Platz. Vorn wartete Mrs Jonas, die Hände in die Hüften gestemmt.

»Da seid ihr endlich!«, sagte sie. »Es wurde langsam Zeit. Justus, dein Onkel und Patrick und Kenneth haben schon alles abgeladen, was heute reinkam. Ihr könntet jetzt das Zeug sortieren und wegräumen.«

Die drei Jungen sahen sich den Haufen Trödelkram vor dem Büro an und stöhnten insgeheim. Es würde lange dauern, bis das alles sauber und ordentlich verstaut war, aber Sauberkeit und Ordnung waren für Mrs Jonas nun einmal oberstes Prinzip. Die Firma »Gebrauchtwarencenter T. Jonas« war zwar ein Schrott- und Altwarenhandel, aber ein erstklassiges Unternehmen weit über dem Branchendurchschnitt, und sie duldete keine Schlamperei.

Die Jungen machten sich ans Werk und gönnten sich nur eine kurze Mittagspause, als Mrs Jonas ihnen einen Imbiss brachte. Kaum waren sie mit der Arbeit fast fertig, da kam Titus Jonas mit einer neuen Wagenladung – Möbelstücke und allerlei Kram aus einem Appartement-Haus, das der Vermieter aufgelöst hatte. Damit waren sie nun noch den Nachmittag über beschäftigt. Wenn es Justus auch in den Füßen juckte – es kam vorerst nicht infrage, sich wieder mit dem Koffer und seinem sonderbaren Inhalt zu beschäftigen. Schließlich mussten Bob und Peter nach Hause. Peter verabredete sich mit Justus für den nächsten Morgen. Bob würde später nachkommen, er hatte einen Ferienjob in der Stadtbibliothek und musste am Vormittag dort arbeiten. Justus ließ sich das Abendessen herzhaft schmecken. Danach war er zu müde, um viel über den geheimnisvollen Koffer des verschwundenen Zauberers und den Totenschädel nachzudenken, dem man die Gabe des Redens zuschrieb. Es kam ihm jedoch noch in den Sinn, dass die Diebe, die schon einmal den Koffer stehlen wollten, vielleicht einen zweiten Versuch machen würden. Also ging er noch einmal hinaus auf den schon abgeschlossenen Lagerplatz und holte Sokrates samt seinem Elfenbeinsockel aus dem Koffer. Alles andere legte er wieder hinein. Dann verschloss er den Koffer, versteckte ihn hinter der Abzugspresse und breitete ein

paar alte Tücher darüber. Er hielt das für einen sicheren Ort, aber mit Sokrates wollte er doch lieber kein Risiko eingehen. Also nahm er ihn mit sich ins Haus.
Als er mit Sokrates ins Wohnzimmer kam, sah seine Tante auf und stieß einen unterdrückten Schrei aus. »Um Himmels willen, Justus!«, rief sie. »Was hast du denn da Grässliches in der Hand?«
»Das ist nur Sokrates«, erklärte Justus. »Es heißt, er könne sprechen.«
»Wirklich – sprechen?« Titus Jonas blickte von seiner Zeitung auf und lachte kurz. »Na, mein Junge, und was sagt er denn? Recht intelligent sieht er ja aus.«
»Bis jetzt hat er noch nichts gesagt«, musste Justus zugeben. »Aber ich hoffe, das kommt noch. So recht kann ich allerdings nicht dran glauben.«
»Na, bei mir bleibt der besser still, sonst müsste ich ihm gehörig Bescheid sagen!«, erregte sich Mathilda Jonas. »Allein schon der Gedanke! Geh mir damit aus den Augen, Justus, ich will das Ding nicht sehen.«
Justus nahm Sokrates mit hinauf und setzte ihn mitsamt dem Sockel auf das Pult in seinem Zimmer. Dann ging er wieder hinunter zum Fernsehen.
Als er schließlich zu Bett ging, war er sich darüber klar geworden, dass Sokrates unmöglich sprechen konnte. Der Große Gulliver, sein Eigentümer, musste ein äußerst begabter Bauchredner gewesen sein.
Kurz vor dem Einschlafen schreckte ihn ein leises Pfeifen auf. Noch einmal pfiff es, und es klang ganz nah, als wäre es bei ihm im Zimmer.

Hellwach setzte sich Justus im Bett auf. »Wer ist da? Bist du's, Onkel Titus?«, fragte er. Er dachte kurz, sein Onkel wolle ihm vielleicht wieder einen Streich spielen.

»Ich bin es …« Eine leise, ziemlich hohe Stimme drang aus dem Dunkel beim Schreibtisch an sein Ohr. »Sokrates.«

»Sokrates?« Justus schluckte hart.

»Die Zeit ist gekommen … zu reden. Mach kein … Licht. Hör nur zu und … hab keine Angst. Verstehst du … mich?« Es hörte sich an, als würden die Worte mit großer Mühe ausgesprochen.

Justus starrte in die Dunkelheit, wo Sokrates sein musste, aber er konnte nichts sehen. »J-ja, ja.« Er sprach mit ganz trockener Kehle.

»Gut«, sagte die Stimme. »Du musst … morgen … zur King Street in Los Angeles gehen. King Street 311. Das Losungswort … heißt ›Sokrates‹. Hast du … verstanden?«

»Ja«, antwortete Justus, nun schon beherzter. »Aber um was geht es eigentlich? Wer redet denn da?«

»Ich … Sokrates.« Das Flüstern erstarb. Justus tastete nach seiner Leselampe und machte Licht. Er starrte zu Sokrates hinüber. Der Schädel schien ihn anzugrinsen. Aber alles war still. Sokrates konnte nicht gesprochen haben! Und doch – die Stimme war hier im Zimmer gewesen. Sie war nicht durchs Fenster hereingedrungen.

Das Fenster! Justus stand auf und ging hinüber. Aufmerksam sah er hinaus. Der Schrottplatz ließ sich gut überblicken, und nirgendwo war ein Mensch zu sehen.

Die drei ???

Alles nur Einbildung von Justus? Aber wie sollte ihm diese Einbildung ausgerechnet eine genaue Adresse eingeben? Also doch Telepathie, Gedankenübertragung?
Nun, Freunde, ihr kennt meine äußerst kritische Einstellung zu – hm – übernatürlichen Vorgängen. Ich empfehle euch lediglich, ebenfalls kritisch zu sein …

In äußerster Verwirrung stieg Justus wieder ins Bett. Er hatte eine Anweisung erhalten: Los Angeles, King Street 311, am nächsten Morgen. Vielleicht sollte er nicht hingehen – aber er wusste bereits, dass er es tun würde. Dieser rätselhafte Fall wurde ja immer aufregender.
Und einer Versuchung hatte Justus noch nie widerstehen können: einem so richtig geheimnisumwitterten Fall.

Eine geheimnisvolle Botschaft

»Willst du bestimmt nicht, dass ich mitkomme, Just?«, fragte Peter.

Peter und Justus saßen vorn in dem kleinen Lastwagen, mit dem Patrick sie nach Los Angeles gefahren hatte, und musterten das schmutzige Haus King Street 311. An der Veranda war ein verblichenes Schild: *Zimmer.* Darunter war auf einem kleineren Schild zu lesen: *Belegt.*

Die Gegend wirkte recht heruntergekommen. Es gab noch mehr Häuser, in denen laut Anschlag Zimmer vermietet wurden, und auch ein paar Läden. Alles war anstrich- und reparaturbedürftig. Die wenigen Menschen, die man auf der Straße traf, waren schon ziemlich alt. Die Straße machte den Eindruck, als wohnten hier nur ältere Leute mit kleinen Einkommen.

»Nein, lieber nicht, Peter«, antwortete Justus. »Du wartest hier bei Patrick im Lastwagen auf mich. Ich glaube nicht, dass es gefährlich wird.«

Peter schluckte. »Und der Totenkopf hat dir wirklich gesagt, du sollst hierherkommen?«, fragte er. »Einfach so – er stand bei dir auf dem Pult und fing im Dunkeln an zu reden?«

»Entweder war es so, oder ich habe besonders lebhaft geträumt«, meinte Justus. »Aber ich hatte ja nicht geschlafen, also kann ich auch nicht geträumt haben. Ich gehe jetzt hinein und sehe mir die Sache an. Wenn ich in zwanzig Minuten nicht zurück bin, kommst du mit Patrick hinterher.«

»Na schön, wie du meinst. Aber an dieser Geschichte gefällt mir so manches nicht.«

»Wenn es gefährlich wird«, sagte Justus, »schreie ich um Hilfe, so laut ich kann.«

»Sei vorsichtig, Just«, mahnte Patrick besorgt. »Und wenn du Hilfe brauchst – wir sind gleich da!« Er spannte seine starken Armmuskeln als Beweis dafür, dass er nötigenfalls Türen aufbrechen würde, um Justus beizuspringen.

Der Erste Detektiv nickte. »Ich weiß, auf euch beide kann ich mich verlassen«, sagte er, als er vom Wagen heruntersprang.

Dann ging Just den Gartenweg entlang bis zu der kleinen Veranda, stieg ein paar Stufen hinauf und drückte auf die Klingel an der Haustür. Viel Zeit schien zu verstreichen, bis er endlich drinnen Schritte hörte.

Die Tür ging auf. Ein gedrungener Mann mit dunklem Teint und Schnurrbart stand ihm gegenüber. »Ja?«, fragte er. »Was willst du, Junge? Kein Zimmer mehr frei. Alles voll.«

Der Mann sprach mit leicht fremdländischem Akzent, aus dem Justus seine Herkunft nicht erraten konnte. Der Erste Detektiv setzte seine dümmliche Miene auf, das tat er manchmal, wenn er irgendwo den Eindruck erwecken wollte, er sei nur ein einfältiges Dickerchen. »Ich möchte zu Mr Sokrates«, gab er das Losungswort.

»Ha!« Der Mann starrte ihn lange an. Dann trat er zurück. »Komm herein. Vielleicht da, vielleicht nicht. Kommt darauf an. Lonzo wird fragen.«

Justus trat ein und blinzelte im dämmrigen Licht. Der Flur war klein und sehr staubig. Er führte zu einem großen Raum, in dem ein paar Männer beim Zeitunglesen und Schachspielen

saßen. Alle waren dunkelhäutig, athletisch gebaut und hatten tiefschwarzes Haar. Alle sahen auf und starrten Justus unbewegt an. Just wartete. Schließlich kam der Mann mit dem Schnurrbart aus einem Zimmer am anderen Ende des Flurs.
»Mitkommen«, sagte er. »Juana will dich sehen.«
Er führte Justus über den Flur in das Zimmer, ging aber gleich wieder hinaus und machte die Tür hinter sich zu. Justus blinzelte ein paarmal. Der Raum war hell und sonnig, und nach dem dunklen Flur dauerte es einen Augenblick, bis er die alte Frau in dem großen Schaukelstuhl wahrnahm. Sie blickte ihn durch eine altmodische Brille scharf über ihr Strickzeug hinweg an.
Sie trug ein leuchtend rot und gelb gemustertes langes Kleid und hatte große goldene Ringe in den Ohren. Wie sie ihn so ansah, wurde Justus plötzlich klar, dass er eine Zigeunerin vor sich hatte. Ihre ersten Worte bestätigten es.
»Ich bin Juana, die Zigeunerin«, sagte sie mit tiefer, etwas heiserer Stimme. »Was wünscht der junge Herr? Soll ich ihm die Zukunft weissagen?«
»Nein, danke, Madam«, lehnte Justus höflich ab. »Mr Sokrates hat mir aufgetragen, hierherzukommen.«
»Ah, Mr Sokrates«, wiederholte die Zigeunerin. »Aber Mr Sokrates ist tot.«
Das war Justus im Hinblick auf den Totenschädel natürlich auch klar.
»Und doch hat er zu dir gesprochen«, murmelte Juana. »Seltsam, sehr seltsam. Setz dich, junger Mann. Da an den Tisch. Ich werde den Kristall befragen.«
Justus setzte sich an einen kleinen Tisch aus massivem Holz mit merkwürdigen eingelegten Elfenbein-Ornamenten. Juana

erhob sich und nahm dann ihm gegenüber Platz. Unter der Tischplatte holte sie eine kleine Schatulle hervor und entnahm ihr eine Kristallkugel, die sie mitten auf den Tisch setzte.

»Schweig jetzt!«, zischte sie. »Kein Wort. Störe den Kristall nicht.«

Justus nickte.

Die alte Zigeunerin legte behutsam ihre Hände vor sich auf den Tisch, beugte sich vor und starrte in die blinkende Glaskugel.

Sie verharrte regungslos. Es hatte sogar den Anschein, als atme sie überhaupt nicht mehr. Eine lange Zeit verstrich. Endlich sprach sie wieder.

»Ich sehe einen Koffer«, murmelte sie. »Ich sehe Männer – viele Männer, die den Koffer haben möchten. Und ich sehe noch einen Mann. Er hat Angst. Sein Name beginnt mit B – nein, mit G. Er hat Angst, und er braucht Hilfe. Er bittet dich um Hilfe. Der Kristall hellt sich auf! Ich sehe Geld – viel Geld. Viele Menschen wollen dieses Geld haben. Aber es ist verborgen. Es ist hinter einer Wolke – es verschwindet, und niemand weiß, wohin … Nun verdüstert sich der Kristall. Der Mann, dessen Name mit G beginnt, ist verschwunden. Diesen Mann gibt es nicht mehr. Er ist tot, aber er lebt fort. Nun kann ich nichts mehr sehen.«

Die drei ???

Hoffen wir, dass es keine Schwierigkeiten mit dem Auge des Gesetzes gibt. Drei Fragen:

1. *Spricht die Wahrsagerin die Wahrheit?*
2. *Wenn ja: Wurde ihr diese Kunde auf übernatürlichem Wege mitgeteilt?*

3. *Oder handelt es sich um Tatsachen, die sie kennt (und die Justus eben nicht kennt)? In diesem Fall wäre die Kristallkugel ein apartes Dekorationsstück.*

Was meint ihr?

Bis jetzt war die alte Zigeunerin vornübergebeugt dagesessen und hatte aufmerksam in die Kristallkugel geblickt. Nun richtete sie sich mit einem Seufzer auf.

»Es ist sehr anstrengend, den Kristall zu befragen«, sagte sie. »Für heute muss es genug sein. War dir verständlich, was ich erschaut habe, junger Mann?«

Justus zog verwirrt die Brauen zusammen. »Teilweise ja«, sagte er. »Das mit dem Koffer schon. Ich habe einen Koffer, für den sich andere Leute sehr interessieren. Und G könnte der Anfang von ›Gulliver‹ sein – der Große Gulliver, der Magier.«

»Der Große Gulliver«, murmelte die Zigeunerin. »Ja, wahrhaftig, er war mit den Zigeunern gut Freund. Aber er ist verschwunden.«

»Sie sagten, es gebe ihn nicht mehr«, wiederholte Justus. »Er sei tot, und doch lebe er noch. Diesen Teil verstehe ich überhaupt nicht. Was soll das bedeuten?«

»Ich kann es nicht sagen.« Die Zigeunerin schüttelte den Kopf. »Aber der Kristall lügt nicht. Wir Zigeuner würden Gulliver gern finden und ihn zurückbringen, denn er war unser Freund. Vielleicht kannst du helfen. Du bist klug, und wenn du auch ein Knabe bist, so hast du doch einen wachen Blick. Du siehst Dinge, die mancher Mann nicht sieht.«

»Ich wüsste nicht, wie ich hier helfen könnte«, wandte Justus ein. »Von Gulliver weiß ich überhaupt nichts. Und von Geld ist mir schon gar nichts bekannt. Ich habe lediglich auf einer Auktion Gullivers Koffer gekauft, und darin war Sokrates, sein sprechender Schädel. Sokrates hat mir aufgetragen, hierherzukommen. Mehr weiß ich nicht.«

»Auch eine weite Reise beginnt mit einem ersten Schritt«, sagte die Zigeunerin. »Geh jetzt und warte. Vielleicht wirst du mehr erfahren. Bewahre den Koffer in sicherer Hut. Wenn Sokrates spricht, dann höre gut zu. Leb wohl.«

Justus, verwirrter als je zuvor, stand auf und ging.

Lonzo, der Zigeuner mit dem Schnurrbart, geleitete ihn hinaus.

Peter und Patrick warteten im Wagen. Peter sah auf seine Armbanduhr.

»Mensch, Just, jetzt wären wir gleich hineingegangen«, sagte er, als Justus ins Führerhaus stieg. »Gut, dass du heil wieder zurück bist. Was war denn los?«

»Das ist mir nicht ganz klar«, meinte Justus, während Patrick den Motor startete und der Wagen anfuhr. »Das heißt, ich weiß schon, was geschehen ist, aber ich weiß nicht, was es zu bedeuten hat.«

Er berichtete Peter, was er gerade erlebt hatte. Der Zweite Detektiv pfiff durch die Zähne.

»Das geht ja toll zu«, sagte er. »Gulliver und Geld in einem Versteck, und Gulliver soll tot sein und doch noch leben. Ich kapier das einfach nicht.«

»Ich auch nicht«, erklärte Justus. »Es bringt einen ganz durcheinander.«

»Du, hör mal!«, rief Peter. »Glaubst du, dass vielleicht in Gullivers Koffer eine Menge Geld versteckt ist? Nachdem wir

Sokrates gefunden hatten, haben wir den Koffer nicht weiter gründlich untersucht. Wenn nun Geld darin wäre, würde das erklären, warum alle so wild darauf sind.«

»Daran hab ich auch gerade gedacht«, bekannte Justus. »Womöglich sind die alle gar nicht hinter Sokrates her. Wenn wir wieder daheim sind, nehmen wir uns den Koffer noch mal vor ... Was ist denn, Patrick? Was hast du denn? Warum gibst du plötzlich Gas?«

»Da folgt uns einer«, brummte Patrick und beschleunigte weiter, bis der Wagen mit Höchstgeschwindigkeit dahinrumpelte. »Ein schwarzes Auto mit zwei Männern drin ist schon seit einiger Zeit hinter uns.«

Peter und Justus sahen durchs Rückfenster. Hinter ihnen war tatsächlich ein schwarzer Wagen, der eben zum Überholen ansetzte. Doch die Straße war frei, und Patrick hielt sich mit dem Lastwagen in der Mitte der Fahrbahn, sodass der Verfolger nicht vorbeikam.

So rasten sie einige hundert Meter weit, bis sie die Zufahrt einer Schnellstraße vor sich sahen. In Los Angeles gibt es viele Schnellstraßen, vier- bis achtspurig, die den Verkehr kreuzungsfrei und ohne Ampeln durch die verstopfte Innenstadt leiten. Manche spannen sich hoch über das Straßennetz der Stadt; dies war eine solche Hochstraße.

»Ich fahr auf die Schnellstraße!«, murmelte Patrick. »Dort können sie uns nicht stoppen – zu viel Verkehr.« Mit fast unvermindertem Tempo bog er in die Zubringerstraße ein. In der Kurve lehnte sich der Wagen bedenklich zur Seite, dann schoss er auf die breite Hochstraße hinaus, auf der in beiden Richtungen Autokolonnen rasten.

Der Wagen hinter ihnen verfolgte sie nicht weiter. Sein Fahrer musste begriffen haben, dass er sie – falls er das vorgehabt hatte – nicht mitten im starken Verkehr zum Anhalten zwingen konnte; zudem war das auf Schnellstraßen verboten. Der schwarze Wagen fuhr unten auf der normalen Straße weiter.

»Die wären wir los«, meinte Patrick. »Am liebsten würde ich sie mir ja vornehmen und sie mit den Köpfen zusammenstoßen. Wohin soll's nun gehen, Just?«

»Nach Hause, Patrick«, sagte Justus. »Was ist jetzt los, Peter? Warum machst du ein so finsteres Gesicht?«

»Das alles gefällt mir gar nicht«, erklärte Peter. »Ein Totenkopf, der nachts mit dir spricht. Und Leute, die den Koffer stehlen wollen und uns verfolgen. Das macht mich nervös. Ich wäre dafür, dass wir die ganze Sache fallen lassen.«

»Das werden wir wohl nicht können«, meinte Justus nachdenklich. »Mir scheint, wir haben uns da auf einen Fall eingelassen, den wir nun auch aufklären müssen – ob uns das passt oder nicht.«

Abschied von Sokrates

Als sie zum Schrottplatz zurückkamen, hatte Mathilda Jonas mehrere Aufträge für Justus. Peter packte mit an, und beide waren bis nach dem Mittagessen beschäftigt. Dann kam noch Bob, der vormittags in der Bibliothek gearbeitet hatte. Zu dritt gingen sie nach hinten zur Werkstatt. Dort ruhte der altgediente Koffer unter dem Tuch, mit dem Justus ihn abgedeckt hatte.

Justus berichtete Bob, was am Morgen geschehen war. Zum Schluss sagte er: »Die Zigeunerin Juana deutete also an, dass auf irgendeine Weise Geld abhandengekommen ist – und das hängt anscheinend mit dem Verschwinden des Großen Gulliver zusammen.«

»Vielleicht ist er mit dem Geld nach Europa gereist oder so was Ähnliches«, überlegte Bob.

»Nein.« Justus schüttelte den Kopf. »Juana sagte, dass er Hilfe brauche und dass es ihn nicht mehr gebe – er sei tot, und dennoch lebe er – und dass sie und die anderen Zigeuner ihm gern zur Rückkehr verhelfen würden. Das ist alles sehr verwirrend, aber ich kann daraus vorerst nur schließen, dass Gulliver nicht mit dem Geld, sondern *wegen* dieses Geldes verschwunden ist.«

»Vielleicht hat er das Geld im Koffer versteckt«, meinte Peter, »und irgendwelche üblen Zeitgenossen waren dahinter her? Ihr wisst doch: Fred Brown erwähnte, dass sich kurz vor sei-

nem Verschwinden ein paar unangenehme Typen für ihn interessierten. Vielleicht musste er sich vor denen verstecken.«
»Aber warum sollte er dann das Geld im Koffer zurücklassen?«, fragte Justus. »Na, wer weiß – vielleicht hat er's doch getan. Wir müssen also zunächst einmal genau nachsehen.«
Doch eine halbe Stunde später, als sie den Koffer ganz ausgepackt und den Inhalt Stück für Stück gründlich untersucht hatten, waren sie weder auf das versteckte Geld noch auf sonst etwas Wertvolles gestoßen.
»Das wär's«, sagte Peter. »Nichts.«
»In großen Scheinen könnte Geld unbemerkt unter dem Futter im Koffer versteckt sein«, meinte Justus. »Seht mal, da unten in der Ecke ist ein Schlitz im Futter.«
»Du meinst, da drunter könnte es sein?«, fragte Bob. »Aber da ist es doch nur ganz wenig ausgebeult.« Er griff in den Koffer und steckte einen Finger durch den Schlitz im Futterstoff. »Da ist – da drin ist was!«, rief er aufgeregt. »Papier! Vielleicht ist es Geld!« Vorsichtig zog er das Papier heraus und hielt es hoch. »Doch kein Geld«, sagte er dann. »Bloß ein alter Brief.«
»Hm«, murmelte Justus. »Lass mich mal sehen … Der Brief ist an Gulliver gerichtet, mit einem Hotel als Adresse, und abgestempelt ist er vor ungefähr einem Jahr. Also hat ihn Gulliver genau damals bekommen, als er verschwunden ist. Nachdem er den Brief erhalten hatte, schnitt er das Futter seines Koffers auf und versteckte ihn darunter.«
»Vielleicht ist er der Schlüssel zu dem Geld, von dem Juana sprach«, meinte Bob. »Es könnte ja eine Lageskizze oder so was drin sein.«
Er und Peter schauten Just über die Schulter, als er einen ein-

zelnen Bogen Papier aus dem Umschlag zog. Es standen nur wenige Worte darauf. Sie lauteten:

Landesstrafanstalt, Krankenstation
17. Juli

Lieber Gulliver!
Dein alter Freund und Zellengenosse Spike Neely möchte sich mal wieder kurz bei Dir melden. Ich bin im Krankenrevier, und ich mache es wohl nicht mehr lang.
Es kann fünf Tage gehen oder drei Wochen, vielleicht auch noch zwei Monate, das können die Ärzte nicht genau sagen. Auf alle Fälle ist es Zeit zum Abschiednehmen.
Wenn Du mal nach Chicago kommst, dann schau bei meinem Vetter Danny Street rein. Grüß ihn von mir. Ich hätte gern noch mehr geschrieben, aber ich schaffe es nicht.
Dein Freund Spike

»Nichts als ein Brief«, sagte Peter. »Wahrscheinlich von jemand, den Gulliver kennenlernte, als er wegen der Wahrsagerei im Kittchen saß. Der hat nichts zu bedeuten.«
»Kann sein – kann auch nicht sein«, widersprach Justus.
»Wenn er nichts zu bedeuten hatte, warum hat ihn Gulliver dann versteckt?«, fragte Bob.
»Das ist der springende Punkt«, meinte Justus. »Warum hat er ihn versteckt? Es sieht so aus, als sei er ihm doch irgendwie wichtig gewesen.«
Peter kratzte sich am Kopf. »Na, über Geld steht jedenfalls da drin kein Wort.«
»Dieser Spike Neely war im Gefängnis, als er den Brief

schrieb«, sagte Bob. »Und ich glaube, Briefe von Häftlingen werden von der Verwaltung immer zensiert, ehe sie zur Post gegeben werden. Spike konnte also über so etwas wie Geld nichts schreiben, ohne dass es der Zensur aufgefallen wäre.«

»Höchstens in versteckter Form«, gab Justus zu bedenken.

»Meinst du so was wie eine Geheimbotschaft mit unsichtbarer Tinte?«, fragte Peter.

»Möglich wäre es. Ich schlage vor, wir gehen mit dem Brief in die Zentrale und untersuchen ihn dort.«

Justus ging zu dem Eisengitter hinüber, das scheinbar an ihrer aus Schrott wiedererstandenen Abzugspresse lehnte. Doch das Gitter ließ sich zur Seite schieben und gab damit den Einlass zu Tunnel II frei. Das war der Haupteingang zum Zentralbüro der drei Detektive: ein großes Stück Wellblechröhre von etwa sechzig Zentimeter Durchmesser, die vermutlich von einem Abzugskanal stammte. Die Röhre war – teilweise unterirdisch – unter Stapeln von wertlosem Zeug hindurchgeführt, und sie endete unmittelbar unter der Zentrale, einem mitten im Schrott verborgenen Campinganhänger.

Justus kroch als Erster hinein, dann folgte Bob und schließlich Peter.

Auf Händen und Knien bewegten sie sich durch Tunnel II, der mit alten Lumpen ausgepolstert war, damit sie sich an dem gerippten Blech nicht die Knie aufschürften. Am anderen Ende stießen sie die Falltür auf und kletterten in ihr enges Büro hinauf.

In dem alten Anhänger hatten sich die drei Jungen ein winziges Laboratorium mit Mikroskop und anderen nötigen Geräten eingerichtet. Da sich im Labor immer nur einer aufhalten konnte, nahm Justus den Brief mit hinein, während Peter und Bob ihm durch die schmale Türöffnung zusahen. Zuerst legte Justus den Brief unters Mikroskop und untersuchte ihn Zoll für Zoll.

»Nichts«, sagte er. »Jetzt mache ich die Probe auf Geheimtinte, die gebräuchlichste Art.«

Er griff nach einer Säureflasche und goss etwas vom Inhalt in einen Glasbecher. Dann hielt er den Brief über dem Becher in die Säuredämpfe und bewegte ihn hin und her. Nichts geschah.

»Das habe ich erwartet«, sagte er. »Der Verstand müsste einem auch sagen, dass einer, der im Gefängniskrankenhaus ist, sich unmöglich Geheimtinte verschaffen kann. Allenfalls könnte er eine Zitrone auftreiben, und Zitronensaft ist ja eine ganz simple Art unsichtbarer Tinte. Wenn man damit schreibt, ist die Schrift nicht zu sehen, aber wenn dann das Papier erhitzt wird, tritt das mit dem Zitronensaft Geschriebene deutlich hervor. Versuchen wir's mal.«

Er entzündete einen Bunsenbrenner, hielt den Brief an einer Ecke fest und bewegte ihn über der Flamme hin und her. »Wieder Fehlanzeige«, sagte er nach einer Weile. »Gebt mir mal den Umschlag zum Untersuchen.«

Aber auch beim Umschlag versagten alle Tests. Justus war sichtlich enttäuscht. »Anscheinend ist es doch nur ein ganz gewöhnlicher Brief«, stellte er fest. »Und dennoch versteckte ihn Gulliver, als er ihn bekommen hatte. Warum tat er das?«

»Vielleicht glaubte er, im Brief sei ein versteckter Fingerzeig, den er nur nicht gleich finden konnte«, meinte Bob. »Passt mal auf: Angenommen, dieser Spike Neely vertraute ihm in der Zelle etwas über beiseitegeschafftes Geld an, nur nichts über das Versteck selbst. Vielleicht kündigte er an, wenn ihm irgendwann etwas zustoßen sollte, dann würde er Gulliver als einen Freund in das Geheimnis einweihen. Und später bekommt dann Gulliver den Brief aus dem Krankenrevier. Spike liegt im Sterben. Gulliver kann sich denken, dass Spike ihm noch verraten möchte, wo das Geld ist, aber er kann den Schlüssel dazu nicht finden, und so versteckt er den Brief erst mal und nimmt sich vor, sich später gründlich damit zu befassen.«

Auch Peter leuchtete die Idee ein. »Und irgendwie«, fuhr er fort, »erfahren ein paar andere Verbrecher, die Spike aus dem Gefängnis kennen, dass er an Gulliver geschrieben hat. Sie vermuten, dass er Gulliver das Geheimnis verraten hat, und sie machen sich an Gulliver ran. Gulliver wird es angst und bange. Er geht nicht zur Polizei, weil er ja gar nichts vorbringen kann. Aber er fürchtet, dass die Ganoven glauben könnten, er wisse um das Versteck des Geldes, und dass sie ihn vielleicht mit Foltermethoden aushorchen wollen. Also verschwindet er einfach. Na, wie hört sich das an?«

»Sehr gut überlegt, Bob und Peter«, sagte Justus. »Ich könnte mir vorstellen, dass es sich so abgespielt hat. Aber wir haben den Brief gründlich untersucht und konnten keinen Anhaltspunkt für eine Geheimschrift finden. Also lässt sich daraus schließen, dass Spike Neely überhaupt keine geheime Botschaft mitschickte. Er versuchte es gar nicht, weil er wusste, dass der Brief sofort von der Zensur gelesen werden würde.«

»Na, egal – irgendjemand glaubt jedenfalls, dass von dem Koffer aus eine Spur zu dem Geheimnis führt«, stellte Peter fest.

»Und diesem Jemand geht es um den Koffer, weil er diese Spur sucht. Wenn wir uns nicht mit ein paar gefährlichen Burschen anlegen wollen, die wahrscheinlich wegen des Koffers nicht lockerlassen werden, dann schaffen wir uns das Ding am besten gleich vom Hals.«

»Da hat Peter nicht ganz unrecht«, sagte Bob. »Wir können das Rätsel nicht lösen, weil wir den roten Faden nicht gefunden haben. Wenn wir keinen Ärger wollen, dann müssen wir den Koffer irgendwie loswerden. Wir haben ja schließlich auch nichts davon.«

»Maximilian der Magier möchte ihn uns abkaufen«, wandte Peter ein. »Ich stimme dafür, dass wir Sokrates wieder in den Koffer legen und den ganzen Krempel Mr Maximilian überlassen. Damit wir ihn endlich los sind. Es ist zu riskant, das Zeug zu behalten. Was meinst du, Just?«

»Hm ...« Justus knetete seine Unterlippe. »Juana war wohl der Meinung, wir könnten irgendwie helfen, aber danach sieht es ja nun nicht aus. Du hast recht: Wir haben keinen Anhaltspunkt entdeckt. Und es hat mir auch gar nicht behagt, dass uns heute früh zwei Männer gefolgt sind, als wir von Juanas Haus wegfuhren. – Schön, rufen wir Mr Maximilian an, wenn er den Koffer so unbedingt haben will. Wir packen alles wieder ein, samt Sokrates. Aber damit er Bescheid weiß, müssen wir ihm vorsorglich sagen, dass noch andere hinter dem Koffer her sind. Und hundert Dollar werd ich von ihm auch nicht verlangen – nur den einen Dollar, den ich dafür bezahlt habe.«

»Hundert Dollar wären aber eine tolle Sache«, meinte Peter.

»Es wäre aber nicht fair, falls der Besitz des Koffers tatsächlich mit Gefahr verbunden ist«, widersprach Justus. »Ich rufe Maximilian gleich an. Vorher möchte ich nur noch den Brief fotografieren für den Fall, dass mir später noch etwas dazu einfällt.«

Die drei ??? *Ja, so ein Brief könnte einen kritischen Juniordetektiv noch lange beschäftigen. Wie steht's bei euch? Geheimtinte – Fehlanzeige. Umschlag – bis jetzt ohne Befund. Bleiben die Worte selbst. (Das ist nun wirklich ein Geheimtipp für euch – von mir!)*

Justus machte von Brief und Umschlag mehrere Aufnahmen. Dann rief er Maximilian den Magier an, und der sagte, er werde sofort herkommen und den Koffer abholen. Also schoben sie den Brief hinter den Schlitz im Futter und packten alles sorgfältig wieder ein. Zum Schluss ging Justus in sein Zimmer, um Sokrates zu holen. Er kam gerade dazu, wie Tante Mathilda vor seinem Schreibpult voll Entsetzen auf den Totenschädel starrte.
»Justus Jonas!«, brachte sie mühsam heraus. »Das – das Ding hier –« Sprachlos zeigte sie auf den Schädel.
»Ja, Tante Mathilda?«, fragte Justus.
»Das grässliche Ding!«, entrüstete sich die stattliche Dame. »Weißt du, was es gerade getan hat? Es machte ›Buh!‹ …«
»Sokrates sagte ›Buh‹ – zu dir?«, forschte Justus.
»Ja, wenn ich dir's sage! Ich kam gerade zum Saubermachen rein, und da sagte ich zu ihm: ›Du hässliches Biest, wo dich Justus herhat, weiß ich nicht, aber eines kann ich dir sagen – in meinem Haus ist kein Platz für dich, und damit basta. Ich

dulde das nicht!‹ Und da – da –«, und ihre Stimme versagte wieder, »da sagte es ›Buh!‹, einfach so! ›Buh!‹ Ich hab's so deutlich gehört, wie ich dich höre.«

»Es sollte auch ein sprechender Schädel sein«, sagte Justus mit mühsam verhaltenem Grinsen. »Er hat mal einem Zauberer gehört. Wenn er ›Buh‹ zu dir sagte, sollte das wahrscheinlich ein Spaß sein.«

»Ein Spaß? Das nennst du einen Spaß? Wenn ein widerlicher alter Totenkopf dich angrinst und ›Buh‹ macht? Es ist mir ganz egal, ob das ein Zauberschädel oder ein Zauberpferd ist – ich will ihn hier auf der Stelle weghaben. Und damit basta!«

»Ist ja gut, Tante Mathilda«, beschwichtigte sie Justus. »Ich werd ihn wegschaffen. Das hatte ich sowieso vor.«

»Dein Glück.«

Nachdenklich ging Justus mit Sokrates und dem Elfenbeinsockel zum Schrottplatz zurück. Dort berichtete er Peter und Bob, was seine Tante erlebt hatte. »Es ist höchst sonderbar«, schloss er.

»Ich muss zugeben, dass es mich aufs Äußerste verwirrt hat. Warum sollte Sokrates zu Tante Mathilda ›Buh‹ sagen?«

»Vielleicht hat er Sinn für Humor«, meinte Peter. »Komm, packen wir ihn ein.«

»Nach dieser neuen Entwicklung«, sagte Justus, »sollten wir vielleicht Sokrates und den Koffer noch ein Weilchen behalten. Womöglich will er noch mehr von sich geben.«

»Mann, hör bloß auf!«, sagte Peter. Er packte Sokrates, wickelte ihn ein und stopfte ihn in den alten Koffer. »Deine Tante sagt, du sollst ihn wegschaffen, und darüber waren wir uns auch vorher schon einig. Und wir haben mit Maximilian vereinbart, dass er ihn bekommt, und da können wir nicht einfach umschwenken. Ich habe keine Lust, mir irgendwelches Geschwätz von einem Totenkopf anzuhören. Es gibt Geheimnisse, die ich nicht ergründen mag.« Er klappte den Deckel zu und ließ das Schloss einrasten.

Justus überlegte gerade, was er noch einwenden könnte, da hörten sie Patrick rufen.

»Just! He – Just! Da ist Besuch für dich!«

»Das ist bestimmt Mr Maximilian«, sagte Bob noch. Schon liefen die drei nach vorn zum Hofeingang.

Es war wirklich der große, magere Zauberer, der ruhig dastand und wartete und sich weder um die umherspazierenden Kunden noch um die aufgehäuften Schätze an Altmaterial kümmerte.

»Na also, mein Junge«, rief er, als er Justus sah. »Gullivers Koffer ist wieder da, nicht?«

»Jawohl, Sir«, antwortete Justus. »Und Sie können ihn haben, wenn Sie ihn wirklich wollen.«

»Natürlich will ich ihn haben! Sagte ich das nicht? Hier ist das Geld – hundert Dollar.«

»Ich verlange von Ihnen keine hundert Dollar«, sagte Justus. »Ich habe einen Dollar dafür bezahlt, und Sie können ihn für einen Dollar haben.«

»Nanu?«, fuhr der Mann auf. »Warum plötzlich so großzügig, wenn ich fragen darf? Habt ihr etwas Wertvolles rausgenommen?«

»Nein, Sir, der Koffer ist ganz so, wie er war, als wir ihn bekamen. Aber es steckt ein Geheimnis dahinter, und irgendwem liegt der Koffer anscheinend sehr am Herzen. Er könnte ein gefährlicher Besitz sein. Ich bin nicht sicher, ob wir ihn nicht doch der Polizei übergeben sollten.«

»Unsinn, Junge! Ich sehe keine Gefahr und keinen Grund zur Sorge. Ich werde mich schon in Acht nehmen. Ich war der erste Interessent für den Koffer, und jetzt verlange ich, dass du ihn an mich verkaufst. Hier ist dein Dollar.«

Er streckte einen langen Arm aus, schnippte mit den Fingern und holte, wie es schien, Justus einen Silberdollar aus dem Ohr. »Nun gehört der Koffer mir«, sagte er. »Hab die Güte und bring ihn her.«

»Bob, holst du mit Peter den Koffer?«, bat Justus.

»Mit dem größten Vergnügen!«, sagte Peter. Kaum eine Minute später waren er und Bob mit dem Koffer zurück. Der Magier wies die Jungen an, ihn auf den Rücksitz seines blauen Wagens zu legen, den er am Tor abgestellt hatte. Sie waren alle so eifrig beschäftigt, dass sie nicht die zwei Männer bemerkten, die sie heimlich beobachteten.

Maximilian setzte sich hinters Lenkrad.

»Wenn ich meine nächste Vorstellung gebe«, sagte er, »schicke ich euch Eintrittskarten. Bis dann also – lebt wohl.«

Der Wagen fuhr an und war bald außer Sicht. Peter stieß einen Seufzer der Erleichterung aus. »Sokrates wären wir los«, stellte er fest. »Ich möchte wetten, Mr Maximilian geht es darum, rauszukriegen, wie das Sprechen funktioniert, damit er Sokrates in sein Zauberprogramm aufnehmen kann. Von mir aus gern. Uns ist der Koffer mitsamt dem Totenkopf endlich aus den Augen. Bin ich froh!«

Er wäre weit weniger begeistert gewesen, wenn er gewusst hätte, wie gründlich er sich da täuschte.

»Der Vogel ist ausgeflogen«

An diesem Tag trug sich nichts Besonderes mehr zu. Bob ging seinem Vater zuliebe früh nach Hause. Mr Andrews war Journalist bei einer großen Zeitung in Los Angeles und abends oft unterwegs, aber an diesem Abend war er daheim.

»Na, Bob«, meinte Mr Andrews beim Abendessen. »In Hollywood war ja dein Bild in der Zeitung, mit einer Geschichte über deinen Freund Justus, der einen alten Koffer ersteigert hat. Habt ihr denn was Interessantes darin entdeckt?«

»Wir haben einen Totenkopf gefunden, der angeblich sprechen kann«, antwortete Bob. »Er heißt Sokrates.«

»Ein sprechender Totenkopf namens Sokrates!«, rief Bobs Mutter. »Du liebe Güte! Ich hoffe, er hat nicht mit dir gesprochen.«

»Nein, Mama, mit mir nicht«, sagte Bob. Er hätte ja berichten können, dass Sokrates immerhin das Wort an Justus gerichtet hatte, doch er überlegte es sich anders – zumal sein Vater gleich mit einem Lächeln erklärte: »Natürlich nur ein Trick von diesem Zauberer, dem der Schädel einmal gehört hat – wie hieß er doch gleich? Alexander?«

»Gulliver«, berichtigte Bob. »Der Große Gulliver.«

»Der Mann muss ein geschickter Bauchredner gewesen sein«, meinte Mr Andrews. »Was hat denn Justus damit vor? Ihn behalten? Doch hoffentlich nicht.«

»Nein, er hat ihn verkauft«, sagte Bob. »Wieder an einen Zau-

berer, der behauptet, er hätte Mr Gulliver gekannt. Er nennt sich Maximilian der Magier.«
»Maximilian der Magier?« Mr Andrews runzelte die Stirn.
»Kurz bevor ich die Redaktion verließ, kam noch eine Kurzmeldung herein. Er ist heute Nachmittag bei einem Verkehrsunfall verletzt worden.«
Maximilian verletzt – bei einem Unfall? Bob fragte sich, ob ihm der sprechende Totenkopf Unglück gebracht hatte.
Sein Vater unterbrach ihn in seinen Überlegungen. »Sag mal, hättest du Spaß daran, am Sonntag mit zum Segeln zu kommen? Ein Freund von mir hat uns alle für den ganzen Tag auf sein Boot eingeladen, draußen vor der Catalina-Insel.«
»Das wäre prima!«, begeisterte sich Bob. An Maximilians Unfall dachte er nicht mehr. Am nächsten Morgen, als er sich mit Peter und Justus auf dem Schrottplatz traf, hatte er die Sache ganz vergessen.
Die drei Jungen machten sich daran, eine gebrauchte Waschmaschine auseinanderzunehmen, die Titus Jonas gekauft hatte. Mithilfe einiger Teile aus einer anderen Maschine gelang es ihnen, sie wieder einwandfrei instand zu setzen. Sie waren gerade mit der Reparatur fertig, als ein Polizeiauto in den Hof fuhr. Überrascht blickten sie auf und sahen die untersetzte Gestalt von Hauptkommissar Reynolds aussteigen und näher kommen.
»Hallo, ihr Burschen«, sagte er. Er sah sehr ernst aus. »Ich muss euch ein paar Fragen stellen.«
»Fragen, Sir?«, erkundigte sich Justus mit zusammengekniffenen Augen.
»Ja. Über einen Koffer, den ihr gestern verkauft habt – an

einen Mann, der sich Maximilian der Magier nennt. Auf der Rückfahrt hatte er einen Unfall. Sein Wagen hat Totalschaden, und er selbst ist schwer verletzt. Jetzt liegt er im Krankenhaus. Zuerst glaubten wir, es sei ein gewöhnlicher Unfall gewesen – er war bewusstlos und konnte nicht sprechen. Aber heute früh wachte er auf und erzählte uns, dass ihn ein anderer Wagen mit zwei Männern darin von der Straße abgedrängt hatte. Er hat uns auch von dem Koffer berichtet. Allem Anschein nach haben die beiden Männer den Koffer entwendet, denn als wir das Autowrack zu einer Werkstatt geschleppt hatten, fanden wir keine Spur davon.«

»Dann haben die beiden Männer vermutlich den Unfall mit Absicht herbeigeführt, um den Koffer aus Mr Maximilians Wagen zu bekommen!«, rief Justus.

»Genau das lässt sich daraus schließen«, bestätigte Hauptkommissar Reynolds. »Maximilian konnte nicht viel reden – der Arzt erlaubte es nicht. Er erzählte, er habe den Koffer bei dir gekauft, Justus, und da sagte der Doktor schon, jetzt sei es genug. Also bin ich hierhergekommen – es interessiert mich, auf was in dem Koffer die Diebe es abgesehen haben.«

»Na ja«, berichtete Justus, während Peter und Bob aufmerksam zuhörten, »es waren vor allem Kleider darin. Und ein paar Requisiten zum Zaubern. Die Hauptsache war ein alter Totenschädel, von dem es hieß, er könnte sprechen.«

»Ein Totenschädel und sprechen?« Der Kommissar wurde wütend. »Das ist doch Unsinn! Ein Schädel kann nicht sprechen!«

»Nein, Sir«, gab Justus zu. »Aber der hier gehörte früher einmal einem anderen Zauberer, dem Großen Gulliver, und –« Und dann erzählte er dem Polizeichef die ganze Geschichte: Wie sie den Koffer auf der Auktion gekauft hatten, was sie über Gulliver wussten, dass er eine Zeit lang im Gefängnis gesessen habe und nach seiner Entlassung dann eines Tages spurlos verschwunden sei.

Hauptkommissar Reynolds hörte sich das alles mit gerunzelter Stirn an und nagte dabei an seiner Unterlippe. »Das ist ja eine ganz verworrene Geschichte«, sagte er, als Justus fertig war. »Du hast dir bestimmt nur eingebildet, dass du den Schädel an diesem Abend in deinem Zimmer reden hörtest. Vielleicht hast du auch geträumt.«

»Das habe ich auch schon gedacht, Sir. Aber als ich dann zu dem Haus ging, von dem er gesprochen hatte, fand ich dort die Zigeunerin Juana, der Gulliver anscheinend bekannt war. Sie sagte, es gebe diesen Mann nicht mehr.«

Hauptkommissar Reynolds seufzte und wischte sich den Schweiß von der Stirn. »Und dann redete sie große Töne von verstecktem Geld, das sie angeblich in ihrem Kristall erspäht hatte, wie?«, murmelte er. »Na, sonderbar ist es auf jeden Fall. Nun zu dem Brief, den ihr in dem Koffer gefunden und später wieder reingetan habt. Du sagtest, du hättest ihn fotografiert. Diese Fotos hätte ich gern.«

»Ja, Sir«, sagte Justus. »Ich hole sie.«

Er lief in seine Werkstatt zurück, schlüpfte in Tunnel II und war gleich darauf in der Zentrale angekommen. Frühmorgens hatte er den Film, den er am Vortag verknipst hatte, entwickelt und die Abzüge zum Trocknen aufgehängt. Er hatte nur je einen Abzug gemacht, aber wenn es nötig war, konnte er ja noch weitere anfertigen.

Er steckte die getrockneten Bilder in einen Umschlag, dann ging er wieder zu den anderen und gab Reynolds die Fotos. Der Kommissar warf einen Blick darauf und schüttelte den Kopf. »Bilde dir nur nicht ein, dass sie irgendeinen Wert für mich haben«, knurrte er. »Na gut, ansehen werde ich sie mir. Als Nächstes will ich aber nun mit dieser Juana sprechen, der Zigeunerin. Ich schlage vor, du fährst jetzt mit mir zusammen hin, Justus, und wir hören uns an, was sie zu sagen hat. Ich habe so eine Ahnung, dass sie mehr weiß, als sie bis jetzt herausgelassen hat.«

Bob und Peter hofften, auch eingeladen zu werden, doch davon war nicht die Rede. Justus sagte noch, sie sollten weitermachen, solange er weg sein würde; dann stieg er zu dem Polizeichef in den Dienstwagen, und der Polizist am Steuer fuhr in Richtung Los Angeles davon.

»Wir machen einen ganz normalen Besuch«, sagte Hauptkommissar Reynolds während der raschen Fahrt zu Justus. »Ich glaube zwar, sie wird dichthalten und uns nichts verraten, Zigeuner sind sehr verschwiegen. Aber wir wollen es wenigstens versuchen. Ich könnte die Polizei in Los Angeles um Amtshilfe bitten, aber bis jetzt liegt ja nichts vor. Juana hat dir nicht wahrgesagt, also hat sie sich nicht gegen das Gesetz vergangen. Aber wenn ich wieder auf meinem Amt bin, will ich doch eines tun: Ich werde mir das Register dieses Spike Neely, der Gulliver den Brief geschickt hat, mal gründlich vornehmen. Es interessiert mich, was eigentlich dahintersteckt. Es muss schon einen guten Grund haben, wenn ein paar Ganoven einen Wagen von der Straße abdrängen und dann bloß einen alten Koffer mitgehen lassen. Sicher haben sie euren Betrieb ständig beobachtet und gesehen, wie ihr den Koffer in Maximilians Auto gepackt habt. Und dann sind sie ihm nachgefahren.«

Justus sagte nichts dazu. Er hatte im Augenblick keine weiteren Ideen und musste sich eingestehen, dass er in der ganzen Sache überhaupt nicht durchblickte.

Das Polizeiauto fuhr schnell, und bald waren sie vor dem schäbigen Haus angelangt, in dem Justus Juana besucht hatte. Hauptkommissar Reynolds ging, von Justus gefolgt, zu der kleinen Veranda vor der Haustür hinauf und klingelte energisch. Dann warteten sie. Nichts rührte sich. Der Kommissar blickte schon ziemlich finster drein. Da rief eine alte Frau, die am Nebenhaus die Vortreppe fegte, etwas herüber.

»Wenn Sie die Zigeuner suchen«, sagte sie, »die sind weg.«

»Weg?«, rief der Polizeichef. »Und wohin?«

»Weiß man das bei Zigeunern?« Die alte Frau lachte meckernd. »Die sind heut früh mit Sack und Pack in ein paar alten Autos weggefahren. Haben niemand was gesagt. Einfach verduftet.«

»Zum Donnerwetter!«, schimpfte Hauptkommissar Reynolds. »Unsere einzige Spur ist futsch. Der Vogel ist ausgeflogen!«

Warnung vom Polizeichef

»Die Sitzung ist eröffnet«, sagte Justus.

Bob Andrews und Peter Shaw setzten sich auf ihren Stühlen zurecht. Justus klopfte mit einem Bleistift auf die hölzerne Schreibtischplatte. Sie waren in ihrem kleinen Büro in der Zentrale.

»Die drei Detektive werden jetzt künftige Unternehmungen besprechen«, kündigte Justus an. »Jeder Sitzungsteilnehmer kann hierzu Vorschläge machen.« Als weder Bob noch Peter etwas sagten, setzte er hinzu: »Heute steht noch nichts auf dem Programm. Wie wollen wir den Tag verbringen?«

Zwei Tage waren seit dem Besuch des Polizeichefs vergangen. Sie waren ruhig verlaufen, und die drei Jungen hatten viele Stunden mit Reparieren und Herrichten von ausgedientem Gerät auf dem Schrottplatz zugebracht. Niemand war mit einem ungelösten Rätsel an sie herangetreten, und Bob und Peter war das im Grunde recht willkommen. Sie waren froh, zur Abwechslung einmal ihre Ruhe zu haben. Und besonders froh waren sie, weil sie das sonderbare Problem mit dem sprechenden Schädel und dem geheimnisvollen Koffer wieder los waren.

»Ich beantrage, dass wir heute tauchen«, sagte Peter. »Es ist fantastisches Wetter, und wir haben es in letzter Zeit gar nicht mehr getan. Wir rosten ja ein.«

»Ich unterstütze den Antrag«, ließ sich Bob vernehmen. »Es ist heiß heute. Im Wasser ist es bestimmt herrlich.«

Und da klingelte das Telefon.
Alle drei fuhren zusammen und starrten den Apparat an. Der Anschluss, den sie mit ihren Einnahmen aus dem Schrottgeschäft finanzierten, war auf Justs Namen eingetragen. Nur wenige Leute wussten, dass es gleichzeitig das Geschäftstelefon der drei ??? war. Es klingelte selten, aber wenn es klingelte, handelte es sich gewöhnlich um etwas Wichtiges. Beim zweiten Klingeln nahm Justus den Hörer ab.
»Hallo«, sagte er. »Die drei Detektive, Justus Jonas am Apparat.«
»Tag, Justus«, meldete sich Hauptkommissar Reynolds. Über den Lautsprecher, den Justus installiert hatte, konnten sie alle seine Stimme hören. »Ich hab bei dir zu Hause angerufen, und deine Tante hat mir diese Nummer hier genannt.«
»Bitte sehr, Herr Hauptkommissar?«, sagte Justus zuvorkommend.
»Ich sagte dir doch, dass ich ein paar Ermittlungen anstellen wollte«, erklärte der Polizeichef. »Du weißt ja, wegen dieses Briefes, den du fotografiert hast, und wegen Spike Neely und Gulliver. Na, und es hat sich auch einiges ergeben. Ich sehe noch nicht klar, was es alles zu bedeuten hat, aber ich würde mich ganz gern noch mal mit dir darüber unterhalten. Kannst du zu mir ins Büro kommen?«
»Ja, natürlich!«, sagte Justus ein bisschen aufgeregt. »Jetzt gleich, Herr Hauptkommissar?«
»Wann du willst«, erwiderte Reynolds. »Ich habe heute Vormittag nicht viel zu tun.«
»Wir sind in zwanzig Minuten bei Ihnen«, sagte Justus und legte auf. »So«, meinte er zu seinen beiden Freunden, »damit

wären wir also für heute Vormittag beschäftigt. Der Kommissar hat neue Informationen.«
»Bloß das nicht!«, stöhnte Peter. »Wir haben ihm doch alles erzählt, was wir wissen. Du jedenfalls. Wenn ihr mich fragt: Die ganze Geschichte mit dem Koffer und dem Schädel ist für mich erledigt. Schluss. Aus. Fertig. Vorbei.«
»Na schön, wenn du nicht mitkommen magst, werde ich es mit Bob wohl auch allein schaffen«, meinte Justus.
Bob grinste. Peters Gesicht spiegelte den Widerstreit der Gefühle. Abseits wollte er nun auch nicht stehen, all seinem Protest zum Trotz. »Oh, ich komme schon mit«, sagte er schließlich. »Die drei Detektive halten zusammen. Vielleicht geht es schnell, und dann können wir immer noch tauchen gehen.«
»Damit ist die Sitzung vertagt«, verkündigte Justus. »Gehen wir.«
Sie hinterließen für Titus Jonas die Nachricht, dass sie eine Zeit lang weg sein würden, und fuhren mit den Rädern nach Rocky Beach. Der Schrottplatz lag in einem Außenbezirk der kleinen Stadt, aber man erreichte doch schnell das Zentrum, wo die Polizeidirektion war.
Sie stellten die Räder ab und gingen ins Haus. Drinnen begrüßte sie der diensttuende Beamte hinter dem großen Schreibtisch. »Geht nur gleich hinein. Der Chef wartet schon auf euch.«
Sie gingen den kurzen Flur entlang bis zur Tür mit dem Schild *Hauptkommissariat*, klopften an und traten ein. Der Polizeichef saß hinter seinem Schreibtisch und paffte gedankenvoll an seiner Zigarre. Mit einer Handbewegung lud er sie zum Sitzen ein.
»Setzt euch, Jungens«, sagte er. Sie nahmen Platz und warteten

gespannt. Reynolds zog noch einmal an der Zigarre, dann fing er an zu sprechen.

»Also, Freunde«, sagte er, »ich bekam auf meine Fragen über diesen Burschen namens Spike Neely recht interessante Auskünfte. Ihr wisst, er war eine Zeit lang mit Gulliver zusammen in einer Zelle. Anscheinend war Spike Neely ein Bankräuber.«

»Ein Bankräuber!«, entfuhr es Justus.

»Ja, genau.« Der Kommissar nickte. »Er saß nämlich wegen eines Bankraubes, den er vor sechs Jahren in San Francisco begangen hatte. Damals erbeutete er ungefähr fünfzigtausend Dollar in großen Banknoten. Nach etwa einem Monat fasste man ihn schließlich in Chicago. Einem aufmerksamen Angestellten der Bank war bei dem Überfall aufgefallen, dass der Täter einen Sprachfehler hatte – er stieß mit der Zunge an, sodass sich das S bei ihm wie F anhörte. Und das überführte ihn auch, als er in Chicago von der Polizei vernommen wurde. Allerdings – und das ist der springende Punkt – konnte das Geld nicht sichergestellt werden. Er hatte es versteckt – zu gut versteckt. Man konnte ihn nicht einmal zu einem Geständnis wegen des Raubs bewegen. Zweifellos hatte er vor, das Geld in dem Versteck zu lassen, bis er aus der Haft entlassen würde, und es sich dann zu holen.« Der Kommissar lehnte sich in seinem Sessel zurück.

»Nehmen wir uns nun einmal den ganzen Fall Schritt für Schritt vor«, fuhr er fort. »Vor sechs Jahren wurde Spike also in Chicago festgenommen, etwa einen Monat nach dem Bankraub. Wahrscheinlich hatte er das Geld in Chicago versteckt, aber auch hier im Raum Los Angeles konnte er es untergebracht haben. Die Polizei fand nämlich heraus, dass er sich vor der Reise nach Chicago eine Woche lang bei seiner Schwester in Los Angeles verborgen hatte. Sie ist eine Mrs Miller – Mrs Mary Miller. Sie wurde damals vernommen, aber ihre Aussage brachte die Polizei überhaupt nicht weiter. Sie ist eine wirklich ehrenwerte Frau. Ehe die Polizei zu ihr kam, hatte sie nicht einmal gewusst, dass ihr Bruder ein Bankräuber war. In der Annahme, dass Spike das Geld vielleicht bei ihr versteckt hatte, ehe er nach Chicago ging, veranstaltete die Polizei eine gründliche Haussuchung. Gefunden hat man nichts. Aber da Spike am selben Tag, an dem er in San Francisco den Überfall begangen hatte, in Los Angeles aufgetaucht war, musste er das Geld bei sich gehabt haben. Also blieb nur die Annahme, dass Spike das Geld erst in Chicago versteckt hatte.«

»In dem Brief, den er vor einem Jahr an Gulliver schrieb, erwähnt er einen Vetter namens Danny Street in Chicago«, warf Justus ein. »Vielleicht hat er das Geld bei dem gelassen?«

»Daran hat die Gefängnisverwaltung auch gedacht, Justus. Wie du annahmst, hat man den Brief an Gulliver gründlich gelesen, ehe er zur Post gegeben wurde. Es ging auch die telegrafische Anweisung nach Chicago, einen gewissen Danny Street zu verhören. Aber die Polizei in Chicago konnte keinen Mann namens Street finden, der mit Spike Neely irgendwie in Verbindung zu bringen war. Schließlich hielt man den Brief dann doch für belanglos und gab ihn zur Post. Vorher hatte man ihn mit allen denkbaren Methoden auf eine geheime Nachricht hin untersucht, aber nichts entdeckt.«

»So ging's mir auch«, gestand Justus. Er knetete wieder einmal seine Unterlippe, um seinen Denkapparat in Schwung zu bringen.

Die drei ??? *Den Vetter Danny Street – den gibt es also nicht? Nun, dann muss ihn Spike wohl erfunden haben, und das sicher nicht ganz ohne Grund. Komischer Name, Street, nicht? So, und was hat die Unterlippenmassage Justus diesmal eingebracht?*

»Ich habe auch nichts entdeckt«, fügte er hinzu. »Aber trotzdem habe ich den Verdacht, dass ein paar andere Gangster von dem Brief Wind bekommen hatten und nun glaubten, darin sei doch irgendwie von dem Geldversteck die Rede. Also wurde Gulliver von da an beschattet. Das ängstigte ihn, und deshalb tauchte er unter.«

»Oder er wurde umgebracht«, sagte Hauptkommissar Reynolds ernst. »Ich glaube, so viel ist klar: Gulliver hat dieses Geld nie gefunden. Aber vielleicht hat jemand versucht, das Versteck aus ihm herauszubekommen, und wurde dann böse, als Gulliver es nicht nannte – weil er es nicht kannte. Andererseits ist es auch möglich, dass er einfach Angst bekam, den Koffer seinem Schicksal überließ und sich irgendwo versteckte.«

»Er muss aber geahnt haben, dass Spike Neely ihm etwas mitzuteilen versuchte.« Justus dachte angestrengt nach. »Weshalb hätte er sonst den Brief versteckt? Nehmen wir mal an, dass er einfach untergetaucht ist. Und da erfuhren nun die anderen Ganoven, die sich noch hier rumtreiben, aus der Zeitung, dass ich Gullivers Koffer gekauft hatte. Sie vermuteten, vom Koffer könnte eine Spur zu dem geraubten Geld führen. Gleich in der ersten Nacht versuchten sie ihn zu stehlen, aber Onkel Titus machte ihnen einen Strich durch die Rechnung – er hatte den Koffer ja versteckt. Danach nahmen sie mich aufs Korn.

Sie überlegten, wie sie an den Koffer rankommen könnten, und beobachteten den Schrottplatz ständig. Und da sahen sie, wie wir den Koffer an Maximilian den Magier verkauften. Also verfolgten sie jetzt Mr Maximilian, drängten seinen Wagen von der Straße ab und nahmen den Koffer mit.«

»Die waren ja wie wild hinter dem Koffer her!«, rief Peter. »Ich bin froh, dass wir ihn rechtzeitig losgeworden sind.«

»Eigentlich hättet ihr den Koffer ja hierherbringen sollen«, bemerkte der Polizeichef dazu.

»Das hatten wir Mr Maximilian auch vorgeschlagen, Sir«, erwiderte Justus. »Aber davon wollte er nichts wissen. Er wollte den Koffer haben. Und wir wussten ja nicht, dass andere ihm das Ding mit Gewalt wieder abjagen würden. Außerdem hatten wir auch gar keine Spur darin gefunden.«

»Na ja, es ist nun mal passiert«, meinte Reynolds, »aber unsere ganze Unterhaltung hat doch zu einem sehr wichtigen Gesichtspunkt geführt. Wir sind uns einig, nicht wahr, dass diese Verbrecher glauben, im Koffer müsse sich ein Hinweis auf das abhandengekommene Geld befinden.«

Die Jungen nickten.

»Gut«, fuhr der Polizeichef fort, »und jetzt haben die Kerle den Koffer. Sie haben ihn sorgfältig durchsucht. Und sie haben keinen Fingerzeig entdeckt. Was meint ihr also – was halten die nun davon?«

Justus begriff als Erster und schluckte hart.

Bob merkte, dass Peter die Anspielung des Kommissars entgangen war, und platzte heraus: »Die glauben, dass wir in dem Koffer etwas gefunden und herausgenommen haben, ehe wir ihn an Mr Maximilian verkauften! Sie glauben, dass wir – dass

wir immer noch den Schlüssel zu dem ganzen Geld bei uns haben!«
»Aber das stimmt doch nicht!«, widersprach Peter. »Nichts haben wir! Nichts wissen wir!«
»Das ist mir bekannt«, sagte Hauptkommissar Reynolds. »Und euch auch. Aber wenn diese Burschen der Meinung sind, ihr hättet die Lösung – na ja, dann tauchen sie womöglich noch mal bei euch auf und versuchen euch mit Gewalt zum Reden zu bringen.«
Sie dachten darüber nach. Eine angenehme Vorstellung war das nicht.
»Sie meinen, wir sind vielleicht immer noch in Gefahr, Sir?«, fragte Justus schließlich.
»Ich fürchte, ja.« Dem Polizeichef war es wirklich ernst. »Ich bitte euch also, gebt gut acht. Wenn sich ein Verdächtiger beim Schrottplatz herumdrückt, dann verständigt mich sofort. Und sagt mir auch Bescheid, wenn jemand wegen des Koffers bei euch auftaucht. Wollt ihr das tun?«
»Ganz bestimmt!«, versprach Bob.
»Die Sache hat nur einen Haken«, sagte Justus mit gerunzelter Stirn. »Zum Schrottplatz kommen als Kunden sehr viele Fremde. Es ist also schwer zu sagen, ob darunter ein Verdächtiger ist. Aber wenn uns einer mal als wirklich verdächtig auffällt, werden wir Sie sofort benachrichtigen.«
»Ich empfehle es euch dringend«, meinte Hauptkommissar Reynolds.
In recht nachdenklicher Stimmung verließen die drei Detektive die Polizeidirektion und fuhren zum Schrottplatz zurück.

Justus stürzt sich auf den Fall

»Ich merke immer mehr, dass mir diese ganze Geschichte immer weniger gefällt!« Peter musste seinem Herzen Luft machen. »Es passt mir nicht, dass ein paar gemeine Kerle glauben, wir wären bestens informiert, und dabei stimmt das gar nicht. Man weiß nie, wozu die fähig sind. Solchen Burschen ist mit Vernunft nicht beizukommen.«

»Und da dachten wir, wenn wir den Koffer los sind, dann sind wir auch unsere ganzen Sorgen los«, pflichtete Bob bei. »Ist dir schon was eingefallen, Just?«

Die drei Detektive hatten sich zu geheimer Sitzung in ihrer Werkstatt auf dem Schrottplatz versammelt. Glücklich sahen sie alle drei nicht aus. Auch Justs rundes Gesicht durchzogen Kummerfalten. »Ich fürchte«, sagte er, »dass diese Männer – wer sie auch sein mögen – nicht lockerlassen, bis das Geld auftaucht. Die beste Lösung unseres Problems wäre, dass wir selbst das Geld finden und es der Polizei übergeben – und in der Presse davon recht viel hermachen. Dann würden sie aufgeben.«

»Großartig! Einfach großartig!«, kommentierte Peter sarkastisch. »Wir müssen also bloß dieses Geld finden, das seit Jahren irgendwo versteckt ist. Geld, das weder die Polizei noch die Beauftragten der Finanzbehörde sicherstellen konnten. Gar nichts dabei. Kinderleicht. Erledigen wir am besten noch vor dem Essen, damit wir den Fall zu den Akten legen können.«

»Peter hat recht«, sagte Bob. »Welche Chance haben wir denn, so ganz ohne einen Anhaltspunkt das Geldversteck zu finden?«

»Leicht wird das bestimmt nicht sein«, räumte Justus ein. »Aber ich meine, wir müssen es versuchen. Solange das Geld nicht gefunden ist, werden wir keine Ruhe mehr haben. Wir sind Detektive – und das ist nun eine echte Herausforderung für uns.«

»Und wie würden wir's anfangen, Just?«, fragte Bob.

»Zunächst müssen wir voraussetzen, dass das Geld hier irgendwo in der Nähe von Los Angeles versteckt ist«, sagte Justus bedächtig. »Wenn es nämlich in Chicago beiseitegeschafft wurde, dann haben wir keine Chance, es zu finden.«

Von Peters Gesicht war abzulesen, dass er so oder so nicht an eine Chance glaubte.

»Als Nächstes«, fuhr Justus fort, »müssen wir so viel wie möglich darüber herausfinden, was Spike Neely getrieben hat, als er bei seiner Schwester untergeschlüpft war. Das heißt, wir müssen die Schwester, diese Mrs Miller, finden und sie über alles, was sie weiß, ausfragen.«

»Aber der Kommissar sagte doch, sie sei damals schon von der Polizei vernommen worden«, wehrte Bob ab. »Und wenn die nichts herausbekamen, wie sollen wir es dann schaffen?«

»Ich weiß noch nicht«, erklärte Justus. »Wir müssen es einfach probieren. Es ist unsere einzige Spur. Ich weiß, es ist ziemlich aussichtslos, aber wenn man sonst nicht weiterkommt, muss man eben das Aussichtslose versuchen. Es ist immerhin möglich, dass uns noch ein paar Fragen einfallen, die die Polizei nicht gestellt hat.«

»Hättest du doch bloß die Nachricht von der Auktion damals nicht in der Zeitung gelesen«, brummte Peter in sich hinein. »Na gut, und was machen wir als Erstes?«
»Erst –«, fing Justus an, aber die kraftvolle Stimme seiner Tante schnitt ihm das Wort ab.
»He, ihr drei!«, schallte es über den Hof. »Mittagessen! Kommt, ehe es kalt wird!«
Peter sprang auf. »Zum ersten Mal höre ich heute etwas Erfreuliches!«, rief er begeistert. »Kommt, wir essen. Und dann können wir uns deine Idee überlegen, Just.«
Kurze Zeit später saßen die Jungen in Tante Mathildas Küche. Mrs Jonas eilte geschäftig hin und her und servierte dicke Bohnen mit Knackwurst in reichlichen Portionen. Bald kam auch Titus Jonas dazu und setzte sich mit an den Tisch.
»Na, Justus, mein Junge«, sagte er, »was hast denn du wieder angestellt? Freundest dich da mit Zigeunern an, wie?«
»Zigeuner?« Justus sah bestürzt auf, und Bob und Peter vergaßen, die Gabel zum Mund zu führen.
»Heute früh waren ein paar Zigeuner bei mir auf dem Platz«, berichtete Titus Jonas. »Als ihr drei in der Stadt wart. Oh, sie sagten nicht, dass sie Zigeuner seien, und sie waren auch nicht so angezogen, aber ich habe es doch gemerkt. Damals, als ich beim Zirkus war, habe ich ja viele von ihnen getroffen.« In jungen Jahren war Mr Jonas bei einem kleinen Wanderzirkus gewesen. Er hatte Karten verkauft und die dampfgetriebene Orgel gespielt, die damals zu jedem Zirkus gehörte.
»Haben sie mich gesucht?«, fragte Justus.
»Sie meinten wohl dich.« Mr Jonas lachte in sich hinein.
»Sie sagten, sie hätten dem Dicken etwas auszurichten – von

einem Freund. Ich weiß, Justus, du bist nicht dick, nur gedrungen und muskulös – aber die Leute nennen dich nun mal Dicker.«

»Was hatten sie denn auszurichten?«, wollte Justus wissen. Dass sich sein Onkel heimlich amüsierte, übersah er.

»Es hörte sich eher an wie ein Rätsel«, antwortete Mr Jonas. »Warte mal – ja, sie sagten: ›In einem Teich voll hungriger Fische muss ein Frosch tüchtig springen, wenn er herauswill.‹ Sagt dir das irgendetwas?«

Justus schluckte fast unmerklich. Bob und Peter schluckten hörbar.

»Kaum«, erwiderte Justus. »Vielleicht ist es ein altes Sprichwort der Zigeuner. Weißt du sicher, dass es Zigeuner waren?«

»Ganz bestimmt«, sagte sein Onkel. »Meine Erfahrung täuscht mich nicht. Und außerdem hörte ich sie miteinander reden, als sie abzogen – es war die alte Sprache der Zigeuner. Alles konnte ich nicht verstehen, aber etwas hörte ich, das wie ›Gefahr‹ klang, und dann noch ›auf der Hut sein‹. Ich möchte doch annehmen, dass ihr da nicht in etwas Gefährliches verwickelt seid?«

»Zigeuner!« Mrs Jonas schnaufte verächtlich, als sie sich an den Tisch setzte. »Diesen fürchterlichen alten Totenkopf bist du ja inzwischen los, Justus. Aber nun erzähl mir bloß nicht, dass du dich mit Zigeunern eingelassen hast.«

»Nein«, gab Justus zurück. »Nicht dass ich wüsste.«

»Nun, sie machten einen ganz freundlichen Eindruck«, stellte Titus Jonas fest und nahm sich noch ein Paar Würstchen.

Schweigend aßen die drei Jungen ihre Teller leer. Dann gingen sie wieder zu ihrer Zentrale.

»Eine Botschaft von Zigeunern«, sagte Peter in düsterer Vorahnung. »›In einem Teich voll hungriger Fische muss ein Frosch tüchtig springen, wenn er herauswill.‹ Ob das wohl das zu bedeuten hat, was ich vermute?«
Justus nickte. »Ich fürchte, ja. Es ist eine versteckte Aufforderung an uns, dass wir uns jetzt wirklich Mühe geben sollen, den Fall aufzuklären. Allerdings wüsste ich gern, was die Zigeuner mit alldem zu tun haben. Erst habe ich mit Juana gesprochen. Dann waren Juana und alle ihre Leute verschwunden. Und jetzt tauchen zwei Zigeuner auf und hinterlassen mir eine Botschaft ›von einem Freund‹. Ich kann mir denken, dass dieser Freund Juana heißt, aber es wäre mir lieber, wenn sie sich nicht so geheimnisvoll gäbe.«
»Mir auch«, sagte Peter mit einem Seufzer.
»Ja, und was machen wir nun?«, fragte Bob.
»Wir reden mit Spike Neelys Schwester«, erklärte Justus. »Wir wissen, dass sie in Los Angeles wohnt. Vielleicht steht sie im Telefonbuch.«
Peter reichte das Telefonbuch herüber, und Justus sah nach. Es gab mehrere Damen namens Mary Miller. Just rief eine nach der anderen an. Mit tiefer, ganz erwachsen klingender Stimme sagte er, er wolle gern Mr Spike Neely sprechen. Die ersten drei Frauen sagten, sie hätten nie von einem Spike Neely gehört; aber die vierte erklärte, Spike Neely sei tot und deshalb nicht mehr zu sprechen. Justus bedankte sich und legte auf.
»Die richtige Mrs Miller hätten wir herausgefunden«, meinte er. »Sie wohnt in Hollywood, in einer der älteren Gegenden. Ich schlage vor, wir gehen jetzt gleich zu ihr und sehen zu, dass wir mehr von ihr erfahren.«

»Mir scheint das reichlich aussichtslos«, murrte Peter. »Was kann sie uns noch erzählen, das sie damals nicht schon der Polizei gesagt hat?«
»Ich weiß nicht«, sagte Justus, »aber ein Frosch in einem Teich voll hungriger Fische muss eben tüchtig springen, wenn er rauswill.«
»Da hast du auch wieder recht«, meinte Bob. »Wie kommen wir dorthin? Für die Fahrräder ist es zu weit.«
»Wir rufen die Autovermietung an und bestellen uns Morton und den Rolls-Royce«, entschied Justus.
Vor einiger Zeit hatte Justus bei einem Preisausschreiben mitgemacht, und als Gewinn durfte er für kurze Zeit einen prächtigen altertümlichen Rolls-Royce mit Chauffeur fahren. Danach konnten sich die Detektive dank der Freigebigkeit eines jungen Mannes, dem sie einmal geholfen hatten, hin und wieder Fahrten mit diesem Wagen verschaffen. Diesmal erfuhr Justus allerdings bei seinem Anruf, dass der Wagen und der Chauffeur Morton wegen eines anderen Auftrags nicht in der Stadt waren.
»Tja, wenn wir den Rolls-Royce nicht kriegen können«, sagte Justus zu den beiden anderen, »dann bitten wir Onkel Titus, dass er uns Kenneth und den kleinen Lastwagen leiht. Heute ist nicht viel los, da wird er wohl nichts dagegen haben.«
Aber es stellte sich heraus, dass Kenneth mit dem Wagen zuerst noch etwas für Mr Jonas erledigen musste. Da Kenneth also erst in ein paar Stunden frei sein würde, beschlossen die Jungen, die Zeit zum Anstreichen von Möbeln zu nutzen. Sie arbeiteten an einer Stelle des Hofs, von wo aus sie jeden sehen konnten, der den Schrottplatz betrat, und sie passten scharf

auf, ob nicht jemand verdächtig wirkte. Aber anscheinend war niemand an ihnen interessiert.

Endlich kam Kenneth mit dem Lastwagen zurück und lud ab. Alle drei quetschten sich neben ihm auf die Vordersitze, und dann fuhren sie nach Hollywood.

Mrs Millers Haus präsentierte sich als aparter Bungalow mit einer Palme und zwei Bananenstauden im Vorgarten. Justus drückte auf die Klingel, und eine sympathische Dame mittleren Alters kam an die Tür.

»Ja?«, sagte sie. »Falls ihr Abonnements verkaufen wollt, muss ich leider ablehnen. Ich brauche keine Zeitschriften mehr.«

»Darum geht es nicht, Madam«, erklärte Justus. »Darf ich Ihnen unsere Karte geben?« Und er reichte Mrs Miller eine der gedruckten Geschäftskarten der drei ???.

Mrs Miller betrachtete sie verwirrt. »Ihr Buben seid Detektive?«, erkundigte sie sich. »Das ist doch wohl nicht möglich.«

»Sie können uns Juniordetektive nennen«, schlug Justus vor. »Hier, bitte, noch ein Ausweis von der Polizei.«

Er zeigte Mrs Miller die Karte, die er bei einer früheren Unternehmung von Hauptkommissar Reynolds bekommen hatte. Darauf stand:

Der Inhaber dieses Ausweises ist ehrenamtlicher Juniorassistent und Mitarbeiter der Polizeidirektion von Rocky Beach. Die Behörde befürwortet jegliche Unterstützung von dritter Seite.

gez. Samuel Reynolds
Hauptkommissar

»Du liebe Zeit, das macht aber Eindruck«, meinte Mrs Miller. »Und warum seid ihr hierhergekommen?«

»Wir hoffen, Sie können uns helfen«, sagte Justus freiheraus. »Wir haben ein Problem und brauchen ein paar Informationen. Es geht um Ihren Bruder, Spike Neely. Es ist eine ziemlich lange Geschichte, aber ich will Ihnen gern alles erklären, wenn wir hereinkommen dürfen.«

Mrs Miller zögerte kurz, dann machte sie die Tür vollends auf. »Gut«, sagte sie. »Ihr seht anständig aus. Ich hatte schon gehofft, dass mir niemand mehr mit Spike kommen würde, aber ich werde versuchen, euch zu helfen.«

Bald darauf saßen die Jungen auf dem Sofa in Mrs Millers Wohnzimmer. Justus berichtete, so gut er konnte, von der merkwürdigen Folge der Ereignisse, die mit dem Kauf des alten Koffers auf der Auktion ihren Anfang genommen hatte. Allerdings vermied er es, Sokrates zu erwähnen – einen sprechenden Totenschädel würde ihm ein Außenstehender wohl nicht abnehmen.

»Sie sehen, Mrs Miller«, schloss er, »irgendjemand glaubt anscheinend, dass in Gullivers Koffer der Schlüssel zu dem Versteck des Geldes zu suchen ist. Weil wir den Koffer eine Zeit lang bei uns hatten, meinen sie wohl, wir hätten diesen Fingerzeig gefunden und wüssten nun, wo das Geld ist. Und sie wollen uns vielleicht – na ja, dazu zwingen, es ihnen zu sagen, und das können wir eben nicht. Sie verstehen, dass das schon ein Problem für uns ist.«

»Himmel, ja«, sagte die Frau, »aber ich wüsste nicht, wie ich euch helfen sollte. Mir war von dem Geld nie etwas bekannt, und das habe ich der Polizei damals auch gesagt. Ich hätte mir ja nicht träumen lassen, dass mein Bruder ein Verbrecher war – bis er von der Polizei gesucht wurde.«

»Wenn Sie uns erzählen könnten, was Sie damals der Polizei gesagt haben«, schlug Justus vor, »dann könnten wir vielleicht auf einen Hinweis stoßen.«

»Schön, ich werde es versuchen. Es ist immerhin schon sechs Jahre her, aber ich kann mich noch deutlich erinnern. Frank – so hieß Spike richtig – und ich hatten uns nicht mehr oft gesehen, seit er mit achtzehn Jahren von zu Hause wegging. Alle Schaltjahre einmal besuchte er mich und meinen Mann auf ein paar Tage, aber was er sonst trieb, davon hat er nie gesprochen. Heute ist mir klar, dass er sich vermutlich ab und zu nach einem Einbruch hier versteckte, aber damals glaubte ich, er sei eben ein unsteter Geselle, den es nicht lange an einem Platz hielt. Wenn ich ihn fragte, was er arbeite, dann sagte er, er sei Vertreter. Aber immer, wenn er bei uns war, ist er meinem Mann zur Hand gegangen bei seinem Ein-Mann-Unternehmen für Hausreparaturen. Mein Mann war sehr vielseitig. Wenn ein Haus getüncht werden musste, so konnte er das. Wenn tapeziert werden sollte, machte er das auch. Oder er legte einen neuen Boden und baute ein Bad ein. Er konnte alles machen, was in einem Haus so anfällt, und er verdiente gut dabei.«

Mrs Miller wandte sich kurz ab, ehe sie weitersprechen konnte.

»Also, wie gesagt, wenn Spike uns besuchte, dann half er meinem Mann immer bei der Arbeit, die er gerade übernommen hatte. Nur das letzte Mal zeigte er überhaupt keine Lust, aus dem Haus zu gehen. Er wirkte so nervös. Und sein Sprachfehler war schlimmer als je zuvor. Deswegen wurde er ja auch zum Schluss erwischt – er konnte das S einfach nicht richtig aussprechen. Wenn er zum Beispiel ›Sonne‹ sagte, klang es wie ›Fonne‹. – Nun, heute weiß ich, dass er sich damals nach dem Bankeinbruch in San Francisco verstecken musste. Und da blieb er eben beinahe eine Woche lang allein hier im Haus – ich ging damals auch arbeiten. Sicher, er machte sich nützlich. Er hat das ganze Untergeschoss neu gestrichen und tapeziert. Ihr wisst ja, wie es geht – ein vielbeschäftigter Handwerker wie mein Mann lässt sein eigenes Haus verkommen, weil er immer anderswo zu tun hat. Dann wurde mein Mann allerdings krank. Er hatte einen großen Renovierungsauftrag für eine Gaststätte übernommen, und nun war er zu krank, um weiterzumachen. Er bat Spike, seine Arbeit zu übernehmen, und Spike konnte ihm das nicht gut abschlagen. Aber ich weiß noch, wie er jedes Mal, wenn er aus dem Haus ging, einen viel zu großen Overall und eine dunkle Brille trug. Spike brauchte einige Tage für die Arbeit, und mittlerweile wurde es mit meinem Mann immer schlimmer. Wir wollten ihn ins Krankenhaus bringen, da starb er.«

Mrs Miller holte ihr Taschentuch und betupfte sich die Augen. »Ich dachte natürlich, Frank würde nun bei mir bleiben und mir helfen, aber das tat er nicht. Er ging sogar noch vor dem Begräbnis weg. Er sagte, er müsse dringend fort, und er packte einfach seinen Koffer und war verschwunden. Es hat mich völlig überrascht. Später ist mir der Grund dann klar geworden.«

»Wirklich?«, fragte Justus. »Und was hatte er für einen Grund?«

»Die Todesanzeige für meinen Mann in der Zeitung. In Todesanzeigen werden ja immer die Hinterbliebenen genannt, und ich hatte in der Anzeige für meinen Mann mich selbst als Ehefrau und dann den Schwager Frank Neely mit gemeinsamer Anschrift genannt. Wahrscheinlich bekam Frank Angst, es könne jemand die Anzeige lesen und ihn danach aufspüren, und deshalb ist er in aller Eile verschwunden. Ich hörte dann erst wieder von ihm, als die Polizei kam und mich verhörte, nachdem er in Chicago festgenommen worden war. Aber sagen konnte ich ihnen nichts. Ich hatte schließlich nicht gewusst, dass Frank ein Bankräuber war.«

»Als Ihr Bruder wegging, sagte er da etwas von einer Rückkehr oder einem Wiedersehen mit Ihnen?«, forschte Justus.

»Daran erinnere ich mich nicht … Oh doch, richtig. Jetzt fällt es mir wieder ein. Er sagte ungefähr: ›Schwesterchen, du wirst doch das Haus hier nicht verkaufen, oder?‹«

»Und was sagten Sie darauf, Mrs Miller?«

»Ich sagte: nein, ich hätte nicht vor, das Haus zu verkaufen. Und ich würde immer da sein, wenn er einmal wieder in unsere Stadt käme.«

»Dann kann ich mir denken, wo er das Geld versteckt hat!«, verkündete Justus triumphierend. »Sie sagen, er war hier oft allein, wenn Sie und Ihr Mann bei der Arbeit waren. Dann gibt es logischerweise einen Ort, an dem das Geld versteckt ist – und zwar hier im Haus!«

Eine unliebsame Überraschung

Bob und Peter starrten Justus verwundert an.

»Aber der Kommissar sagte doch, die Polizei habe das Haus durchsucht und nichts gefunden«, erinnerte Bob.

»Ja, weil Spike Neely eben zu schlau war«, sagte Justus.

»Er versteckte das Geld so gut, dass es bei einer normalen Hausdurchsuchung nicht aufzufinden war. Fünfzigtausend Dollar in großen Scheinen ergeben kein sehr dickes Paket. Er könnte es zum Beispiel auf dem Speicher hinter die Dachsparren gestopft haben. Er hatte vor, zu Ihnen zurückzukommen, Mrs Miller, wenn die Luft wieder rein sein würde, und sich dann das Geld zu holen. Nur kam er vorher ins Zuchthaus und ist dort gestorben.«

»Er fragte ja auch Mrs Miller, ob sie bestimmt hier bleiben würde!«, sagte Bob aufgeregt. »Das beweist, dass er den Plan gefasst hatte, wiederzukommen.«

»Und er hatte mehrere Tage Zeit dazu, sich ein Versteck auszudenken, auf das niemand kommen würde«, warf Peter ein. Ihm war die Aufregung nun auch anzusehen. »Wenn er die Polizei täuschen wollte, musste es etwas ganz Raffiniertes sein. Aber ich möchte wetten, du kannst es finden, Just!«

»Würden Sie uns wohl erlauben, uns hier ein wenig umzusehen, Mrs Miller?«, erkundigte sich Justus hoffnungsvoll. »Damit wir mal sehen können, wo es ungefähr sein könnte?«

Mrs Miller schüttelte den Kopf. »Vielleicht war es so, wie du

sagst«, meinte sie, »aber in diesem Haus werdet ihr das Geld nie im Leben finden.« Wieder schüttelte sie den Kopf. »Das hier ist nämlich gar nicht das Haus, in dem ich damals wohnte. Ich bin vor vier Jahren umgezogen. Ich hätte nie an einen Umzug gedacht, aber man hat mir ein so gutes Angebot gemacht, dass ich nicht ablehnen konnte. Also verkaufte ich mein früheres Haus und zog hierher.«
Justus hatte sich von der ersten Enttäuschung rasch erholt. »Dann könnte das Geld trotzdem noch in dem anderen Haus sein«, stellte er fest.
»Ja, das wäre möglich«, sagte Mrs Miller. »Frank war ja wirklich sehr schlau. Auch wenn die Polizei noch so gründlich gesucht hat, könnte er sie hinters Licht geführt haben. Ich habe in der Danville Street gewohnt, Nummer 532. Dort müsstet ihr eigentlich jetzt suchen.«

Die drei ??? *Wenn ihr euch nun Spike Neelys Brief nochmals vornehmt, könnt ihr vielleicht eine Entdeckung machen, die den drei ??? erst auf Seite 99 zuteilwird. (Doch damit habe ich euch hoffentlich nicht in Versuchung geführt, weiterzublättern!)*

»Vielen Dank«, sagte Justus und stand auf. »Sie haben uns sehr geholfen, Mrs Miller. Wir müssen diesen neuen Informationen sofort nachgehen.«
Sie verabschiedeten sich und gingen eilig. Gleich darauf zwängten sie sich wieder nacheinander ins Führerhaus des Lastwagens, wo Kenneth auf sie wartete.
»Wir möchten jetzt zur Danville Street Nummer 532, Kenneth«, erklärte Justus. »Weißt du, wo das ist?«

Der große rothaarige Mann zog einen abgegriffenen Stadtplan von Los Angeles und den umliegenden Ortschaften hervor. Nach einigem Studieren fanden sie die Danville Street. Es war eine recht kurze Straße in einiger Entfernung. Kenneth schien unschlüssig.

»Ich meine, wir sollten lieber heimfahren, Just«, sagte er. »Mr Titus sagte extra, ich sollte nicht zu lange wegbleiben.«

»Wir fahren nur mal dort vorbei«, schlug Justus vor. »Damit wir wissen, wo es ist. Ich bilde mir auch gar nicht ein, dass wir einfach mit der Tür ins Haus fallen und alles durchwühlen können. Erst müssen wir Hauptkommissar Reynolds das Ergebnis unserer Ermittlungen melden.«

Peter und Bob wussten, dass Justus das Geld am liebsten selbst aufgespürt und es im Triumphzug zur Polizei gebracht hätte. Aber sie machten sich alle klar, dass das unmöglich war.

Kenneth war dann doch noch damit einverstanden, dass man auf dem Rückweg nach Rocky Beach an dem Haus in der Danville Street vorbeifahren könnte, und so starteten sie.

Jetzt waren alle drei wieder in viel besserer Stimmung – nur Peter hatte noch Bedenken. »Weißt du, Just«, sagte er, »mit Sicherheit wissen wir ja nicht, dass Spike Neely das geklaute Geld im Haus seiner Schwester versteckt hat.«

Justus schüttelte den Kopf. »Es ist der einzig sinnvolle Ort, Peter«, behauptete er. »Wenn ich Spike Neely gewesen wäre, dann hätte ich selber das Geld dort versteckt.«

Sie mussten ein paarmal abbiegen, dann kamen sie aus einer Seitenstraße auf die Danville Street.

»Das ist der Block mit den Neunhunderter-Nummern«, er-

klärte Justus nach einem raschen Blick. »Nach links, Kenneth, der Fünfhunderter-Block muss dort drüben liegen.«
Peter staunte. Er kam nicht so oft in die Großstadt und hatte dort auch noch nie ein unbekanntes Haus suchen müssen. Aber das war gar nicht schwierig: Von Querstraße zu Querstraße unterschieden sich die einzelnen Blocks durch die Hunderter-Nummern – hier auf der Seite mit den geraden Nummern die Häuser 946 bis 902, dann eine Querstraße, dann die Achthunderter-Serie ... Klar, die Fünfhunderter-Nummern mussten also nach der vierten Querstraße kommen!
Kenneth bog links ein, und die Jungen achteten genau auf die Hausnummern, an denen sie vorüberfuhren. »Jetzt sind wir beim Achthunderter-Block«, meldete Bob. »Noch drei Blocks, dann sind wir da.«
Sie fuhren an einer Reihe hübscher kleiner Häuser mit wohlgepflegten Gärten entlang. Alle drei saßen jetzt vornübergebeugt und reckten die Hälse. »Im nächsten Block müsste es also sein«, sagte Bob voll Eifer. »Ungefähr in der Mitte zwischen der nächsten und der übernächsten Seitenstraße, denke ich. Natürlich auf der rechten Seite, da sind die geraden Hausnummern.«
»Halte nach der nächsten Querstraße an, Kenneth«, bestimmte Justus.
»Wird gemacht, Just«, sagte der Fahrer. Er fuhr noch ein kurzes Stück und stoppte dann. »Ist's recht hier, Just?«
Justus antwortete nicht. Mit offenem Mund starrte er auf einen großen Wohnblock, der an der rechten Straßenseite fast den ganzen Platz zwischen den beiden Querstraßen einnahm. Kleine Einfamilienhäuser gab es hier überhaupt nicht.

»Nummer 532 gibt es nicht mehr!«, sagte Bob tonlos. »Hier steht nur dieser Wohnblock, und der hat die Nummer 510.«
»Sieht aus, als sei uns ein Haus verloren gegangen«, scherzte Peter etwas mühsam.
»Versuch's mal beim nächsten Block, Kenneth«, meinte Justus. »Vielleicht ist dort die Nummer 532.«
Aber im nächsten Block hatten die Häuser Vierhunderter-Nummern. Danville Street 532 gab es nicht. Kenneth brachte den Lastwagen zum Stehen und schaute die Jungen fragend an. »Was meint ihr – hat uns Mrs Miller vielleicht nicht die Wahrheit gesagt?«, fragte Bob. »Hat sie vielleicht überhaupt nie hier in der Danville Street 532 gewohnt? Womöglich stellt sie jetzt dort, wo wir eben waren, das Haus auf den Kopf und sucht die fünfzigtausend Dollar. Womöglich wollte sie uns nur schnell los sein!«
»Nein«, erwiderte Justus. »Ich glaube, Mrs Miller hat uns die Wahrheit gesagt. Mit der Nummer 532 ist irgendwas passiert. Ihr beiden wartet hier. Ich will mal eben nachsehen, ob ich es herausbekomme.«
Justus sprang vom Wagen und verschwand. Ein paar Minuten später kam er ziemlich außer Atem zurück.
»Also«, sagte er, »ich hab tatsächlich was rausgekriegt. Ich habe mich mit dem Hausmeister des Wohnblocks unterhalten. Er ist dort, seit das Haus gebaut wurde. Er sagt, es sei vor fast vier Jahren entstanden, und damals seien sechs Häuser von diesem Straßenstück fortgeschafft worden, um Platz zu machen.«
»Fortgeschafft?«, rief Peter. »Und wohin?«
»Zur Manchester Street – das ist ungefähr drei Straßen weiter, eine Parallelstraße zu dieser hier. Die Häuser waren in gutem

Zustand und nicht zu groß, also hat man sie nicht abgerissen, sondern zu freien Bauplätzen an der Manchester Street transportiert und dort auf neue Fundamente gestellt. Mrs Millers Haus ist tatsächlich noch da – es steht eben nur auf einem anderen Platz.«

»Das ist ja toll!«, sagte Bob. »Ein Haus geht auf die Reise! Und wie sollen wir es finden? Es hat ja nicht mehr die Nummer 532, sondern eine neue.«

»Macht nichts«, erklärte Justus. »Dann rufen wir eben Mrs Miller an und bitten sie, uns das Haus genau zu beschreiben. Und dann können wir zur Manchester Street fahren und es suchen.«

»Heute geht das aber nicht mehr«, wandte Bob ein. »Sonst wird es zu spät.«

»Just, ich muss auch ins Geschäft zurück«, meldete sich Kenneth. »Wir sind schon reichlich spät dran.«

»Gut, erledigen wir das morgen«, entschied Justus. »In Ordnung, Kenneth, fahren wir heim.«

Kenneth ließ den Motor an und lenkte den Wagen vom Randstein weg. In diesem Augenblick fuhr ein paar Häuser hinter ihnen ein großes schwarzes Auto mit drei recht brutal aussehenden Männern an und folgte ihnen. Es fiel ihnen nicht auf, und so waren sie weiterhin guter Dinge.

Kurz vor Geschäftsschluss kamen sie auf dem Schrottplatz an, und Titus Jonas war leicht verärgert, weil sie so lange weg gewesen waren. Dann wandte er sich an Justus.

»Justus, mein Junge«, sagte er, »in eurer Abwesenheit ist ein Paket für dich angekommen. Hast du irgendwas bestellt?«

»Ein Paket?« Justus staunte. »Nein, nicht dass ich wüsste. Was ist es denn, Onkel Titus?«

»Ich habe keine Ahnung. Es ist eine große Schachtel, gut verpackt. Und da es an dich adressiert ist, habe ich es selbstverständlich nicht aufgemacht. Da drüben steht es, neben der Tür zum Büro.«
Die drei Jungen stürzten sich auf das Paket. Es war ein sehr großer Pappkarton, den viele feste braune Klebestreifen zusammenhielten. Aus dem Adressenaufkleber war ersichtlich, dass es in Los Angeles als Expressgut aufgegeben worden war, ein Absender war jedoch nicht genannt.
»Mann, was kann da wohl drin sein?«, fragte Peter.
»Wir müssen es eben aufmachen und nachsehen«, meinte Justus verwirrt. »Wir nehmen es mit nach hinten und öffnen es in der Werkstatt.«
Mit einiger Mühe schleppten er und Peter den Karton an den aufgestapelten Lagerbeständen vorbei zu der Abgeschiedenheit ihrer Werkstatt. Justus holte sein hochgeschätztes Schweizer Taschenmesser mit den vielen Klingen hervor, durchtrennte flink die Klebestreifen und bog den Deckel des Kartons zurück. Entgeistert starrten sie auf den Inhalt.
»Nein!«, stöhnte Peter. »Bloß das nicht!«
Auch Justus fand erst nach einem Augenblick die Sprache wieder. »Da hat uns jemand«, sagte er, »den Koffer von Gulliver zurückgeschickt.«
Sie stierten den Deckel des Koffers an, und während sie noch schauten, drang eine gedämpfte Stimme an ihre Ohren.
»Beeilt euch!«, sagte die Stimme. »Sucht – die Lösung.«
Sokrates! Das war seine Stimme aus dem Innern des Koffers!

Die drei ??? entdecken Spuren …

»Und was jetzt?«, fragte Peter bedrückt.

Es war am späten Nachmittag des folgenden Tages – Samstag. Die drei Detektive hatten sich hinten auf dem Schrottplatz zu einer Beratung versammelt. Am vorhergehenden Abend hatten sie keine Lust mehr verspürt, die rätselhafte Rückkehr von Gullivers Koffer zu untersuchen. Dass er auf so mysteriöse Weise wieder bei ihnen aufgetaucht war, hatte sie ziemlich aus der Fassung gebracht. Sie hatten den Karton hinter ihrer Abzugspresse versteckt und beschlossen, alles Weitere auf den nächsten Tag zu verschieben.

Bob war gerade von seiner Arbeit in der Bibliothek gekommen. Justus hatte sich ums Geschäft zu kümmern, da Onkel und Tante an diesem Tag in Los Angeles waren. Im Augenblick war nichts los, so nützte er die Gelegenheit und verzog sich zu Bob und Peter.

Und nun schauten sie sich den Koffer ratlos an und fragten sich, was sie damit anfangen sollten.

»Ich weiß was«, sagte Bob. »Wir bringen den Koffer direkt zur Polizeidirektion und erzählen Hauptkommissar Reynolds alles, was wir wissen. Und dann soll er die Sache übernehmen.«

»Gute Idee!«, stimmte Peter begeistert zu. »Na, Just, was meinst du?«

»Wäre das Beste«, sagte Justus bedächtig. »Aber so viel wissen wir eigentlich auch wieder nicht. Wir nehmen nur an, dass

Spike Neely das gestohlene Geld im Haus seiner Schwester versteckt hat – sicher wissen wir es nicht. Es lässt sich eben leicht kombinieren.«

»Mir genügt das«, sagte Bob. »Spike tauchte am selben Tag, als er in San Francisco den Raub begangen hatte, bei seiner Schwester auf. Er muss das Geld also bei sich gehabt haben. Und da er befürchten musste, gefasst zu werden, versteckte er es wahrscheinlich, ehe er wieder wegging. Er dachte, seine Schwester würde dort wohnen bleiben und er könnte es sich dann eines Tages, wenn die Luft rein war, wieder holen.«

»Und außerdem«, meinte Peter, »wissen wir nicht, wo er das Geld sonst noch versteckt haben könnte, falls es nicht in dem Haus ist. Dann könnten wir es erst recht nicht finden. Wir können von nichts anderem ausgehen.«

»Gestern«, sagte Justus, »hat Sokrates wieder gesprochen.«

»Das lässt sich nicht bestreiten!« Peter schüttelte sich. »Glaubt mir, ich fand das nicht gerade komisch.«

»Es ging einem schon an die Nerven«, bestätigte Bob.

»Jedenfalls hat er was zu uns gesagt. Im Augenblick ist es mir gleichgültig, wie das möglich war«, meinte Justus. »Er sagte, wir sollten uns beeilen und die Lösung finden. Es muss also im Koffer doch ein Anhaltspunkt sein, auch wenn wir ihn bis jetzt übersehen haben.«

»Wenn das stimmt, kann Hauptkommissar Reynolds den Koffer in seinem Labor Zoll für Zoll untersuchen lassen«, wandte Peter ein. »Und vielleicht ist das noch nicht mal nötig. Wenn er Mrs Millers früheres Haus in der Manchester Street erst ermittelt hat, kann er sich einen Haussuchungsbefehl einstecken und das Geld auch so finden.«

»Das stimmt«, gab ihm Justus recht. »Na gut, machen wir's so. Aber erst sollten wir Mrs Miller anrufen und sie um eine Beschreibung bitten, damit wir dem Kommissar berichten können, wie das Haus aussieht.«

»Dann los!«, sagte Peter. »Auf zur Zentrale.«

»Augenblick noch«, sagte Justus. Er ging nach vorn, sah, dass Patrick und Kenneth die wenigen Kunden allein bedienen konnten, und folgte dann Bob und Peter durch Tunnel II.

Dann waren sie in ihrer Zentrale. Justus schlug Mrs Millers Telefonnummer nach, und gleich darauf sprach er schon mit ihr. »Wie mein Haus ausgesehen hat?«, wiederholte Mrs Miller ziemlich überrascht. »Du meine Güte, ihr braucht doch wahrhaftig nur hinzugehen – Danville Street 532, da steht es.«

Als sie erfuhr, dass das Haus abtransportiert worden war und an seiner Stelle nun ein großer Wohnblock stand, musste sie erst einmal Luft holen.

»Ein Wohnblock!«, sagte sie. »Da wundert's mich nicht mehr, dass der Mann es unbedingt kaufen wollte. Wenn ich das früher gewusst hätte, dann hätte ich vielleicht mehr dafür verlangt. Na ja … Also: Es ist ein hübsches kleines Haus mit brauner Schindelverkleidung. Es ist ebenerdig, aber es hat eine kleine Mansarde mit einem runden Fenster zur Straße. Was Besonderes kann ich euch dazu nicht sagen. Es war eben ein nettes, gut gebautes Häuschen.«

»Vielen Dank«, sagte Justus. »Danach kann es die Polizei bestimmt finden.« Er legte auf und sah seine beiden Freunde an. »Je mehr ich darüber nachdenke«, sagte er, »umso klarer wird mir, dass das Geld in Mrs Millers früherem Haus ist – allerdings in einem raffiniert ausgeheckten Versteck. Und dass der Koffer dazu noch einen Fingerzeig enthält, ist mir ebenso klar.«

»Auch wenn das stimmt – ich hab genug von diesem Koffer!«, sagte Peter eigensinnig. »Denk dran, was mit Maximilian dem Magier passiert ist. Jetzt ist der Koffer wieder bei uns gelandet, und ich will ihn nicht haben. Er ist gefährlich. Soll doch der Kommissar nach dieser Spur suchen.«

»Nun ja, wir hatten immerhin vereinbart, dass wir mit der Polizei zusammenarbeiten«, stellte Justus fest. »Da dürfte es das Nächstliegende sein, dass wir den Koffer hinbringen. Wir rufen den Chef am besten vorher an, damit er darüber informiert ist, dass wir kommen.«

Also telefonierte Justus noch einmal und bekam sofort Verbindung mit der Polizeidirektion.

»Dienstzimmer Hauptkommissar Reynolds, Inspektor Carter am Apparat«, meldete sich eine energische Stimme, die Justus nicht kannte.

»Hier Justus Jonas. Kann ich bitte den Herrn Hauptkommissar sprechen?«

»Der Kommissar ist bis morgen verreist«, erwiderte Inspektor Carter kurz. »Ruf dann nochmals an.«

»Aber es handelt sich um etwas Wichtiges«, sagte Justus. »Wir haben nämlich eine Vermutung, dass –«

»Schluss jetzt, Bürschchen!« Inspektor Carter wurde ungeduldig. »Ich hab viel zu tun, und wenn ich was nicht leiden kann, dann sind es aufdringliche Wunderknaben. Mag sein, dass der Chef euch manchmal mitwursteln lässt, aber ich persönlich bin der Meinung, dass sich Dreikäsehochs wie ihr besser nicht in alles einmischen sollten.«

»Aber der Kommissar hat mich doch gebeten –«, fing Justus noch einmal an.
»Das mach morgen mit ihm aus! Ich habe jetzt zu tun!«
Und am anderen Ende der Leitung knallte der Hörer auf die Gabel.
Auch Justus legte auf und schaute Bob und Peter hilflos an.
»Sieht ganz so aus«, meinte Peter, »als ob Inspektor Carter uns nicht mag.«
»Es hörte sich an, als könnte er überhaupt niemanden leiden«, ergänzte Bob. »Und erst recht keine Buben.«
»Diese Einstellung trifft man bei Erwachsenen recht häufig«, sagte Justus. »Nach ihrer Meinung können unsere Ideen nichts taugen, weil wir jung sind. In Wirklichkeit sehen wir ein Problem oft von einer ganz neuen Seite an. Na, ich glaube nicht, dass wir den Koffer vor morgen zu Hauptkommissar Reynolds bringen können – vielleicht nicht mal morgen, denn da haben wir Sonntag. Wir müssen wohl warten bis Montag. Ich schlage also vor, dass wir den Koffer noch mal durchsuchen – auf diese Lösung hin, von der Sokrates gesprochen hat.«
»Ich hab diesen Koffer gründlich satt«, sagte Peter entschieden. »Und ich hab Sokrates satt. Ich will nicht, dass er mich anquatscht.«
»Ich glaube nicht, dass er uns noch mal etwas mitteilen wird«, entgegnete Justus. »Es hat irgendwie den Anschein, als rede er hier vor unseren Augen nicht. In meinem Zimmer hat er im Dunkeln gesprochen, später aus dem Koffer heraus, aber direkt vor uns noch nie.«
»Er sagte aber ›Buh‹ zu deiner Tante«, erinnerte Bob.

»Ja … Das kann ich mir nicht erklären«, gestand Justus. »Aber wie wär's, wenn wir jetzt den Koffer aufmachten und nachschauten? Vielleicht hat auch jemand etwas herausgenommen, ehe er ihn uns zurückschickte.«

Sie krochen durch Tunnel II und öffneten den Koffer.

Er sah innen noch genauso aus wie zuvor. Sokrates, in ein abgewetztes Stück Samt gewickelt, war sorgfältig in eine Ecke gebettet. Der Brief steckte noch an seinem Platz hinter dem Schlitz im Futter.

Justus nahm Sokrates heraus, wickelte ihn aus und setzte ihn mitsamt seinem Elfenbeinsockel auf die Abzugspresse. Dann zog er den Brief hervor. »Wir wollen uns den auch nochmals vornehmen«, meinte er.

Alle drei lasen den Brief noch einmal durch. Er hörte sich ebenso harmlos an wie zuvor:

Landesstrafanstalt, Krankenstation
17. Juli

Lieber Gulliver!

Dein alter Freund und Zellengenosse Spike Neely möchte sich mal wieder kurz bei Dir melden. Ich bin im Krankenrevier, und ich mache es wohl nicht mehr lang.

Es kann fünf Tage gehen oder drei Wochen, vielleicht auch noch zwei Monate, das können die Ärzte nicht genau sagen. Auf alle Fälle ist es Zeit zum Abschiednehmen.

Wenn Du mal nach Chicago kommst, dann schau bei meinem Vetter Danny Street rein. Grüß ihn von mir. Ich hätte gern noch mehr geschrieben, aber ich schaffe es nicht.

Dein Freund Spike

»Falls es da einen versteckten Hinweis geben sollte – ich finde ihn nicht«, brummte Justus. »Ich möchte bloß wissen, ob – halt! Da fällt mir was ein. Schaut mal her!«
Er streckte Bob den Brief und den Umschlag hin. »Merkst du, was wir übersehen haben?«
»Übersehen haben?« Bob blinzelte verdutzt. »Nein, ich kann nichts Besonderes feststellen, Just.«
»Die Marken auf dem Umschlag!«, sagte Justus. »Wir haben noch nicht unter den Marken nachgesehen – nach einer Geheimbotschaft!«
Bob sah sich die beiden Briefmarken an – eine gewöhnliche Zwei-Cent-Marke und eine Vier-Cent-Marke, eine Jugend-Sondermarke mit zwei springenden Fohlen. Er nahm den Umschlag und fuhr mit dem Finger über die Marken. Es war ihm anzusehen, dass er plötzlich sehr aufgeregt war.
»Just!«, rief er. »Du hast recht! Da ist was unter einer Marke. Die Vier-Cent-Marke mit den Fohlen fühlt sich ein klein bisschen dicker an als die andere.«
Peter betastete die Marken ebenfalls und nickte. Die Vier-Cent-Marke war wirklich ein klein wenig dicker – sehen konnte man es nur, wenn man ganz genau hinschaute.
»Los, wir gehen in die Zentrale und lösen die Marken über Wasserdampf ab. Dann sehen wir, was darunter ist!«, meinte Bob eifrig.
Sie krochen hastig durch ihren Tunnel zurück. Keine drei Minuten später kochte in ihrem Labor ein kleiner Wasserkessel. Justus hielt die Ecke des Umschlags in den Dampf, bis sich die Briefmarken ablösen ließen. Dann stieß er einen überraschten Schrei aus.

»Seht her!«, rief er. »Unter den Fohlen ist noch eine andere Marke. Eine grüne Ein-Cent-Marke!«

»Das ist eigenartig.« Bob runzelte die Stirn. »Was soll das bedeuten, Just?«

»Das kann ich euch sagen«, erklärte Peter. »Da ist nichts Geheimnisvolles dabei. Wisst ihr nicht mehr, dass damals, als dieser Brief zur Post gegeben wurde, das Porto um einen Cent teurer wurde? Spike Neely klebte wahrscheinlich erst die Ein-Cent-Marke drauf, und dann fiel ihm ein, dass das mit der Vierer zusammen nicht reichen würde, und da klebte er eine Zweier-Marke auf und dann die Vierer über die Einser.«

»Das könnte stimmen«, sagte Bob. »Ich glaube, Peter liegt richtig, Just.«

»Da bin ich nicht so sicher.« Justus besah sich kritisch die grüne Marke auf dem Umschlag. Dann löste er auch sie sorgfältig ab.

»Vielleicht ist da drunter was geschrieben«, meinte er.

»Nein«, verkündete Bob, als die Marke abgezogen war. »Nichts Geschriebenes und auch nichts hinten auf den Marken. Was sagst du nun, Justus?«

»Für einen Zufall ist es zu auffällig«, sagte Justus, die Brauen noch immer zusammengezogen. »Es hat bestimmt etwas zu bedeuten.«

»Und was?«, fragte Peter.

»Ich überlege gerade«, sagte Justus. »Spike wusste, dass dieser Brief durch die Zensur gehen würde. Es lässt sich also daraus folgern, dass er für die Übermittlung seiner Nachricht die Briefmarken benutzte. Er klebte zwei Marken übereinander, und das so exakt, dass es nicht auffallen würde. Von Gulliver

erwartete er jedoch, dass der den ganzen Brief untersuchen und es bemerken würde. Weiter folgere ich, dass die Ein-Cent-Marke – grün wie unsere Banknoten – ein Symbol für die vermissten fünfzigtausend Dollar ist. Spike meinte also damit –«
Er brach ab und überlegte heftig. Plötzlich schrie Bob laut auf. »Ich hab's!«, brüllte er. »Eine Briefmarke ist doch ein Stück Papier, nicht? Und Geld ist auch Papier. Spike klebte zwei Papierstücke übereinander. Spike wollte Gulliver mitteilen, dass das Geld irgendwo unter Papier versteckt sei. Und Mrs Miller hat uns doch erzählt, dass Spike in ihrem Haus das untere Stockwerk neu tapezierte, als er sich bei ihr verborgen hielt. Dabei hat er also die fünfzigtausend Dollar versteckt. Er hielt die Scheine nebeneinander an die Wand und klebte die neue Tapete darüber!«
»Mensch!«, sagte Peter voll Bewunderung. »Bob, du bist dahintergekommen. Das muss die Lösung sein, nicht wahr, Just?«
Justus nickte. »Ja«, sagte er. »Beachtlich kombiniert, Bob. Mir fällt gerade eine Geschichte ein, die ich einmal gelesen habe. Es ist eine Kriminalstory von einem Schriftsteller namens Robert Barr. Darin versteckt ein gewisser Lord Chizelrigg einen Goldschatz, indem er Blattgold daraus hämmert und das unter eine Tapete klebt. Es ist das gleiche Prinzip – nur machte es Spike Neely mit Papiergeld und hatte es dadurch wesentlich leichter.«

Die drei ??? *Schlecht ist diese Versteck-Idee bestimmt nicht. Nur frage ich mich: Wie kräftig klebt eigentlich Tapetenkleister?*

»Einen Moment noch!«, wandte Bob ein. »Mrs Miller sagte aber, Spike Neely sei noch woanders hingegangen und habe für ihren Mann einen Auftrag erledigt. Er könnte das Geld auch dort versteckt haben.«

»Das glaube ich nicht.« Justus schüttelte den Kopf. »Der beste Platz wäre – Mannomann!«

»He, he – was ist denn?«, wollte Peter wissen. »Worüber regst du dich auf, Just?«

»Spike sagt es uns ja selber! Das heißt, er sagt es Gulliver. Hier, in seinem Brief. Seht's euch an!« Justus reichte Bob und Peter den Brief hinüber. »Lest mal, da, wo es heißt: ›Es kann fünf Tage gehen oder drei Wochen, vielleicht auch noch zwei Monate‹. Nehmt die Zahlen und setzt sie zusammen. Das ergibt 5–3–2. Was fällt euch dabei ein?«

»Das war Mrs Millers Hausnummer!«, schrie Bob. »Danville Street 532.«

»Genau«, sagte Justus. »Und weiter, hier – da schreibt er an Gulliver: ›Wenn Du mal nach Chicago kommst, dann schau bei meinem Vetter Danny Street rein.‹«

»Danny könnte er als Kurzform für Danville gemeint haben!«, rief Peter.

»Genau!«, bekräftigte Justus. »Dass er von einem Vetter und von Chicago redet, hat nur den Zweck, von den Worten ›Danny Street‹ abzulenken. Spike Neely erklärte Gulliver so deutlich, wie er es riskieren durfte, dass das Geld in dem Haus Danville Street 532 versteckt ist!«

Die drei ??? *So, nun haben die drei ??? im Kombinieren mit euch gleichgezogen. Oder wart ihr bisher selbst noch beim Rätseln?*

»Und zwar unter der Tapete!«, fiel Bob ein. »Er wollte nicht zu viele Worte wagen. Aber das mit den beiden Briefmarken übereinander war ein prima Einfall!«
»Wir haben das Rätsel gelöst«, sagte Peter begeistert. Dann überlegte er. »Und wie finden wir nun das Geld?«
»Wenn es bei jemandem unter der Tapete klebt, können wir nicht einfach reinplatzen und sagen: Entschuldigen Sie, aber wir müssen mal eben Ihre Tapete runterreißen«, fand Bob.
»Nein«, gab Justus zu. »Das ist Sache der Polizei. Wir müssen Hauptkommissar Reynolds informieren. Es hat keinen Zweck, dass wir uns an Inspektor Carter wenden – er hat uns deutlich gesagt, dass wir ihn in Ruhe lassen sollen. Aber morgen oder am Montag, wenn der Chef wieder da ist –«
Das Klingeln des Telefons schnitt ihm das Wort ab. Überrascht nahm Justus den Hörer ans Ohr. »Drei Detektive, Justus Jonas am Apparat«, sagte er.
»Sehr gut!«, erwiderte eine Männerstimme in gebieterischem Ton. »Hier spricht Georg Grant.«
»Georg Grant?« Justus runzelte die Brauen. Dieser Name war ihm nicht bekannt.
»Ja, richtig. Hauptkommissar Reynolds hat euch doch gesagt, ich würde mich mit euch in Verbindung setzen, oder etwa nicht?«
»N-ein«, sagte Justus verdutzt. »Von Ihnen hat er nichts gesagt, Mr Grant.«
»Dann muss er es vergessen haben«, meinte der Mann. »Er hat mir ja auch eure Nummer gegeben. Ich bin Sonderbeauftragter des Banken-Schutzverbandes. Seit ich aus der Zeitung

weiß, dass ihr diesen Koffer des Großen Gulliver gekauft habt, habe ich ein Auge auf euch. Und –«

»Ja, bitte?«, fragte Justus mit leichtem Unbehagen, als der Mann stockte.

»Wisst ihr eigentlich, dass euch Tag und Nacht drei der schlimmsten Ganoven in Kalifornien nachspionieren?«

Das hat noch gefehlt!

»Uns – uns nachspionieren?« Justs Stimme war nicht mehr ganz fest. Peter und Bob mussten schlucken.

»Und ob sie das tun. Sie sind euch ständig auf den Fersen. Sie nennen sich Three-Finger, Babyface Benson und Mackie Messer. Sie waren mit Spike Neely im Gefängnis, und sie hoffen, dass ihr sie zu dem Geld führen werdet, das er vor seiner Verhaftung versteckt hat.«

»Aber – aber wir haben nie bemerkt, dass uns jemand nachspioniert, Mr Grant.«

»Diese Männer sind Profis. Sie haben ein Stück weit vom Schrottplatz ein Haus gemietet und beschatten das Gelände durch Feldstecher. Wohin ihr auch geht, sie folgen euch.«

»Das müssen wir ja der Polizei melden«, sagte Justus erschrocken. Bob und Peter, die über den kleinen Lautsprecher mithörten, nickten heftig.

»Ich habe Hauptkommissar Reynolds bereits verständigt«, sagte Mr Grant. »Er hat mir angeboten, sie wegen Belästigung zu verwarnen. Aber einsperren kann er sie nicht, weil das Beobachten anderer nicht strafbar ist. Und sie haben ja sonst nichts getan – bis jetzt.«

»Hauptkommissar Reynolds hatte die Befürchtung, eine Verbrecherclique könnte vielleicht glauben, wir wüssten, wo das Geld steckt«, sagte Justus. »Deshalb beobachten sie uns wahrscheinlich. Um zu sehen, ob wir es uns holen werden.«

»Hoffentlich kommt ihr nicht auf die Idee«, meinte Mr Grant. »Wer weiß, was Three-Finger und die anderen dann unternehmen. Wenn euch tatsächlich etwas bekannt ist, dann folgt meinem Rat und meldet es der Polizei.«
»Aber wir wissen doch gar nichts«, widersprach Justus. »Ich meine, bisher nicht.«
»Und jetzt – jetzt habt ihr was entdeckt?«, forschte Mr Grant.
»Eigentlich schon«, gab Justus zu. »Gerade heute sind wir auf etwas gestoßen, was anscheinend wichtig ist.«
»Gratuliere!«, sagte der Mann lebhaft. »Übergebt es doch gleich dem Kommissar. Ich komme auch hin, und dann setzen wir uns zu einer kleinen Unterhaltung zusammen. Hm ... das heißt – das geht ja nicht, Reynolds ist ja heute nicht da.«
»Stimmt«, bestätigte Justus. »Wir haben auch schon angerufen. Inspektor Carter vertritt ihn heute. Aber er wollte uns nicht mal anhören.«
»Und wenn ihr jetzt zu ihm hingeht, reißt er sich den Fall selber unter den Nagel, und mit der Belohnung ist es aus«, meinte Mr Grant nachdenklich.
»Belohnung?«, fragte Justus. Bob und Peter sahen sich höchst überrascht an.
»Der Banken-Schutzverband hat eine Belohnung von zehn Prozent der Summe ausgesetzt, falls das Geld gefunden wird. Ihr hättet also Anspruch auf fünftausend Dollar – das heißt, wenn euer Hinweis was taugt.«
»Fünftausend Dollar!«, flüsterte Peter Justus zu. »Das finde ich aber großartig! Frag ihn, wie wir dazu kommen können.«
»Ich habe da eine Idee«, fuhr Grant fort. »Wenn ihr eure Informationen dem Banken-Schutzverband direkt übermittelt

und wir sie an die Polizei weiterleiten, habt ihr ein Anrecht auf die Belohnung. Aus den Akten würde ja hervorgehen, dass der Hinweis von euch kam. Ich könnte zu euch kommen und – nein, das ist nicht so günstig. Wenn die Ganoven mich sehen, erkennen sie mich womöglich, und dann könnten sie recht unangenehm werden. Wie wär's, wenn ihr zu mir kämt – ganz unauffällig? Ich bin jetzt in der Stadt.«

»Ich kann nicht vom Schrottplatz weg«, entgegnete Justus mit einer ärgerlichen Grimasse. »Ich bin hier allein im Geschäft. Mein Onkel und meine Tante kommen erst in ein oder zwei Stunden wieder zurück.«

»Hm – ich verstehe.« Mr Grant schwieg einen Augenblick. »Und meinst du, du könntest heute Abend mal kurz weg, wenn der Betrieb geschlossen ist? Könnt ihr drei mich dann irgendwo treffen? Ihr müsstet aber den Schrottplatz verlassen, ohne dass Three-Finger und die anderen es merken.«

»Ich glaube, das könnten wir schaffen, Sir«, erwiderte Justus. »Bob und Peter müssen allerdings schon bald zum Abendessen heimgehen. Meinen Sie, dass die drei Ganoven ihnen folgen werden?«

»Das bezweifle ich. Das Interesse der Burschen gilt vor allem dir. Bist du sicher, dass du dich unbemerkt verdrücken kannst?«

»Ja, Sir, das klappt einwandfrei«, sagte Justus. Er dachte an das Rote Tor, den Geheimeingang der drei Freunde in der Umzäunung des hinteren Platzes. »Aber es wird spät werden, weil heute Samstag ist und wir bis sieben Uhr geöffnet haben.«

»Ausgezeichnet. Passt es dir dann um acht?«

»Ja, das geht wohl, Mr Grant.«

»Dann schlage ich vor, wir treffen uns im Park – in der Grünanlage am Strand. Ich sitze dann auf einer Bank beim östlichen Eingang und lese Zeitung. Ich werde eine braune Sportjacke tragen und einen braunen Hut. Ihr drei kommt einzeln, und jeder passt gut auf, dass ihm niemand folgt. Alles klar?«

»Ja, Sir«, sagte Justus.

»Und erzählt keinem Menschen davon, bis es so weit ist. Es darf auf keinen Fall etwas durchsickern, ehe ich mit euch gesprochen habe. Bringt eure Informationen mit. Verstanden?«

»Klar, Mr Grant«, bestätigte Justus.

»Dann treffen wir uns um acht. Bis dann!«

Als Justus aufgelegt hatte, machte Peter seinem Herzen Luft. »Das ist ja ein Ding! Fünftausend Dollar Belohnung! Was ist los, Just, warum freut dich das nicht?«

»Wir haben das Geld ja noch gar nicht gefunden«, meinte er.

»Wir müssen es eben finden. Oder die Polizei, wenn Mr Grant unsere Hinweise weitergibt. Vielleicht können wir dabei sein, wenn sie die Suche starten.«

»Aber nicht, wenn Inspektor Carter zu bestimmen hat«, warnte Bob.

»Wenn bloß der Kommissar heute nicht fort wäre«, sagte Justus. »Ich würde ihm das Ganze gern erzählen. Aber wenn er Mr Grant schon kennt –«

Ein Ruf von draußen unterbrach ihn. »Just! Wir brauchen Wechselgeld!«

»Das ist Kenneth«, sagte Justus. »Ich muss wohl wieder an die Arbeit. Schließlich bin ich jetzt für den Laden verantwortlich. Bob und Peter, könnt ihr Sokrates wieder in den Koffer packen?«

»Himmel!« Bob sah auf seine Uhr. »Ich muss noch in die Bücherei, ehe sie zumachen, Just. Ich hab meine Jacke vergessen, als ich heute Schluss machte. Und von dort aus muss ich wohl gleich nach Hause.«

»Ist schon gut. Ich packe den Koffer«, erbot sich Peter. »Aber dann sollte ich auch heimgehen. Wir sehen uns ja dann um acht im Park. Klar?«

»Klar«, sagte Justus.

Sie verließen gemeinsam die Zentrale und trennten sich dann.

Peter ging ohne große Begeisterung zu dem Koffer und Sokrates. »So!«, sagte er herausfordernd zu dem Schädel. »Und was meinst du nun dazu, dass wir die Lösung des Rätsels gefunden haben?« Sokrates schien zu grinsen, aber er schwieg.

Bob weiß eine Bomben-Neuigkeit

Bob konnte es kaum noch länger ertragen – er wusste etwas Neues!

In wilder Hast radelte er durch abgelegene Straßen des Städtchens, um auf Umwegen an sein Ziel, den Treffpunkt im Park, zu gelangen. Er war ein wenig spät dran. Nach dem Essen hatte er sich mit Bedacht einen Stapel alter Zeitungen vorgenommen und sie in der Garage durchgeblättert. Er hatte auch den Artikel gefunden, auf den er es abgesehen hatte, und nun strengte er sich an, die verlorene Zeit wieder einzuholen.

Als er den nach Osten gelegenen Eingang zum Park erreicht hatte, sah er, dass Peter und Justus schon da waren. Sie saßen mit einem jungen, gut gekleideten Mann auf einer Bank und waren in eine ernste Unterhaltung vertieft. Als Bob mit quietschender Bremse heranfuhr, blickten sie auf

»Tut mir leid, dass ich zu spät komme«, keuchte Bob. »Ich musste unbedingt noch etwas suchen.«

»Du bist sicher Bob Andrews«, sagte der Mann liebenswürdig. »Ich heiße Georg Grant.«

Sie gaben sich die Hand, und dann hielt der junge Mann Bob seine aufgeklappte Brieftasche entgegen. Hinter einem Sichtfenster steckte eine Karte mit Prägedruck. »Mein Ausweis, Bob. Wir wollen der Form genügen.«

Nach den Angaben auf der Karte war Georg Grant Bevollmächtigter und Inspektor des Banken-Schutzverbandes. Bob nickte, und Mr Grant steckte daraufhin die Brieftasche wieder ein.

»Hör mal, Just –«, fing Bob an, aber Justus kam ihm zuvor. »Wir haben Mr Grant gerade berichtet, was wir aus dem Brief wissen – von dem Geld, das in Mrs Millers früherem Haus hinter der Tapete steckt.«

»Da habt ihr Burschen ganze Arbeit geleistet«, sagte Mr Grant. »Der Banken-Schutzverband wird euch mit Freuden die Belohnung zukommen lassen. Wenn das Geld unter der Tapete klebt, wundert es mich nicht, dass die Polizei es bei der Hausdurchsuchung nicht gefunden hat. Allerdings gibt es da noch ein kleines Problem. Das Haus ist ja sicherlich bewohnt. Um hineinzukommen und die Tapete abreißen zu können, braucht man eine besondere behördliche Vollmacht. Und ich weiß nicht recht –«

Da konnte Bob seine Neuigkeit einfach nicht länger für sich behalten. »Das ist es ja gerade, Mr Grant!«, platzte er heraus. »Wenn das Haus noch steht, wohnt niemand mehr drin – aber es steht nicht mehr lange!«

Die anderen sahen ihn erstaunt an. Er fuhr hastig in seiner Erklärung fort. »Als ich noch mal in die Bücherei ging, um meine Jacke zu holen, hörte ich, wie eine Frau der Bibliothekarin erzählte, dass sie aus ihrem Haus in der Manchester Street herausmusste und wie schwierig es war, eine neue Wohnung zu finden. Sie ist dann schließlich hierher nach Rocky Beach gezogen. Ich fragte später die Bibliothekarin danach, und sie sagte mir, letzte Woche habe etwas darüber in der Zeitung gestanden. Im Archiv der Bücherei las ich es nach, und daheim fand ich dann die Zeitung noch und konnte den Artikel ausschneiden. Hier ist er.«

Er reichte Justus ein zusammengefaltetes Stück Zeitungspapier. Justus entfaltete den Ausschnitt, überflog ihn und gab ihn dann Mr Grant und Peter zum Lesen:

Abbrucharbeiten für neue Schnellstraße in Angriff genommen.

Über 300 Häuser, einige davon noch neu und modern, stehen zurzeit leer, bis die Räummaschinen der Abbruchfirmen anrücken. Bald werden sie für die Bewohner, die ausziehen mussten, nur noch eine Erinnerung sein. Sie müssen dem Ausbau der Durchfahrtsstraße weichen, die hier entstehen wird.

Manchester Street wird auf eine Länge von fünfzehn Blocks verschwinden, an ihre Stelle wird eine sechsspurige Schnellstraße treten, die den ständig zunehmenden Durchgangsverkehr zügiger durch die Innenstadt schleusen soll. Vom Abbruch ist nicht nur Manchester Street betroffen, auch die angrenzenden Häuser der Seitenstraßen müssen abgerissen werden.

Für jeden der Anwohner, die ihr Heim verlassen mussten, war dies eine private Tragödie. Im Großen gesehen, ist jeder Fall jedoch nur einer unter tausenden, seit hier in der Stadt der Straßenausbau vorangetrieben wird. Die dringliche Forderung nach einem auch in Zukunft flüssigen Durchgangsverkehr bedingt die Zerstörung von vielen tausend Wohnhäusern, die den Schnellstraßen Platz machen müssen.

Es ging noch weiter, aber als Mr Grant so weit gekommen war, pfiff er durch die Zähne. »Manchester Street!«, sagte er. »Du sagtest doch, dort sei Mrs Millers Haus vor vier Jahren wieder aufgestellt worden, Justus?«

»Das hat mir jedenfalls der Hausmeister des Wohnblocks erzählt«, erwiderte Justus.

»Und jetzt wird der größte Teil von Manchester Street abgerissen«, meinte Mr Grant. »Das ändert die Lage. Es bedeutet, dass das Haus leer steht. Und es bedeutet, dass wir keine Zeit mehr verlieren dürfen. Three-Finger und die anderen könnten immerhin schon dort sein! Vielleicht sind sie längst da gewesen und haben das Geld mitgenommen!«

»Wie hätte das zugehen sollen, Mr Grant?«, fragte Peter.

»Gestern sind sie euch nachgefahren«, erklärte Mr Grant. »Sie müssen euch bis zu Mrs Millers jetziger Wohnung gefolgt sein, und wahrscheinlich haben sie sich gedacht, dass ihr einiges bei ihr erfahren konntet. Und dann sind sie euch ganz sicher noch weiter bis zu dem Wohnblock gefolgt. Sie hätten leicht sehen können, wie Justus hineinging, um mit dem Hausmeister zu reden, und sie hätten sich dann über diese Unterhaltung informieren können. Möglicherweise sind sie dahintergekommen, dass ihr das Geld in dem Haus in der Manchester Street vermutet. Und jetzt suchen sie vielleicht schon danach!«

»Verflixt, das ist wahr!«, rief Bob. »Vielleicht kommen wir schon zu spät!«

»Normalerweise würde ich die Polizei um Hilfe bitten«, sagte Mr Grant. »Aber die Zeit drängt, und ich meine, wir können jetzt nur eines tun: auf dem schnellsten Weg zur Manchester Street fahren, das Haus ausfindig machen und zusehen, dass wir das Geld gleich sicherstellen können. Wir haben keine Zeit mehr, die Polizei zu verständigen. Ihr Jungen könnt mitkommen – ich bin sogar auf euch angewiesen, weil ihr ungefähr wisst, wie Mrs Millers früheres Haus aussah. Ich weiß das nicht.«

»Einverstanden, Mr Grant«, sagte Justus. »Aber wie kommen wir hin?«

»Ich habe meinen Wagen draußen um die Ecke abgestellt. Damit fahren wir hin. Eure Fahrräder könnt ihr hierlassen, die holen wir später ab. Recht so?«

Schnell schlossen Bob und Peter ihre Räder ab. Justus war zu Fuß gekommen, nachdem er durch das Rote Tor aus der Umzäunung des Schrottplatzes geschlüpft war.

Mr Grant führte die Jungen zu seinem Auto, einem schwarzen Kombiwagen, und gleich darauf fuhren sie los. Für die Fahrt nach Hollywood wählte Mr Grant eine bergige, kleine Nebenstraße.

»Meinst du wirklich, dass das Geld unter der Tapete versteckt ist?«, fragte er Justus während der Fahrt.

»Ich bin ziemlich sicher«, meinte Justus. »Mrs Miller sagte uns, dass Spike Neely während seines Besuches bei ihr im Haus ein paar Wände neu tapeziert und gestrichen hat. Dabei konnte er ja gut die Geldscheine an die Wand kleben und Tapete darüberziehen. Und als er dann im Krankenhaus lag, schmuggelte er die Adresse in seinen Brief. Das eigentliche Versteck konnte er Gulliver allerdings nur dadurch verraten, dass er zwei Briefmarken übereinanderklebte.«

»Papier auf Papier.« Mr Grant nickte. »Das leuchtet ein. Wenn wir das Geld finden, müssen wir uns das nötige Gerät besorgen, um die Tapete mit Dampf abzulösen. Zum Glück ist heute Samstag, und ein paar Geschäfte sind länger geöffnet. Aber zunächst müssen wir das Geld finden – und es vor allem als Erste finden!«

Er behielt ein scharfes Tempo bei, bis sie in bebautes Gelände kamen. Hier wurde er langsamer.

»Nun schauen wir mal auf den Stadtplan – hier, im Handschuhfach«, sagte er zu Justus.

Als Justus den Plan gefunden und Mr Grant gereicht hatte, hielt der den Wagen an und studierte kurz die Karte.

»Gut«, entschied er dann. »Wir können weiter geradeaus fahren, bis zur Houston Avenue. Von dort müssen wir dann zur Manchester Street abzweigen. Es war der Fünfhunderter-Block, sagtest du?«

»Entweder der oder der Sechshunderter, meinte der Hausmeister«, erklärte Justus.

»Wir finden ihn auf jeden Fall«, sagte Mr Grant entschlossen. »Gut, dass es noch ein wenig hell ist.«

Als sie jedoch zur Houston Avenue kamen, brach schon die Dämmerung herein. Mr Grant bog nach links ein, und nach dreißig oder vierzig Querstraßen gelangten sie endlich zur Manchester Street.

Obwohl es kein Straßenschild mehr gab, war ihnen sofort klar, dass dies die richtige Straße sein musste. Schuttmassen versperrten ihnen fast den Weg. An einer Ecke waren die Häuser bereits abgerissen, sie waren nur noch Trümmerhaufen, die auf den Abtransport warteten. Auf der linken Straßenseite war eine Häuserreihe sogar schon ganz verschwunden. Zwei riesige Kräne mit Schaufelbaggern, die mit ihren dieselgetriebenen Kiefern die Holzhäuser förmlich zermalmen konnten, parkten neben ein paar Planierraupen auf einem freien Platz. Ein Gebäude, das einmal ein Restaurant beherbergt hatte, stand verloren an einer Ecke. Sie hielten daneben an, um den Schauplatz zu überblicken. An der Vorderfront hatten die Bagger schon tüchtig genagt. Das Haus sah aus wie nach einem Bombenangriff.

»Uff!« Peter sprach aus, was alle dachten. »Hier sieht's ja fürchterlich aus. Meinen Sie, wir kommen noch zurecht, Mr Grant?«

»Es wird knapp«, sagte der Inspektor verbissen. »Wenn ich richtig orientiert bin, sind die Fünfhunderter- und Sechshunderter-Nummern hier rechts, noch ein paar Straßen weiter. Schauen wir mal nach.«

Er lenkte den Wagen vorsichtig um die Schuttberge herum und wendete. Dann fuhren sie an Häuserreihen entlang, die noch nicht abgerissen worden waren, aber schweigend und dunkel dastanden, ganz offensichtlich waren sie nicht bewohnt.

Nur wenige hundert Meter entfernt lag die betriebsame Innenstadt, doch hier in der Manchester Street herrschte eine unheimliche, öde Stimmung. Kein Mensch war mehr da. In wenigen Monaten würde eine breite Betonstraße ständig tausende von Autos durch dieses Gebiet befördern. Doch jetzt gehörte ihnen die Straße ganz allein. Nur eine magere Katze huschte davon.

»Der Neunhunderter-Block«, stellte Mr Grant befriedigt fest. »Da sind wir bald bei den Sechshunderter-Nummern. Nun müsst ihr nach dem Haus Ausschau halten.«

Langsam fuhren sie an den stillen Häusern entlang. Hier und da schwang eine Tür lose in den Angeln, wie zum Zeichen dafür, dass es nicht mehr darauf ankam, ob die Türen geschlossen waren oder nicht.

»Die Sechshunderter«, verkündete Mr Grant nervös. »Fällt euch etwas auf?«

»Da ist es!«, rief Peter und zeigte auf ein hübsches Häuschen weiter vorn.

»Hier ist aber auch eines, das so ähnlich aussieht.« Justus wies zur anderen Straßenseite hinüber. »Beide haben oben im Giebel runde Fenster.«

»Also zwei Häuser, wie?« Mr Grant runzelte die Brauen. »Und ihr wisst nicht, welches das richtige ist?«

»Mrs Miller sagte nur, es sei ein ebenerdiges Haus mit braunen Schindeln und einem runden Fenster im Dachboden.«

»So sehen hier viele Häuser aus«, meinte Mr Grant missmutig. »Machen wir weiter – fahren wir auch noch den nächsten Block ab.«

Auch hier entdeckten sie zwischen zwei weiß verputzten Häusern ein Haus mit braunen Schindeln, und auch dieses hatte ein rundes Giebelfenster. Mr Grant hielt seinen Wagen an. »Drei Möglichkeiten«, sagte er. »Das erschwert die Sache. Aber mir scheint, wir sind doch zuerst da. Hier auf der Straße ist nirgends ein Wagen abgestellt, und es sieht auch nicht so aus, als hätten Three-Finger und die anderen schon vor uns abgesahnt. Wir parken in einer Nebenstraße, das ist unauffälliger, und dann müssen wir uns eben alle drei Häuser vornehmen, bis wir das richtige finden.«

Die Suchaktion beginnt

Als sie beim ersten Haus mit brauner Schindelverkleidung anlangten, war es schon fast dunkel. Stumm und verlassen lag Manchester Street da, niemand war zu sehen.

Er versuchte die Haustür zu öffnen, doch das ging nicht. »Abgeschlossen«, sagte er. »Aber da es ja sowieso abgerissen wird, ist es gleichgültig, wie wir hineinkommen.«

Er nahm eine kurze Brechstange, die er aus dem Wagen mitgebracht hatte, und zwängte das schmale Ende zwischen Tür und Rahmen. Als er dagegendrückte, zersplitterte das Holz, und die Tür sprang auf.

Er trat ins Haus, und die drei Detektive blieben ihm dicht auf den Fersen. Drinnen war es ziemlich dunkel. Mr Grant leuchtete mit seiner Taschenlampe gegen eine Wand. Sie befanden sich in einem staubbedeckten Raum, auf dem Fußboden lag Papier. Offenbar war dies das Wohnzimmer gewesen.

»Fangen wir gleich hier an«, sagte Mr Grant. »Ich vermute das Versteck zwar eher in einem Hinterzimmer oder vielleicht in der Diele. Hast du ein Messer, Justus?«

Justus holte sein kostbares Schweizer Taschenmesser heraus und öffnete die große Klinge. Damit machte er einen Schnitt in die geblümte Tapete an der nächstliegenden Wand. Mr Grant schob vorsichtig das Ende eines Spachtels in den Schlitz und hob einen Streifen Tapete von der Wand ab. Darunter war jedoch nur Gips.

»Hier ist nichts«, sagte er. »Wir müssen diese Wand noch an anderen Stellen prüfen, dann kommen die anderen Wände an die Reihe. Und dann nehmen wir uns die übrigen Zimmer vor.«
Etwa einen Meter neben der ersten Stelle wiederholten sie die Prozedur. Wieder fand sich unter der Tapete nur Gips. Sie untersuchten alle vier Wände an mehreren Stellen. Doch sie hatten keinen Erfolg.
»Na ja, versuchen wir's mal im Esszimmer«, meinte Mr Grant.
Im Schein der Taschenlampe fanden sie den Weg ins Esszimmer. Justus schnitt in die Tapete, und Mr Grant löste die Schnittränder von der Wand ab.
Plötzlich rief Peter: »Da ist was Grünes drunter!« Vor Aufregung kippte ihm die Stimme über.
»Justus, leuchte mal hierher«, sagte Mr Grant. »Vielleicht haben wir es schon gefunden!«
Justus hielt die Taschenlampe dicht an die freigelegte Stelle. Darunter zeigte sich ein grünes Karomuster.
»Es ist nur überklebte Tapete«, stellte Mr Grant fest. »Aber wir schauen noch tiefer.«
Doch darunter war wiederum nichts als Gips.
Sie untersuchten das ganze Esszimmer und gingen dann in ein Schlafzimmer. Auch hier war das Ergebnis gleich null, ebenso im zweiten Schlafraum. Badezimmer und Küche hatten einen Farbanstrich. Justus erklomm noch eine schmale Leiter und sah auf dem Speicher nach. Doch dort oben gab es keine Tapete.
»Also, hier haben wir das große Los nicht gezogen.« Mr Grants Ton war schärfer geworden, und er schwitzte leicht. »Probieren wir es im nächsten Haus.«

Sie gingen hinaus in die Finsternis. Nur die Straßenlampen an den Kreuzungen brannten, die Häuser waren alle dunkel und wirkten gespenstisch.
Mr Grant führte die Jungen zum nächsten Block und zu dem ersten Haus mit braunen Schindeln in der Reihe. Hier war die Eingangstür nicht verschlossen.
Drinnen waren die Räume ganz ähnlich angeordnet wie in dem anderen Haus. Die Tapeten allerdings sahen ziemlich neu aus.
»Vielleicht ist es das«, sagte Mr Grant hoffnungsvoll. »Schneid mal rein, Justus.«
Justus schnitt die Tapete ein, Mr Grant hob einen Streifen ab – und darunter war wieder nichts.
In wachsender Erregung gingen sie durch die übrigen Räume und überall untersuchten sie die Wände an verschiedenen Stellen. Sie fanden nichts.
»Jetzt bleibt uns nur noch ein Haus«, stellte Mr Grant fest. Seine Stimme war jetzt ein wenig heiser. »Das muss es sein.«
Er ging über die Straße zu dem dritten Haus, auf das Mrs Millers Beschreibung passte. Als er sich daranmachte, die verschlossene Tür aufzubrechen, richtete Justus die Taschenlampe auf den Türrahmen. Die Metallziffern der Hausnummern, die auf das weiß gestrichene Holz geschraubt waren, warfen das Licht zurück.
»Lass das!«, befahl Mr Grant energisch. »Wir wollen uns nicht bemerkbar machen.«
»Aber ich glaube, ich habe da etwas entdeckt«, sagte Justus. »Ich glaube, das war einmal Mrs Millers Haus.«
»Wie willst du das wissen, Just?«, flüsterte Bob.

Irgendwie ließ die dunkle Einsamkeit der Straße nur Flüstern angebracht erscheinen.

»Ja, woher weißt du das?«, forschte auch Mr Grant.

»Dieses Haus hat die Nummer 671«, erklärte Justus. »Aber bei der Umstellung musste sich ja die Hausnummer ändern. Ich meine, ich hätte die Stelle gesehen, an der einmal die frühere Nummer angebracht war.«

»So? Dann wollen wir noch mal nachsehen. Aber mach ganz schnell.« Justus drückte kurz auf den Knopf der Taschenlampe. Ein kleiner Lichtkreis umfasste die Ziffern. Und genau über der neuen Nummer sahen nun alle im Anstrich die Spuren der alten Nummer – sie waren nur schwach, aber trotzdem noch leserlich.

»Nummer 532!«, rief Peter. »Wir haben das Haus!«

»Gut gemacht, Justus«, lobte Mr Grant. »Gehen wir hinein und suchen wir das Geld.«

Mit Krachen und Splittern gab die Tür nach, und sie liefen ins Wohnzimmer. Bob keuchte vor Aufregung. Endlich waren sie am richtigen Ort! Irgendwo hier im Haus mussten fünfzigtausend Doller unter der Tapete kleben.

»Leuchte mal, Justus«, sagte Mr Grant. Justus ließ das Licht auf eine Wand nach der anderen fallen. Der Raum hatte eine schwere Strukturtapete.

»Hier könnte es gut sein«, meinte der Mann. »Unter einer rauen Tapete lassen sich Geldscheine leicht verstecken.«

Justus machte rasch den ersten Einschnitt, und Mr Grant hob die Tapete. Darunter stießen sie auf Gips.

»Wir beginnen hier an der Ecke und arbeiten uns rund um das Zimmer«, ordnete Mr Grant an. »Für fünfzigtausend Dollar in großen Scheinen braucht man schließlich keine ganze Wand. Halten wir uns ran!«

Er und Justus waren gerade mit der ersten Wand fertig und wollten sich die zweite vornehmen, als ein plötzliches Geräusch sie erstarren ließ.

»Was –«, begann Mr Grant.

Weiter kam er nicht. Die Haustür wurde aufgerissen, und schwere Tritte dröhnten auf dem Flur und dann im Zimmer. Der Schein einer starken Handlampe richtete sich auf die kleine Gruppe. Und hinter dem blendenden Licht grollte eine äußerst unangenehme Stimme:

»So, ihr da drinnen – nun nehmt mal alle die Hände hoch!«

Wo ist das Geld?

Die vier wandten sich um und hoben die Hände. Geblendet blinzelten sie ins Licht – sie konnten niemanden erkennen.
»Wenn Sie von der Polizei sind«, fing Mr Grant an, »ich bin Georg Grant, Sonderbeauftragter des –«
Höhnisches Gelächter schnitt ihm das Wort ab. »Georg Grant! Das ist prachtvoll. Hast du das den Grünschnäbeln erzählt?«
Justus zwinkerte. Plötzlich kam ihm ein schlimmer Verdacht. »Ist das nicht Mr Grant vom Banken-Schutzverband?«
»Der?« Der Mann mit der tiefen, knarrenden Stimme lachte wieder.
»Das ist Smarty Simpson – ein ganz gerissener Bursche in unserer Branche!«

Die drei ??? *Da haben wir's! Und ihr – seid ihr auch auf den feinen Ausweis hereingefallen? Nun, eine allzu offene Warnung auszusprechen, hätte die Spannung verdorben, deshalb habe ich mich zurückgehalten.*

»Aber er hat doch einen Ausweis!«, protestierte Peter.
»Klar hat er den. Extra für ihn gedruckt – er hat mindestens tausend Stück davon. Nehmt's nicht so tragisch, dass er euch reingelegt hat. Der hat auch die Polizei reingelegt, und das schon oft. Du dachtest wohl, du könntest uns den Zaster vor der Nase wegschnappen, was, Smarty? Aber als das Dickerchen

zum Schrottplatz ging und auch nach Feierabend nicht wieder rauskam, da wussten wir Bescheid. Wir wussten auch, dass das Haus hier irgendwo sein musste – das verriet uns gestern der Hausmeister in dem Block, wo der Dicke vorher war. Und da machten wir, dass wir hierherkamen. Hier sahen wir dann euer Licht. Da sind wir nun, und von jetzt an werden wir die Sache übernehmen.«

»Du bist Three-Finger, was?«, sagte Mr Grant – oder besser Smarty Simpson. »Hör mal, Three-Finger, warum tun wir uns nicht alle zusammen? Das Geld haben wir schließlich noch nicht gefunden, und ich wüsste, wie –«

»Halt die Klappe!«, knurrte der Mann mit der Lampe. »Wir finden das Geld schon allein, und euch soll die Polizei finden. Das wird euch lehren, uns nicht mehr in die Quere zu kommen. Los, dreht euch alle um, Gesicht zur Wand. Legt die Hände auf den Rücken. Keine falsche Bewegung, oder es wird euch leidtun! Mackie und Babyface, ihr holt die Stricke. Und verschnürt sie gut!«

Mit sinkendem Mut gehorchten die drei Detektive dem Befehl. Es war ihnen klar geworden, dass der raffinierte Smarty – auch er ein Ganove – sie mit vollem Erfolg an der Nase herumgeführt hatte. All sein Gerede von Hauptkommissar Reynolds hatte jeden Verdacht, der sich ihnen sonst vielleicht aufgedrängt hätte, völlig ausgeschaltet. Er musste erfahren haben, dass der Kommissar an diesem Tag nicht in der Stadt war, und daraufhin hatte er die drei Detektive angerufen – mit der Absicht, geschickt aus ihnen herauszuholen, was sie alles wussten. So war es auch kein Wunder, dass er dauernd neue Ausreden gefunden hatte, um eine Meldung an die Polizei zu umgehen!

Justus hätte sich ohrfeigen können, weil ihm überhaupt nichts verdächtig erschienen war. Aber es war doch scheinbar alles so einleuchtend gewesen! Smarty hieß zu Recht so – er war smart. Sicherlich hatte er das mit dem Koffer in der Zeitung gelesen, und da sich die Geschichte von der verschwundenen Beute aus dem Bankraub und von Spike Neelys Brief in der Unterwelt wohl herumgesprochen hatte, fing er an, Justus und die anderen zu beobachten. Und Justs Telefonnummer hatte er sich leicht über die Auskunft oder aus dem Telefonbuch besorgen können.

Three-Finger und seine Männer waren also hinter den drei Detektiven her gewesen, und Smarty Simpson wiederum hatte sich ihnen allen an die Fersen geheftet!

Doch für Selbstvorwürfe war es nun zu spät. Flinke Hände fesselten den Jungen die Handgelenke auf den Rücken. Gleich darauf wurde ihnen befohlen, sich auf den Fußboden zu setzen, und dann bekamen sie noch Fußfesseln angelegt. Als sie hilflos dasaßen, lachte Three-Finger hämisch.

»Reizend seht ihr jetzt aus«, spottete er. »Knebeln werden wir euch nicht, weil euch hier kein Mensch hören kann, wenn ihr schreit. Aber wenn ihr Theater macht, bekommt ihr eins übergezogen. Und macht euch keine Sorgen – man wird euch am Montag schon finden, wenn die Arbeit hier wieder losgeht. Das heißt, ich möchte hoffen, dass man euch entdeckt, ehe die Bulldozer das Haus abreißen.«

Wieder lachte er. Justus und seine Freunde sahen jetzt, dass Three-Finger ein großer, stämmiger Kerl war, seine beiden Kumpane waren kleiner. Die Gesichter der drei konnten sie nicht deutlich erkennen.

»Jetzt wollen wir uns mal einen Überblick verschaffen«, sagte Three-Finger. Er beleuchtete die Wand, die Justus und Smarty bearbeitet hatten. »Aha, ihr habt das Geld unter der Tapete gesucht, wie? Das ist ein raffiniertes Versteck – wäre ich nie dahintergekommen. Hat dich das Bürschchen drauf gebracht, Smarty?«

»Ja, so war's«, gab Smarty Simpson zu. »Der Brief, den Spike an Gulliver schickte, lieferte den Hinweis. Er hat die ganze Zeit im Koffer gesteckt.«

»Das habe ich mir auch ausgerechnet«, sagte Three-Finger. »Deshalb waren wir so scharf auf den Koffer. Meine Jungs haben ihn dann dem großen Dünnen auch abgenommen. Aber jemand anders war hinter ihnen her und hat sie in ihrem Versteck überfallen und sich den Koffer geschnappt, ehe wir ihn öffnen konnten. Warst du das, Smarty?«

»Ach was«, entgegnete der Mann auf dem Fußboden. »Davon wusste ich überhaupt nichts.«

»Komisch«, murmelte Three-Finger. »Ich möchte nur wissen, wer das wohl war. Die Lausbuben hier bestimmt nicht.«

»Es waren vier oder fünf Kerle mit Tüchern vorm Gesicht«, erklärte einer der beiden anderen, der bis jetzt nichts gesagt hatte.

»Sie waren flink und nicht gerade zimperlich. Ehe wir begriffen hatten, was los war, hatten sie uns schon überwältigt.«

»Ja, und wer war's nun?«, grunzte Three-Finger. »Vielleicht ist noch eine andere Bande hinter dem Geld her. Na, jedenfalls hat ihnen der Koffer nichts genützt, sonst wären sie schon früher hier gewesen. Aber was stehen wir hier herum und reden?

Mackie, geh mit Babyface los und schau unter der Tapete in den anderen Zimmern nach.«

Stumm sahen die vier Gefangenen vom Fußboden aus zu, wie die beiden Männer hastig die Tapete an den übrigen Wänden aufschlitzten. Bei allem Unmut über das Schicksal der drei Detektive musste sich Justus doch fragen, wer wohl diesen Männern Gullivers Koffer wieder abgenommen und ihn an die Jungen zurückgeschickt hatte. Aber die Lösung dieses Rätsels blieb ihm verborgen. Und Three-Fingers Spießgesellen entdeckten ihrerseits kein Geld unter der Wohnzimmertapete.

»Also nicht hier im Zimmer«, stellte Three-Finger fest.

»Smarty, wenn du weißt, in welchem Zimmer es ist, dann sag's uns lieber gleich. Wenn du das tust, dann binden wir dich vielleicht los, wenn wir fertig sind.«

»Wenn ich es wüsste, wäre ich gleich drauflosgegangen«, sagte Smarty Simpson. »Nehmt mir die Fesseln ab, dann helfe ich euch beim Suchen.«

»Denkste!«, fuhr Three-Finger auf. »Du wolltest uns das Geld wegschnappen – das hast du nun davon. Los, kommt, Leute, wir probieren es im Schlafzimmer.«

Die drei Männer gingen zum ersten Schlafzimmer und ließen ihre Gefangenen im Dunkeln zurück. Justus und seine Freunde hörten, wie sie die Tapete abrissen und fluchten, weil sie nichts fanden.

»Hört mal, es tut mir leid, dass es so kommen musste«, sagte Smarty Simpson leise. »Ich gebe ja zu, dass ich euch reinlegen wollte, aber ich wollte nicht, dass es hart auf hart geht. Das ist nicht meine Art. Ich arbeite mit dem Kopf, nicht mit Gewalt.«

»Es war mein Fehler«, entgegnete Justus unglücklich. »Ich hätte Ihnen nicht trauen dürfen.«
»Nimm's nicht so schwer«, tröstete Smarty. »Mir sind schon die Klügsten auf den Leim gegangen.«
Danach herrschte Stille bis auf die Geräusche aus dem hinteren Teil des Hauses, wo Three-Finger und seine Kumpane am Werk waren. Doch plötzlich fuhr allen vier Gefangenen der Schreck in die Glieder.
Die Haustür war mit leisem Quietschen aufgegangen! Sie lauschten aufmerksam. Undeutlich waren die dunklen Umrisse einer nicht sehr großen Gestalt zu erkennen, die sich ins Zimmer schlich.
»Wer ist da?«, fragte Smarty mit gedämpfter Stimme.
»Ruhig!«, kam die geflüsterte Antwort. »Wir kommen euch zu Hilfe. Passt auf, dass die anderen nichts merken.«
Ein zweiter Mann schlüpfte zur Tür herein, und dann noch ein dritter. Danach kamen immer mehr – wie viele es waren, ließ sich im Dunkeln nicht genau feststellen. Die Eindringlinge bewegten sich sehr geschickt und fast unhörbar.
»Leute, haltet euch dicht an der Wand neben der Tür«, sagte der Mann, der zuerst hereingekommen war. »Wenn sie rauskommen, stülpt ihr ihnen die Säcke über den Kopf und fesselt sie. Und keine Messer! Tut niemand was, wenn es sich vermeiden lässt.«
Mit gedämpftem Knurren wurde ihm zugestimmt.
Justus, Bob und Peter warteten – mit neu angefachter Hoffnung, doch auch recht verblüfft. Wer konnten die Männer hier im Raum sein? Polizei war es nicht, die wäre mit Licht und vorgehaltener Waffe hereingestürmt. Waren sie ihnen wirklich

gut gesonnen? Oder war es eine weitere Verbrecherbande, die das verborgene Geld suchte?

Ärgerliches Stimmengewirr aus den hinteren Räumen ließ vermuten, dass Three-Finger und die anderen das Geld nicht gefunden hatten.

Nun kamen ihre Schritte den Gang entlang aufs Wohnzimmer zu. Als Erster trat Three-Finger ein. Er richtete das Licht seiner Lampe auf den Fußboden.

»Jetzt bist du dran, Dickwanst!«, fauchte er Justus an.

»Jetzt ist Schluss mit den Mätzchen. Sag uns sofort, wo das Geld ist, sonst –«

Schlägerei im Dunkeln

Plötzlich wurde Three-Finger von ein paar dunklen Gestalten überwältigt. Andere packten den Mann hinter ihm und zerrten ihn ins Zimmer. Der dritte Mann versuchte zu fliehen, aber schwere Tritte verfolgten ihn, und an seinen erstickten Flüchen war zu hören, dass man auch ihn erwischt hatte. Im Wohnzimmer war inzwischen ein heftiger Kampf entbrannt. Three-Finger hatte in dem Handgemenge seine Lampe fallen lassen. Sie rollte über den Boden, von vielen Füßen umhergetreten, und warf kurze Schlaglichter auf die Szene.

Die drei Detektive sahen, dass man Three-Finger einen Sack über den Kopf gestülpt hatte. Mit äußerster Kraftanstrengung entledigte er sich einiger Angreifer, aber schon warfen sich neue auf ihn. Er fiel schwer zu Boden, und einer seiner Spießgesellen stürzte über ihn hin. Sie schlugen und stießen wild um sich.

»Schnell! Fesselt sie an Händen und Füßen! Und knebelt sie!«, gebot jemand.

Die wüste Keilerei dauerte noch einen Augenblick, dann waren Three-Finger und seine Kumpane überwältigt und gefesselt. Three-Finger stieß schreckliche Verwünschungen aus, aber der Knebel, den man ihm in den Mund stopfte, erstickte sein Fluchen. Und dann lagen sie alle hilflos am Boden. Man hörte nur noch den schweren Atem der Männer, die die Verbrecher kampfunfähig gemacht hatten.

»Sehr schön«, sagte eine Stimme wohlwollend. »Wartet draußen. Ich werde die Jungen befreien.«
Dunkle Gestalten schlüpften zur Tür hinaus, und nur ein Mann blieb im Raum. Er knipste seine Taschenlampe an und richtete den Strahl kurz auf die Jungen. »Gut!« Er lachte leise. »Zum Glück ist keiner auf euch gefallen und hat euch platt gedrückt. Ich werde euch jetzt die Fesseln abnehmen.«
Er legte die Lampe so auf den Boden, dass sie genügend Licht gab, den Jungen aber nicht in die Augen schien. Dann kam er mit einem langen Messer. Als er dicht neben ihnen war, sahen Bob und Peter einen dunkelhäutigen Mann mit struppigem Schnurrbart, dem sie nie zuvor begegnet waren. Doch Justus erkannte ihn.
»Lonzo!«, rief er. »Aus dem Haus der Zigeuner, bei Juana!«
Lonzo schnitt ihre Fesseln durch. Wieder lachte er. »Ja«, sagte er. »So treffen wir uns wieder.«
»Aber – wie sind Sie denn hierhergekommen?«, fragte Justus verblüfft, als er aufstand und sich die schmerzenden Handgelenke rieb.
»Jetzt ist nicht die Zeit zum Reden«, sagte der Zigeuner. »Wo ist der andere?« Er beleuchtete die Stelle, wo Smarty Simpson gelegen hatte. Aber Smarty war fort. Auf dem Boden lagen zwei Stricke.
»Er ist weg!«, rief Bob. »Er muss sich in aller Eile die Hände freigeschafft haben – und dann hat er sich im Trubel einfach dünngemacht!«
»Er ist jetzt sicher schon weit«, meinte Lonzo kurz. »Macht nichts. Für die Polizei haben wir drei andere. Kommt nun mit hinaus. Juana möchte mit euch reden.«

Die Zigeunerin Juana – die Wahrsagerin! Justus trat hinter Lonzo aus dem Haus, Bob und Peter folgten.
Drei alte Autos parkten am Straßenrand. Die beiden hinteren Wagen waren dicht besetzt – mit Zigeunern. Im vorderen Wagen wartete eine Frau.
Es war Juana. Sie trug keine Zigeunerkleidung, wohl um nicht aufzufallen.
»Es ist ihnen nichts passiert, Juana«, berichtete Lonzo.
»Drinnen haben wir drei gefesselt. Einer ist entwischt.«
»Macht nichts.« Juana blieb gelassen. »Steigt ein, Jungen, wir müssen miteinander sprechen.«
Die drei Jungen setzten sich zu Juana in den Wagen. Lonzo blieb als Wachtposten draußen.
»So kreuzen sich also unsere Wege wieder, Justus Jonas«, sagte Juana. »In den Sternen und in der Kristallkugel stand es geschrieben. Ich bin froh, dass wir zur rechten Zeit gekommen sind.«
»Haben Sie uns denn auch verfolgt?«, fragte Justus, als er wieder klarer denken konnte.
»Ja«, erwiderte Juana. »Lonzo und ein paar andere beschatteten euch, seit du mich damals besucht hast. Der Kristall warnte vor einer Gefahr, und wir wollten verhüten, dass euch etwas Schlimmes zustößt. Lonzo fuhr den Burschen nach, die euch verfolgten, und als sie heute Abend hierherkamen, rief er alle unsere Leute zusammen. Aber machen wir es kurz, habt ihr das Geld gefunden?«
»Nein«, sagte Justus. Er seufzte. »Offenbar ist es gar nicht hier. Und dabei war ich überzeugt, dass das Geld im Haus von Spikes Schwester versteckt ist. Aus dem Brief ging das eigent-

lich klar hervor. Und meiner Überlegung nach müsste es auch dort sein.«

»Gulliver glaubte fest daran, dass Spikes Brief Andeutungen über das Versteck enthielt, aber er konnte sie nicht entschlüsseln«, meinte Juana.

»Dann kannten Sie also Gulliver?«, fragte Justus.

»Wir sind verwandt«, erklärte Juana. »Auf eine etwas ungewöhnliche Art allerdings. Mir liegt daran, ihn zu rechtfertigen, und so hoffte ich, dass ihr Schlauköpfe das Geheimnis enträtseln könntet. Wo habt ihr gesucht?«

»Unter der Tapete«, berichtete Justus. »Auf dieses Versteck wäre niemand so leicht gekommen. Aber da war eben nichts.«

»Wieso glaubtet ihr, es sei dort?«, wollte Juana wissen.

»Na, Spike wusste ja, dass er in seinem Brief mit Worten nicht allzu viel sagen durfte«, erklärte Justus. »Er wusste genau, dass seine Mitteilung durch die Zensur musste. Und da tat er etwas ganz Ausgeklügeltes – und das war das Einzige, was er machen konnte.«

»So? Und was war das, Junge?«, fragte Juana ungeduldig. »Los, red schon.«

Bob antwortete: »Er stellte mit den Briefmarken auf dem Umschlag etwas Sonderbares an. Er frankierte den Brief mit zwei Marken, einer normalen Zweier-Marke und einer Vierer-Marke, der mit den beiden Fohlen. Und eine grüne Ein-Cent-Marke – grün wie ein Dollarschein – hatte er zuvor unter die Fohlen geklebt. Da glaubten wir bestimmt, er wollte damit sagen –«

»Halt, Bob!«, rief Justus plötzlich.

Bob blinzelte. »Was ist denn los, Chef?«, fragte er.

»Sag das noch mal – so, wie du's eben gesagt hast.«
»Wieso – ich sagte bloß, er klebte die grüne Marke unter die Fohlen, und –«
»Das ist es!«, schrie Justus. »Das ist die Lösung!«
»Was soll das heißen – die Lösung?«, mischte sich Peter ein. Ebenso wie Bob und Juana starrte er Justus verwirrt an. Das Gesicht des Ersten Detektivs war vor Erregung gerötet.
»Es geht darum«, sagte Justus, zu der Zigeunerin gewandt: »Spike Neely hatte nämlich einen kleinen Sprachfehler. Das hat uns Hauptkommissar Reynolds gesagt. Er konnte das S nicht richtig aussprechen – es klang bei ihm wie ein F.«
»Das mag wohl sein, mein Junge«, entgegnete Juana. »Aber was –«
»Und seine Schwester erzählte uns, dass Spike ›Fonne‹ statt ›Sonne‹ sagte. Wie hätte er also ›Sohlen‹ ausgesprochen?«
»Das hätte bei ihm wie ›Fohlen‹ geklungen«, meinte Juana nach kurzer Überlegung. »Du willst doch nicht behaupten, dass –«
»Er hat das Geld ›unter den Sohlen‹ versteckt – unter dem Fußboden!«, rief Bob. »Er war davon überzeugt, dass Gulliver sich an seinen Sprachfehler erinnern und ihn richtig verstehen werde. Und auch wenn das nicht geklappt hätte – ›Fohlen‹ und ›Sohlen‹ haben einen so ähnlichen Klang, dass es einen stutzig machen muss, wenn man so etwas wie eine Geheimbotschaft suchen muss.«
»Wir kamen nur auf den Gedanken, dass er mit der oberen Marke die Tapete meinen müsste, weil Mrs Miller uns erzählte, Spike habe bei seinem Aufenthalt das Erdgeschoss neu tapeziert«, ergänzte Justus aufgeregt. »Aber ich hätte auch so darauf

kommen müssen, dass es keine gute Idee ist, Papiergeld unter eine Tapete zu kleben – man bekommt es ja nicht mehr unbeschädigt ab! Man müsste es herunterkratzen, und da bliebe nicht viel übrig. Aber in einem sicheren Versteck irgendwo unter den Bodenbrettern, unter unseren Sohlen –«

Juana beugte sich zum Wagenfenster hinaus. »Lonzo!«, befahl sie. »Hol das Werkzeug aus dem anderen Wagen. Wir gehen noch einmal hinein – du und ich und die Jungen.«

Gleich darauf drängten sich alle auf einmal ins Haus. Um die drei gefesselten Gefangenen auf dem Boden kümmerten sie sich nicht. Nachdem sie eilig beratschlagt hatten, einigten sie sich darauf, dass der Wohnzimmerboden wohl nicht infrage kam. Justus meinte, die richtige Stelle könne entweder unter dem Fußboden des Gastzimmers sein, wo Spike übernachtet hatte, oder unter den Dielen auf dem engen Dachboden, der als Abstellraum gedient hatte.

Den Speicher untersuchten sie zuerst. Nach zehn Minuten stemmte Lonzo in einer Ecke ein Brett los – und Peter schrie auf. Da lagen im Strahl der Taschenlampe Bündel um Bündel grüner Banknoten vor ihnen! Die Scheine waren säuberlich zwischen die Deckenbalken des darunterliegenden Raumes gepackt.

»Unter den ›Fohlen‹«, sagte Peter und blinzelte. »Unter den Sohlen. Was für eine ausgekochte Methode, eine Botschaft zu verschlüsseln, wenn man weiß, dass der Brief von allen möglichen Leuten unter die Lupe genommen wird, weil sie eine besondere Nachricht darin suchen! Just, du bist fantastisch!«

»Ich hätte schon früher darauf kommen müssen«, meinte Justus. »Auch wenn mir Spike Neelys Sprachfehler nicht eingefallen wäre, hätte ich merken müssen, dass ›Fohlen‹ und ›Sohlen‹ ähnlich klingen. Und wenn man noch in Betracht zieht, dass Geldscheine kaputtgehen, wenn man Tapete darüberklebt, dann –«

»Mach dir nichts draus, mein Junge!«, sagte Juana. »Du hast deine Sache fein gemacht. Gulliver selbst ist der Wahrheit nicht auf die Spur gekommen. Nun ist das Geld gefunden. Die Verbrecher sind gefangen. Und der Frosch hat einen großen Sprung gemacht und sich vor den hungrigen Fischen im Teich gerettet.«

Sie kicherte leise. Und Justus war es anzusehen, dass ihm jetzt vieles klarer erschien, was ihm zuvor ein Rätsel gewesen war.

»Also hatten Sie uns diese Warnung geschickt, Madam Juana?«, fragte er.

Die alte Zigeunerin nickte. »Richtig, mein Junge. Unsere Männer beobachteten und beschützten euch, aber ich wollte, dass ihr euch wirklich Mühe geben solltet, das Geld zu finden – und das ist euch gelungen. Nun müssen wir gehen. Wir werden die Polizei benachrichtigen, und das ist dann das Ende dieser Geschichte. Ihr wartet hier, bis die Polizei kommt. Die wird das Geld und die Gangster da drunten in Verwahrung nehmen. Uns wird die Polizei auch verhören wollen, aber man wird uns nicht finden. Oder sagen wir: noch nicht.«

»Warten Sie, Madam Juana!«, rief Justus, als die Zigeunerin sich mit Lonzo zur Tür wandte. »Ehe Sie gehen, hätte ich gern noch etwas von Ihnen erfahren. Es ist wegen des Koffers – wie kam der eigentlich zu uns zurück? Und der sprechende Totenschädel, Sokrates – konnte er wirklich sprechen, oder –«

»Geduld, Geduld«, wehrte die Frau ab. »Besuche mich in zwei

Wochen in jenem Haus. Bis dahin werden wir wieder dort sein. Und dann bekommst du Antwort auf deine Fragen.«

»Aber dann sagen Sie uns wenigstens etwas über Gulliver«, drängte Justus. »Wo ist er?«

»Ich dachte, er sei tot?«, warf Peter ein.

»Das habe ich nicht gesagt«, antwortete Juana. »Ich sagte, diesen Mann gebe es nicht mehr. Nun, vielleicht wird er eines Tages wieder der sein, der er war. Und jetzt lebt wohl – bis in zwei Wochen.«

Sie eilte mit Lonzo die Treppe hinunter, und bald hörten die drei Detektive die Autos der Zigeuner in die Nacht fahren. Die drei sahen sich an, und Bob stieß einen erleichterten Seufzer aus.

»Mensch!«, sagte er. »Wir haben's geschafft, Just! Wir haben das Geldversteck gefunden!«

»Mit Juanas Hilfe, ja«, meinte Justus. »Ich bin wirklich gespannt darauf, sie wiederzusehen. Ich hab so eine Ahnung, dass sie ein paar hochinteressante Dinge weiß!«

Die drei ???

Letzte Chance für euch, dem versteckten Sinn der Aussage nachzugrübeln, dass es den Zauberer Gulliver nicht mehr gebe, er jedoch auch nicht tot sei.

Hat er sich am Ende selbst verzaubert?

Albert Hitfield hat noch Fragen

Albert Hitfield, der bekannte Filmregisseur, saß in seinem Büro am Schreibtisch. Er blätterte in dem dicken Stapel Aufzeichnungen, die Bob Andrews über den rätselhaften Fall des sprechenden Totenkopfs zusammengestellt hatte. Dann schaute er zu den drei Detektiven hinüber, die in ihren besten Anzügen dasaßen und darauf warteten, dass er etwas dazu sagte.

»Hervorragende Arbeit, meine jungen Freunde«, dröhnte Albert Hitfields Bass. »Das hast du gut gemacht, Justus – das verschwundene Geld zu finden, nach dem die Polizei so lange vergeblich gesucht hat.«

Aber Justs rundes Gesicht war kummervoll. »Nein, Sir«, sagte er seufzend. »Ich hätte schon früher hinter das Geheimnis kommen müssen. Erst dachte ich, wenn zwei Marken übereinandergeklebt sind, dann bedeutet das, das Geld stecke irgendwo unter der Tapete. Ich hätte es von vornherein besser machen und nach einer anderen Bedeutung forschen sollen. Und wenn ich dann nicht Glück gehabt hätte –«

»Wer aufgeweckt ist, hat auch mal Glück«, meinte Mr Hitfield. »Das habe ich euch ja schon immer gesagt. Ihr dürft nicht erwarten, dass ihr jedes Mal auf Anhieb die richtige Lösung findet – das gelingt keinem Detektiv. Nach meiner Meinung habt ihr alles sehr gut gemacht.«

»Vielen Dank, Sir.« Justs Gesicht hellte sich auf. »Auf jeden Fall haben wir das verschwundene Geld gefunden.«

»Und noch dazu in letzter Minute«, stellte der Regisseur fest. »Zwei Tage später hätte man das Haus dem Erdboden gleichgemacht, und dann wäre das Geld höchstwahrscheinlich in den Trümmern für immer verloren gegangen. Sagt mal, habt ihr euch eigentlich die Belohnung abgeholt?«

Justus seufzte. Peter seufzte. Bob seufzte.

»Nein, Sir«, sagte Bob. »Eine Belohnung gab es überhaupt nicht. Das hat sich Smarty Simpson nur ausgedacht, genau wie alles andere, was er uns erzählt hat. Aber wir haben einen sehr freundlichen Brief vom Direktor der Bank bekommen, und Hauptkommissar Reynolds meinte, er freue sich auf den Moment, wenn wir alt genug seien, um in seiner Abteilung als Detektive mitzuarbeiten.«

»Nun ja, nicht nur Geld ist ein guter Lohn für gute Arbeit«, meinte Mr Hitfield. »Aber jetzt habe ich noch ein paar Fragen. Ich sehe, aus eurem Bericht geht klar hervor, wie Spike Neely das Geld versteckt hat und wie es ihm gelang, seinem Freund Gulliver eine verschlüsselte Botschaft aus dem Krankenhaus zukommen zu lassen – natürlich so raffiniert gemacht, dass niemand etwas damit anfangen konnte, bis der Brief euch in die Hände fiel. Aber nun meine erste Frage – darüber geben eure Aufzeichnungen keinen Aufschluss: Was ist aus Gulliver geworden? Was hat das Schicksal ihm gebracht?«

Die Jungen grinsten. Auf diese Frage waren sie gefasst gewesen, und Justus hatte die Antwort schon bereit.

»Als Gulliver von Spike Neely den Brief bekam«, sagte Just, »vermutete er natürlich, Spike wolle ihm eine Botschaft übermitteln. Im Gefängnis hatte Spike ja gesagt, er werde Gulliver das Geheimnis verraten, wenn ihm je etwas zustoßen sollte.

Aber Gulliver konnte das Rätsel nicht lösen. Deshalb versteckte er den Brief in seinem Koffer. Als er dann eines Tages nach der Vorstellung in sein Hotel kam, erfuhr er am Empfang, dass ein paar Männer nach ihm gefragt hätten. Nach der Beschreibung erkannte er Three-Finger, und da bekam er es mit der Angst zu tun. Er wusste, dass ihn Three-Finger ohne Mühe entführen könne und dann mit Gewalt versuchen werde, das Versteck des Geldes von ihm zu erfahren. Aber das kannte Gulliver ja selbst nicht. Hätte er es gekannt, so hätte er es der Polizei gemeldet. Abgesehen davon war er nicht sicher, ob die Polizei ihm seine Geschichte überhaupt glauben würde. Also ging Gulliver gar nicht erst in sein Zimmer hinauf, sondern verschwand einfach. All seine Habe ließ er zurück. Als er nicht wiederkam, stellte man seinen Koffer auf den Speicher, und schließlich wurde er auf einer öffentlichen Auktion versteigert. An uns.«

»Dann ist Gulliver also nicht tot?«, fragte Mr Hitfield aufmerksam. »Aber Juana, die Zigeunerin, sagte euch doch, es gäbe ihn nicht mehr.«

»Ja, es gibt diesen Mann nicht mehr – so hat sie sich ausgedrückt«, sagte Justus und grinste dazu über das ganze Gesicht. »Er wollte sichergehen, dass Three-Finger und seine Kumpane ihn auf keinen Fall finden konnten. Also verkleidete er sich als Frau und setzte sich eine Perücke auf. Er wurde äußerlich zu einer Frau – und von da an gab es Gulliver, den Mann, nicht mehr.«

»Natürlich!«, rief Mr Hitfield. »Ich hätte das aus der Wahl des Ausdrucks erraten müssen. Halt – da fällt mir etwas ein. Lasst mal sehen, ob ich nicht auch logisch denken kann. Ich würde den Schluss ziehen, dass die Zigeunerin Juana in Wahrheit der Große Gulliver war!«

Peter musste lachen. Bob wurde davon angesteckt. Und Justus nickte.

»Das stimmt, Sir«, sagte er. »Die Zigeuner waren schon immer Gullivers Freunde gewesen. Seine Mutter war nämlich eine Zigeunerin. Sie nahmen ihn bei sich auf, und er lebte von da an unter ihnen. Und Zigeuner halten ja in ihrer Sippe unbedingt zusammen.«

Jetzt musste Albert Hitfield auch lachen. »Na gut«, sagte er. »Ein Rätsel wäre gelöst. Gulliver, der vorher recht beleibt war, hungerte sich den Speck herunter und konnte sicher sein, dass niemand auch nur im Traum hinter einer schlanken Zigeunerin einen verschwundenen dicken Zauberer vermutete. Was hat er jetzt eigentlich vor?«

»Er wird bald sein zweites Ich Juana aufgeben und wieder er selbst sein«, sagte Justus. »Sobald Three-Finger und seine Freunde sicher hinter Gittern sind. Aber als Zauberer will er nicht mehr auftreten. Die Zigeuner sind es inzwischen gewohnt, dass er sich als ihr Vertrauensmann um geschäftliche Dinge kümmert, und er wird weiterhin bei ihnen bleiben.«

»Ich verstehe.« Albert Hitfield blätterte in Bobs Bericht zum Anfang zurück. »Aha!«, sagte er dann. »Hier steht: Als ihr auf der Auktion den Koffer gekauft hattet, kam eine kleine alte Dame sehr aufgeregt hereingestürzt und wollte den Koffer ebenfalls haben, aber es war zu spät. War das etwa –«

»Ja, Sir. Das war auch Gulliver, diesmal mit einer anderen Perücke und als ältere Dame verkleidet. Er informierte sich ständig über solche Versteigerungen und hatte auch irgendwie herausbekommen, dass diesmal sein Koffer feilgeboten wurde. Aber dann irrte er sich in der Zeit und kam zu spät. Er hatte vor, uns den Koffer auf jeden Fall wieder abzukaufen, aber da kam dieser Reporter mit der Kamera, und Gulliver musste befürchten, Aufmerksamkeit zu erregen. Doch hinterher erfuhr er aus dem Zeitungsartikel, wer wir waren und wie er uns finden konnte.«

»Das lasen leider auch Three-Finger und seine Freunde …«, warf Peter bedeutungsvoll ein.

»Ja«, bestätigte Justus. »Erst versuchten Three-Fingers Leute, uns den Koffer zu stehlen. Später bekamen sie ihn dann auch, als sie Maximilian dem Magier folgten und seinen Wagen von der Straße drängten. Aber lange haben sie ihn nicht behalten.«

»Wie Juana sagte, Mr Hitfield«, fuhr Bob fort, »wurden wir von den Zigeunern ständig beobachtet. Als Juana – ich meine, Gulliver – erfuhr, dass wir früher schon recht schwierige und verworrene Fälle aufgeklärt hatten, verfiel er darauf, dass wir auch das Rätsel um das versteckte Geld lösen könnten. Wir würden dann die Sache der Polizei übergeben, und daraufhin hätte er wieder auftauchen können. Deshalb sorgte er dafür, dass Justus ihn als Juana besuchte, und dabei sprach er in Rätseln, damit Justus anbeißen sollte. An diesem Tag entdeckten die Zigeuner Three-Finger und seine Kumpane, und als die Gangster Maximilian den Koffer stahlen, fuhr ein Zigeunerauto dicht hinter ihnen her. Die Zigeuner folgten den Dieben in ihr Versteck, überfielen sie und nahmen ihnen den Koffer wieder ab, ehe die Burschen merkten, was überhaupt los war. Und dann schickte Juana – das heißt Gulliver – uns den Koffer zurück, weil er immer noch hoffte, wir würden das Rätsel lösen können. Schließlich war ihm klar, dass uns praktisch nichts anderes übrig blieb, wenn wir Three-Finger und die anderen wieder loswerden wollten. Dafür setzte er die Zigeuner auf unsere Spur, damit sie uns zu Hilfe kommen konnten, wenn es notwendig werden sollte.«

Den Rest berichtete wieder Justus. »An jenem Samstagabend, als Smarty Simpson uns einwickelte, damit wir mit ihm zusammen nach Mrs Millers Haus suchen sollten, waren die Zigeuner Three-Finger auf den Fersen. Von Smarty Simpson wussten sie nichts. Als Three-Finger mit seiner Bande loszog, folgten sie ihnen. Und als die Ganoven uns gefangen nahmen, holten sie Verstärkung und kamen gerade zurecht, um uns zu befreien und die Three-Finger-Bande gründlich fertigzumachen. Und dann – na, Sie wissen ja, wie wir dann endlich das Geld fanden.« Mr Hitfield nickte. Er legte die Fingerspitzen der flachen Hände gegeneinander und betrachtete die Jungen aufmerksam. »So«, sagte er. »Und nun die letzte Frage: Konnte Sokrates, der Totenschädel, wirklich sprechen? Und wenn ja: Wie? Was steckte dahinter? Wohlgemerkt: Irgendwelche übernatürlichen Erklärungen nehme ich euch nicht ab.«

»Nein, Sir«, erwiderte Justus. »Es gibt keine übernatürliche Erklärung. Ein Zauberer arbeitet selbstverständlich immer nur mit Tricks, und die Sache mit Sokrates war ein solcher Trick. Gulliver ist ein guter Bauchredner. Anfangs benutzte er dieses Talent, um Sokrates sprechen zu lassen. Als dann die Leute entsprechende Vermutungen anstellten, überlegte er, wie Sokrates über eine größere Entfernung hinweg zum Reden zu bringen wäre. Er kaufte ein kleines Sprechfunkgerät mit Sender und Empfänger. Man kann sie ja heute ganz winzig bauen –«

»Und dieses Ding baute er in den Schädel ein?« Mr Hitfield runzelte die Brauen. »Na, diese Entdeckung hätte ich dir eigentlich schon zu Anfang zugetraut, Justus. Du hast doch sicher den Schädel gründlich untersucht – da hätte es dir doch kaum entgehen dürfen.«

»Das ist es eben, Sir«, erklärte Justus. »Ich habe Sokrates wirklich genau untersucht. Aber Gulliver war klüger als ich. Er hatte das Gerät im Sockel aus Elfenbein eingebaut.«

»Ach so!«, sagte der Regisseur. »Im Sockel, wo man es nicht sah und auch nicht vermutete. Ein gescheiter Einfall. Aber erzähl weiter, bitte.«

»In dem Sendegerät im Sockel befand sich auch ein Mikrofon«, fuhr Justus fort. »Nachdem wir also Sokrates aus dem Koffer genommen und ihn auf den Sockel gesetzt hatten, wurde alles aufgenommen, was wir sprachen, und konnte auf eine Entfernung von ungefähr zweihundert Metern übertragen werden. Gulliver hielt sich in der Nähe des Schrottplatzes auf, nachdem er herausbekommen hatte, wo der Koffer jetzt war. Er war als Frau – nicht als Zigeunerin – verkleidet. Im Ohr unter seiner Perücke trug er einen kleinen Lautsprecher, und in einer Brosche an seinem Kleid war ein Mikrofon verborgen. Er konnte also unsere Unterhaltung mithören. Zu diesem Zeitpunkt hatte er nicht vor, als Sokrates zu sprechen, aber da musste er plötzlich niesen. Und so hörten wir, wie Sokrates allem Anschein nach nieste. Abends dann, als ich Sokrates in meinem Zimmer bei mir hatte, war Gulliver wieder in der Nähe versteckt. Er sah, wie bei mir das Licht ausging, und machte sich die Gelegenheit zunutze, mich als Sokrates anzusprechen. Dabei gab er mir die rätselhafte Anweisung, Juana in der Stadt aufzusuchen. Am nächsten Tag, als Tante Mathilda mein Zimmer saubermachte und Sokrates vorhielt, was sie von ihm dachte, hörte Gulliver ebenfalls zu und konnte nicht widerstehen, sie mit einem ›Buh!‹ zu erschrecken.«

»Also ist das Rätsel gelöst«, stellte Mr Hitfield fest. »Von Anfang an steckte der Große Gulliver dahinter. In der Tat – kein Fall übernatürlicher Erscheinungen, sondern ein technisches Wunderwerk.«

»Ja, Sir.« Justus nickte. »Und da wir meist in der Nähe von Sokrates waren, wenn wir über den Fall sprachen, konnte Gulliver die Unterhaltungen über unsere Fortschritte und Pläne mithören. Auf diese Weise war er so ziemlich über alles informiert, was wir unternahmen. Das machte es ihm auch viel leichter, immer ein Auge auf uns zu haben und uns schließlich zu Hilfe zu kommen.«

»Alles in allem ein höchst interessanter Fall«, meinte der Regisseur. »Nun, ich werde das Buch darüber gern wieder mit einem persönlichen Vorwort versehen, wie ich es schon ein paarmal getan habe. Wisst ihr schon, was ihr euch als Nächstes vornehmen werdet?«

»Noch nicht«, sagte Justus. Die drei Jungen standen auf. »Aber wir halten die Augen offen. Wir werden mit Ihnen in Verbindung bleiben, Mr Hitfield.«

Im Gänsemarsch schritten sie zur Tür hinaus, und Albert Hitfield konnte sich eines Lächelns nicht erwehren. Ein sprechender Totenkopf! Was würden sie wohl das nächste Mal daherbringen?

Die drei ???®
und die brennende Stadt

Nachricht aus dem Grab

»Justus, Peter und Bob: die drei ???«, rief eine Männerstimme. Sie kam aus der Richtung des großen Schuppens im Hof des Gebrauchtwarencenters T. Jonas.

Der Erste Detektiv drehte sich um. Diese Stimme kannte er doch! Aber wie sollte ausgerechnet …

Seine Gedanken stockten, als er mit eigenen Augen sah, dass er sich nicht getäuscht hatte. »Kommissar Reynolds!«, rief er so erfreut wie fassungslos. Seinen beiden Detektivkollegen Peter Shaw und Bob Andrews fielen fast die Metallstangen aus der Hand, die sie gerade quer über den Hof schleppten.

Ihr Besucher trat näher und streckte die Hand aus. »Samuel Reynolds, in der Tat! Kommissar bin ich allerdings nicht mehr und ich fühle mich auch gar nicht mehr so. Dazu bin ich schon zu lange pensioniert, versteht ihr, da kommt einem die Verbrecherjagd vor wie Erinnerungen an ein anderes Leben.«

Justus schüttelte ihrem Besucher die Hand. »I … ich … also, ich bin hocherfreut, Sie zu sehen!«

Peter grinste übers ganze Gesicht. »Wenn Just ins Stottern gerät, sollte man ein Kreuz in den Kalender machen! Es freut mich sehr, Kommiss … ich meine, Sir.«

»Dem schließe ich mich an«, sagte Bob. »Was verschlägt Sie denn nach Rocky Beach? Sie sind doch damals weggezogen, als Sie pensioniert wurden.«

Reynolds lächelte. Ohne seine Polizeiuniform sah er im

leuchtend roten T-Shirt und einer ausgewaschenen Jeanshose entspannt und erholt aus. Er trug eine Baseballkappe, deren Schirm Schatten auf sein Gesicht warf. »Ich bin … sagen wir, aus privaten Gründen in der Stadt. Aber was für euch viel wichtiger ist: Ich habe einen Fall für die drei ??? im Schlepptau. Ja, ich muss euch in einer Familienangelegenheit um Hilfe bitten. Schließlich weiß ich, dass ihr Spezialisten seid, wenn es um die Aufklärung von Rätseln geht.«

»Interessant«, murmelte Justus, dem ein neuer Fall allemal lieber war, als weiterhin Schrottteile durch die Gegend zu schleppen. Kommissar Reynolds, ihr ehemaliger Mentor bei der Polizei von Rocky Beach, als Auftraggeber? Das hatte es noch nicht gegeben! »Worum handelt es sich denn, Sir?« Er räusperte sich verlegen. »Aber vielleicht wollen Sie sich erst einmal setzen und etwas trinken? Entschuldigen Sie meine Unhöflichkeit. Kommen Sie doch mit ins Haus.«

»Stimmt«, meinte Peter leise. »Eine kleine Pause könnte bei dieser Schufterei in brüllender Hitze nicht schaden.« Doch was tat man nicht alles, um ein paar Dollar zu verdienen, wenn – wie fast immer – Ebbe in der Kasse herrschte? Die drei Detektive hatten sich deshalb nicht lange bitten lassen, als Onkel Titus ihnen vorgeschlagen hatte, wieder einmal den Schrottplatz aufzuräumen.

Tante Mathilda sah die drei Jungen und ihren Gast aufs Haus zukommen und erwartete sie an der Tür. »Kommissar Reynolds! Wie in alten Zeiten! Ach, wenn ich daran denke, was Sie mit Justus und seinen Freunden alles erlebt haben!«

In einer ungewohnt sentimentalen Anwandlung strubbelte sie ihrem Neffen durchs Haar. Der starrte sie verblüfft an.

Zum Glück überging Reynolds diese Peinlichkeit mit einem leichten Lüpfen seiner Baseballmütze. »Darf ich reinkommen, Mrs Jonas?«

»Aber selbstverständlich! Ich hole Ihnen etwas zu trinken.« Mathilda verschwand eilig in Richtung Küche, während die anderen ins Wohnzimmer gingen.

So kam es, dass Justus, Peter und Bob an einem ganz gewöhnlichen Mittwochnachmittag mitten in den Sommerferien mit Samuel Reynolds am Tisch saßen und gespannt darauf warteten, was für einen Auftrag der pensionierte Kommissar »im Schlepptau« hatte.

Reynolds trommelte mit den Fingerspitzen auf der Tischplatte. Erst als Justus hinüberblickte, gab er sich einen Ruck und hörte damit auf. Der ehemalige Kommissar schien nervös zu sein. »Ich bin froh, dass ihr nicht gerade in irgendwelchen Ermittlungen steckt, Jungs. Ich weiß nicht, ob es falsch ist, euch mit meinen Problemen zu belästigen.«

»Aber Sir«, sagte Justus. »Wie könnten Sie uns belästigen?« Mit einer routinierten Bewegung zog er eine ihrer Visitenkarten aus der Tasche und legte sie auf den Tisch.

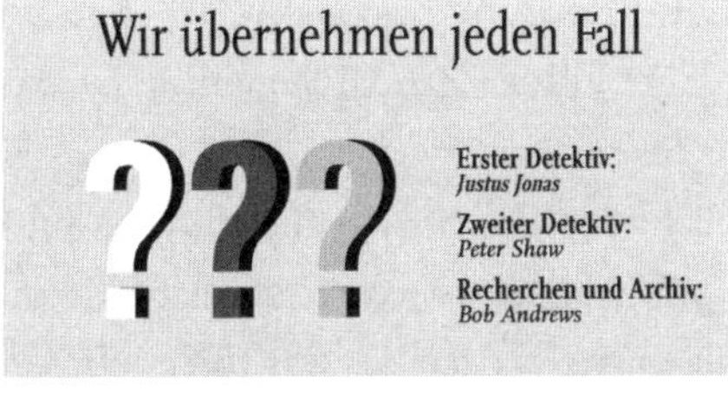
Wir übernehmen jeden Fall

???

Erster Detektiv:
Justus Jonas

Zweiter Detektiv:
Peter Shaw

Recherchen und Archiv:
Bob Andrews

»Ich kenne eure Karte«, meinte Samuel Reynolds. Trotzdem nahm er sie in die Hand und warf einen verklärten Blick darauf, als würde er sich an die vielen Fälle erinnern, die er mit der Hilfe der drei ??? gelöst hatte.
»Dann lesen Sie doch noch einmal die zweite Zeile.« Justus deutete auf die entsprechende Stelle. »›Wir übernehmen jeden Fall‹. Und das gilt erst recht, wenn wir *Ihnen* helfen können!«
»Ich danke euch, Jungs. Ihr seid … Freunde! Und die kann man sich ja, im Gegensatz zu seiner Verwandtschaft, selbst aussuchen.«
Tante Mathilda stellte ausgerechnet in diesem Augenblick ein Tablett mit Getränken ab – und das nicht sonderlich sanft. Die zwei Karaffen, eine mit Wasser, eine mit Saft, stießen aneinander. Sie räusperte sich übertrieben.
Reynolds winkte ab. »Womit ich natürlich nicht Sie meine, Mrs Jonas! Ich bin sicher, Justus hätte sich genau Sie auch liebend gerne ausgesucht.«
»Zumindest wenn sie verspricht, mir nicht mehr durch die Haare zu strubbeln«, meinte der Erste Detektiv.
Peter unterdrückte ein Kichern. Mathilda lächelte gutmütig. »Dann will ich Sie mal mit den Burschen allein lassen. Sie haben es nicht gern, wenn ich sie bei … Dienstbesprechungen störe.« Sie verließ das Wohnzimmer.
»Ich bin sicher, Ihre Bemerkung mit der Verwandtschaft war kein Zufall«, sagte Justus. »Zumal Sie vorhin bereits erwähnten, dass Ihr Fall privater Natur sei.«
»So ist es. Ich bin in die Stadt gekommen, weil mein älterer Bruder hier offenbar schon vor vielen Jahren einen Brief bei einem Anwalt hinterlegt hat. Er war für mich bestimmt. Des-

halb hatte er dafür auch eine Kanzlei hier im Ort gewählt, obwohl er selbst nicht in Rocky Beach gewohnt hat.«

»Er ist gestorben?«, fragte Bob. »Mein Beileid.«

Reynolds tippte wieder mit den Fingerspitzen auf den Tisch. »Das ist es ja. Mein Bruder ist schon seit zwei Jahren tot und trotzdem hat sich der Anwalt erst jetzt gemeldet. Das Testament war ja lange eröffnet – da war alles geregelt.«

»Rätselhaft!« Peter klang interessiert.

Ihr Besucher nickte. »Und das ist bei Weitem nicht das einzige Rätsel in dieser ganzen Angelegenheit. Aber es ist sicher besser, wenn ich von vorne beginne. Ihr müsst wissen, dass mein Bruder das schwarze Schaf der Familie war.«

Dieser Satz war ihm nur schwer über die Lippen gekommen, doch dann sprudelte es nur so aus ihm heraus. So erfuhren die drei ???, dass Adam Reynolds die meiste Zeit seines Lebens im Gefängnis verbracht hatte. Schon als Jugendlicher war er mit dem Gesetz in Konflikt geraten und das erste Mal hinter Gitter gekommen.

»Vielleicht habe ich deshalb den Beruf eines Polizisten ergriffen.« Der ehemalige Kommissar schenkte sich Wasser ein, ohne allerdings etwas zu trinken. »Um mich von Adam abzugrenzen. Weil ich ihn … ach, versteht ihr, er war mein Bruder, aber zugleich völlig anders als ich. Wir hatten immer Probleme miteinander, wir haben uns viel gestritten. Öfter noch als sonst unter Geschwistern üblich, habe ich mir sagen lassen. Als Erwachsene hatten wir kaum Kontakt. Aber zurück zu dem Brief, den mein Bruder mir hinterlassen hat. Wie gesagt: Mehr als zwei Jahre nach Adams Tod hat mich der Anwalt kontaktiert und mir dann heute Morgen den Brief übergeben.«

»Haben Sie nachgefragt, warum er das erst so spät gemacht hat?«, fragte Justus. »Ist ihm da ein Fehler unterlaufen?«
»Das war kein Irrtum, das hat der Anwalt mir versichert. Aber eine Erklärung hat er mir auch nicht gegeben, sondern sich auf seine Schweigepflicht berufen. Er hat allerdings betont, dass es sehr wohl einen konkreten Anlass gab, sich ausgerechnet jetzt zu melden.«
»Und weiter?«, fragte Bob, der sich mit einem Kugelschreiber Notizen auf seinem Block machte.
»Ich habe hier den Brief.« Reynolds zog ihn aus seiner Hosentasche; das einfache weiße Blatt steckte in einem in der Mitte gefalteten Umschlag. »Soll ich euch den Text vorlesen? Er ist mysteriös, gelinde gesagt. Ich verstehe so gut wie kein Wort.«
Die drei ??? nickten gleichzeitig. »Geheimnisvolle Botschaften und Rätsel aller Art sind schließlich unsere Spezialität!«, versicherte Peter.
»Wartet es nur ab!« Reynolds entfaltete das Blatt. »Also, passt auf: *Wenn dich wirklich interessiert, was damals in der Finsternis geschehen ist, kleiner Bruder, dann sieh im wahren Zentrum der Zentrumsstadt nach. Die Elfen sind die Wahrheit. Ach, würde es nur nicht brennen! Es hat so viel Zeit gekostet: dreizehn Jahre, vierzehn Monate und fünfzehn Wochen.*«
»Was soll das bedeuten?«, fragte Bob.
Justus pfiff leise durch die Zähne. »In der Tat sehr mysteriös. Darf ich den Brief mal sehen, bitte?«
Ihr Besucher überreichte ihm das Blatt. Der Erste Detektiv las die Nachricht ein zweites Mal.
Und ein drittes Mal.
Und verstand immer noch nichts.

Seinen Kollegen, die ihm über die Schulter schauten, erging es offenbar nicht anders. »Eine Menge Fragen«, sagte Bob schließlich. »Von welcher Finsternis redet er? Was meint er mit der Zentrumsstadt? Was hat es mit dem Brand auf sich und wieso gibt er eine so seltsame Zeitangabe? Dreizehn Jahre, vierzehn Monate und fünfzehn Wochen. So drückt sich doch kein Mensch aus!«

»Nicht mal Justus, wenn er zu Hochform aufläuft«, stimmte Peter zu. »Kann es sein, dass Ihr Bruder … entschuldigen Sie bitte, Sir … dass er verwirrt war, als er das schrieb? Außerdem schreibt er, dass die Elfen die Wahrheit wären. Elfen sind Fabelwesen, so wie Zwerge oder Kobolde – von Wahrheit kann man da wohl kaum sprechen!«

Samuel Reynolds rückte seine Mütze zurecht. »Ein klein wenig davon verstehe ich. Ich glaube es zumindest. Wie gesagt, ich muss euch noch einiges über meinen Bruder und sein Leben erzählen, aber ein richtiger Einschnitt war seine Verhaftung mitten in der Nacht, nach einer spektakulären Flucht quer durch Amerika. Danach musste er für viele Jahre ins Gefängnis.«

»Ich verstehe, worauf Sie hinauswollen«, sagte Justus. »Eine Verhaftung in der Nacht – darauf bezieht er sich, wenn er schreibt, *was damals in der Finsternis geschehen ist.*«

»Genau. Er gibt mir den Auftrag herauszufinden, was sich in jenen Stunden wirklich ereignet hat. Und natürlich interessiert es mich! Deshalb bitte ich euch um Hilfe, Jungs. Ich möchte euch engagieren.«

»Schon passiert!«, versicherte Peter. »Nur wissen wir nicht, wo wir mit unseren Ermittlungen beginnen sollen.«

»Aber das sagt uns der Verstorbene doch«, meinte Justus. »Wir werden genau dort nachsehen, wovon Adam schreibt: *im wahren Zentrum der Zentrumsstadt.*«

»Und wo soll das sein, Just?«

Der Erste Detektiv hob Schultern und Augenbrauen. »Keine Ahnung. Das müssen wir erst noch herausfinden.«

»Na prima«, flüsterte Bob. »Wir wissen weder, welchen Ort er als Zentrumsstadt bezeichnet, noch, was dort das sogenannte wahre Zentrum sein soll.«

»Rätsel sind dazu da, gelöst zu werden!« Justus grinste. »Ich bin bereit! Ihr nicht?«

»Wir sind die drei ???«, betonte Peter. »Wir sind allzeit bereit! Das könnten wir glatt noch auf unsere Visitenkarte drucken lassen!«

»Eins noch, ehe ich euch mehr von meinem Bruder erzähle.« Der ehemalige Kommissar hob seine Baseballmütze und schaute zur Seite. Am Hinterkopf kam eine dicke Beule zum Vorschein. Den drei ??? tat es schon beim bloßen Hinsehen weh. »Ich bin überfallen worden, kaum dass ich die Kanzlei verlassen hatte. Jemand wollte mir den Brief stehlen.«

»Lassen Sie das ja nicht Tante Mathilda sehen«, bat Justus, »sonst schickt sie Sie gleich zum Arzt und lässt Sie …«

»Das wäre vielleicht gar keine schlechte Idee«, unterbrach Peter. »Das sieht übel aus.«

»Es schmerzt ziemlich«, gab ihr Besucher zu. »Aber es ist nicht das erste Mal, dass ich einen Schlag abbekommen habe. Unkraut vergeht nicht, wisst ihr! Wir sind also nicht die Einzigen, die das Rätsel dieser Botschaft lösen wollen. Es gibt jemanden, der großen Wert darauf legt, schneller als wir zu sein.«

»Haben Sie den Täter erkennen können?«, wollte Bob wissen, während Peter gleichzeitig fragte: »Wie hat sich der Überfall abgespielt? Gab es Zeugen?«
»Ich sehe schon, ich muss alles genau erklären«, meinte Samuel Reynolds.
Justus nickte. »Um die Sachlage korrekt einzuschätzen, müssen wir alle Fakten kennen. Das ist natürlich unerlässlich.«
So erzählte der ehemalige Kommissar, wie er nach dem Verlassen des Anwaltsbüros in den kleinen Stadtpark gegangen war, an dessen anderem Ende er sein Auto abgestellt hatte. »Ich war völlig allein unterwegs. Niemand weit und breit, nur ein paar Leute am gegenüberliegenden Ufer von diesem Teich da, ihr wisst schon. Plötzlich habe ich gehört, wie jemand mit schweren Schritten auf mich zurannte. Ich konnte mich nicht mehr herumdrehen, da haben mich schon richtig massige Arme von hinten umklammert. Und eine dumpfe Stimme hat mir ins Ohr gekrächzt, ich sollte ihm sofort den Brief geben.«
»Gekrächzt?«, hakte Justus nach.
»Ja, in einer rauen Stimmlage, wie während einer schweren Erkältung. Völlig heiser oder mit belegten Stimmbändern, ihr versteht schon. Ich habe mich natürlich geweigert. Dank meiner Jahre bei der Polizei kenne ich schließlich so einige Tricks. Ich mag pensioniert sein, gehe aber noch nicht am Krückstock! Also habe ich den Griff gesprengt, bin herumgewirb …«
Reynolds verzog schmerzlich das Gesicht. »Tja, und dann hat der Kerl zugeschlagen. Mit einem kleinen Knüppel, schätze ich, vielleicht auch einer Art Schlagring um seine Faust. Da hab ich erst mal Sterne gesehen, ihm aber auch noch einen Schlag in den Bauch verpasst.«

Die drei ??? hingen an seinen Lippen, gespannt auf jedes weitere Wort.
»Trotzdem war mir schwindlig, das gebe ich zu. Zu meinem großen Glück waren die Passanten auf der anderen Seite des Teiches aufmerksam geworden. Und noch mehr Glück war wohl, dass sie nicht einfach weggeschaut haben, sondern rübergerannt sind und dem Angreifer zugerufen haben, dass er mich in Ruhe lassen soll. Das ist leider bei Weitem nicht mehr selbstverständlich, wisst ihr?«
Der Zweite Detektiv nickte langsam. »Heutzutage erhält man eher Aufmerksamkeit, wenn man ›Feuer!‹ schreit, als wenn man um Hilfe ruft.«
Mr Reynolds sah ihn nachdenklich an. »So ist es – leider! In meiner Zeit als Polizist habe ich das oft genug erleben müssen. Aber zurück zur Sache. Jedenfalls hat sich der Angreifer zurückgezogen. Und bevor ihr fragt: Ich konnte kaum etwas von ihm erkennen. Er trug eine Mütze tief ins Gesicht gezogen und eine dunkle Jacke mit hohem Kragen. Ein bulliger, grobschlächtiger Kerl, mehr kann ich nicht sagen.«
»Da stellt sich vor allem eine Frage«, zog Justus ein vorläufiges Resümee: »Was kann an dieser seltsamen Botschaft so wichtig sein, dass jemand Sie genau abpasst und handgreiflich wird, um den Brief in seine Gewalt zu bekommen? Auch der zeitlich genau abgestimmte Überfall spricht dafür, dass es einen guten Grund gibt, warum Sie der Anwalt ausgerechnet jetzt kontaktiert hat, Sir. Ich bin sicher, dass wir von diesem Angreifer schon bald wieder hören werden. Da steckt mehr dahinter als nur die verschlüsselte Nachricht eines Verstorbenen an seinen Bruder wegen irgendwelcher Familienangelegenheiten …«

Das Leben eines schwarzen Schafes

Nicht nur Samuel Reynolds, sondern auch die drei ??? bedienten sich an den Getränken.

Onkel Titus kam ins Wohnzimmer und begrüßte ihren Gast. »Es ist schön, Sie zu sehen. Sie haben während Ihrer Amtszeit viel für Justus und seine Freunde getan. Der Sonderausweis als ehrenamtliche Junior-Detektive und Mitarbeiter der Polizei-Direktion von Rocky Beach, den Sie ihnen ausgestellt haben, ist ja geradezu legendär!«

Der ehemalige Kommissar winkte ab. »Ich bin sicher, dass mein Nachfolger Inspektor Cotta seinen Dienst ebenso gut erledigt und die Hilfe der drei ??? zu schätzen weiß.«

Onkel Titus verabschiedete sich und Reynolds brachte das Gespräch wieder auf seinen Bruder. »Adam ist 1939 geboren worden und hat sich, wie bereits gesagt, früh zum schwarzen Schaf der Familie entwickelt. Schon mit 16 Jahren ist er von zu Hause weg, also 1955. Irgendwie hat er sich durchgeschlagen. Ich weiß kaum etwas über sein Leben seitdem. Im Nachhinein bedauere ich es, aber es lässt sich nun mal nicht mehr ändern. 1958 saß er zum ersten Mal im Gefängnis, wegen irgendwelcher kleineren Delikte, zuletzt wegen eines Autodiebstahls. Noch nicht mal ein besonders wertvoller Wagen. Ein Jahr später ist er wieder freigekommen und unsere Eltern wollten sich seiner annehmen, doch er hat sich völlig zurückgezogen. Ich habe mit ihm damals nur ein einziges Mal am Telefon gesprochen, wenn ich mich recht erinnere.«

»Klingt traurig«, sagte Peter.

»War es auch.« Reynolds knirschte mit den Zähnen. »Und ist es immer noch. Kurz darauf hat er geheiratet. Und zu unserer Überraschung nicht einmal eine … na ja, wie soll ich sagen … es war keine Gangsterbraut, versteht ihr? Auf der Hochzeit habe ich Adam zum ersten Mal seit Langem gesehen. Seine Frau war eine junge Lehrerin. Die beiden wirkten glücklich, ein richtiges Traumpaar. Ich hoffte, nun würde sich alles zum Besseren wenden.«

»Aber so kam es nicht?«, vermutete Justus.

»Ganz und gar nicht. 1962, also in den ersten Ehejahren, hat Adam mit einem unbekannten Komplizen eine Bank überfallen. Das hat damals wegen der extrem großen Beute überall Schlagzeilen gemacht, und ich muss zugeben, dass ich mich sogar geschämt habe, weil ich Angst hatte, das würde meiner Karriere bei der Polizei schaden. Adam und sein Kumpan sind quer durch die USA geflohen.« Reynolds musste lachen. »Wie in einem Roadmovie, könnte man sagen. War eine ganz schön verrückte Sache. Das ging monatelang so, bis Adam schließlich im Bundesstaat Pennsylvania gestellt wurde.«

»Damals in der Finsternis«, zitierte der Erste Detektiv aus der Botschaft des Toten.

»So ist es! In jener Nacht konnte Adam nicht mehr fliehen, wie es ihm vorher einige Male gelungen war. Wohl aber sein Komplize – ihn hat man nie gefasst. Adam hat geschwiegen und ihn nie verraten. Selbst als man ihm Strafminderung versprach, hat er dichtgehalten. Die Beute ist ebenfalls nie aufgetaucht, wahrscheinlich hat sich der Kumpan meines Bruders damit ein schönes Leben gemacht. Adam hingegen hat bis 1977 im Gefängnis gesessen, eine Ewigkeit lang!«

Wieder trank ihr Besucher etwas. Keiner der drei ??? wollte eine Zwischenfrage stellen. Sie alle brannten darauf, mehr zu erfahren, aber sie spürten, dass sie Reynolds jetzt nicht unterbrechen durften.

»Ich habe erst nach Wochen davon erfahren, dass er 1977 aus dem Gefängnis gekommen ist. Zuerst dachte ich, er wäre irgendwo untergetaucht und ich würde ihn nie finden können. Doch Adam hat mich noch einmal überrascht.« Reynolds schüttelte den Kopf. »Er war wieder bei seiner Frau.«

»Der jungen Lehrerin?«, entfuhr es Peter.

»Na, allzu jung kann sie da nicht mehr gewesen sein«, meinte Justus altklug.

»Genau die«, erklärte ihr Besucher. »Phyllis hatte ihn in all den Jahren seiner Gefangenschaft nicht verlassen! Nach außen hin haben die beiden zusammengelebt, als wäre nichts geschehen. Ich habe sie einmal besucht, aber gemerkt, dass ich im Grunde nicht willkommen war. Es war, wie es eben war. Vor zwei Jahren schließlich ist mein Bruder Adam gestorben und seitdem …«

Weiter kam er nicht. Ein Knall riss ihm den Rest des Satzes von den Lippen.

Die Scheiben klirrten. Das halb geöffnete Fenster ruckelte, als wollte es aus dem Rahmen fliegen. Dahinter schoss eine Stichflamme in die Höhe.

Flammen wallten auf, entfalteten sich und prasselten wie ein großes Lagerfeuer. Nur dass dies hier alles andere als idyllisch und harmonisch war. Eine Explosion, draußen im Hof des Gebrauchtwarencenters!

Ein Schrei gellte durch das Haus – Tante Mathilda!

Die drei ??? und Samuel Reynolds sprangen nahezu gleichzeitig auf. Fassungslos sahen sie, wie das Feuer vor dem Fenster in sich zusammenfiel. Dunkler Rauch stieg auf und quoll bis ins Wohnzimmer.

Peter war zuerst an der Tür, riss sie auf und stürzte in den Flur, auf dem Weg ins Freie. Was war im Hof geschehen?

Als der Anführer der drei ??? das Wohnzimmer ebenfalls verließ, donnerte es ein weiteres Mal. Justus glaubte sogar, eine leichte Druckwelle durch das Fenster und den ganzen Raum zu spüren, die ihm in den Rücken schlug.

Totenbleich eilte Tante Mathilda die Treppe herunter, Onkel Titus folgte ihr. Auch seine Gesichtsfarbe sah alles andere als gesund aus.

»Stehen bleiben!«, rief Samuel Reynolds mit der Bestimmtheit und Autorität des langjährigen Polizeibeamten. »Ich gehe zuerst! Wenn dort jemand mit einer Waffe wartet, müssen wir …«

Doch da hatte Peter bereits die Haustür aufgerissen.

Reynolds drängte an ihm vorbei und blickte in alle Richtungen. Justus stand hinter ihm. Niemand schien sich im Innenhof zu befinden. Nun ließen sich die drei ??? nicht mehr zurückhalten. Alle eilten nach draußen. Um die Stelle zu erreichen, wo die Explosionen stattgefunden hatten, mussten sie um die Hausecke vor das Wohnzimmerfenster.

Gemeinsam rannten sie hin.

Schwarzer Rauch erschwerte ihnen die Sicht. Asche trieb

noch immer durch die Luft. Holzsplitter lagen überall verstreut. Die Reste von zwei fußballgroßen Bomben standen auf dem kleinen Beet; sie sahen aus wie schwarze Feuerschalen aus Metall.
Die Blumen ringsum wirkten wie niedergemäht. Erdklumpen klebten an der Hauswand und den Fensterscheiben. Vereinzelt glühten Funken auf der Erde.

Der neue Fall der drei ??? ist offenbar weitaus gefährlicher, als man zunächst vermuten konnte. Kaum habe ich meine drei alten Freunde und ehrenamtlichen Junior-Detektive engagiert, gibt es einen Bombenanschlag mitten auf dem jonasschen Schrottplatz.
Was immer Adam mit seiner mysteriösen Botschaft sagen will, es trägt offenbar im wahrsten Sinne des Wortes Zündstoff *in sich. Nur – warum? Eines von vielen Rätseln. Auf den Garten und die Blumen von Mathilda Jonas hat es der Unbekannte wohl kaum abgesehen.*
Weshalb also dann eine Bombe, die alle Beteiligten aus dem Haus vertreibt? Aha … könnte es eben genau darum gehen? Was meint ihr? In all der Aufregung hat nicht einmal Superhirn Justus diese Möglichkeit in Betracht gezogen.

»Sehr seltsame Bomben«, stellte der ehemalige Kommissar mit einem Blick fachkundig fest. »Hier stimmt etwas ganz und gar nicht, denn …« Er stockte mitten im Wort, streckte den Arm aus. »Da!«
Eine massige Gestalt flitzte gerade um die Ecke des großen

Schuppens. Sofort rannte Reynolds los. Peter folgte ihm, Onkel Titus ebenso, wenn auch merklich langsamer.
Im selben Moment glaubte Justus, durch das Fenster eine Bewegung im Wohnzimmer zu erkennen! Der Erste Detektiv kombinierte und schaltete augenblicklich. »Die wollen uns nur nach draußen locken! Jemand ist im Haus!«
Nun stürmte auch er los, der Haustür entgegen. Er musste ins Wohnzimmer!
Aus dem Augenwinkel bemerkte er noch, dass sich Bob mit derlei Umwegen nicht zufriedengab. Der Dritte Detektiv wählte denselben Weg, den zuvor auch zweifellos der unbekannte Eindringling genommen hatte – durch das nun völlig hochgeschobene Fenster!
Als Justus um die Ecke hetzte, sprang gerade eine Frau mit einem großen Satz von der Haustür ins Freie. Sie entdeckte ihn und spurtete los, zum großen Tor, das auf die Straße führte. Er rannte hinterher, hörte, wie irgendwo auf dem Grundstück Samuel Reynolds rief: »Polizei! Bleiben Sie stehen!« Dass er pensioniert war, wie er kurz zuvor noch betont hatte, kümmerte ihn in diesem Augenblick offenbar nicht.
Der Erste Detektiv versuchte aufzuholen, doch die Frau war schneller als er. Auch als Tante Mathilda ihr aufgeregt entgegenrannte, schlug sie nur einen Haken, sauste an ihr vorbei und hetzte durch das Tor auf die Straße.
Es rumpelte vom großen Schrottberg her, wo auch die geheime Zentrale der drei ??? lag: ein alter Wohnwagen. Weil Justus die Diebin niemals würde einholen können, eilte er dorthin.
Mit einer erstaunlichen Behändigkeit kletterte der bullige

Bombenleger dort in die Höhe; zweifellos derselbe Kerl, der zuvor Samuel Reynolds im Stadtpark überfallen hatte. Der ehemalige Kommissar blieb am Fuß des Schrottberges zurück, doch Peter verfolgte den Eindringling. Aber der hatte zu großen Vorsprung, als dass der Zweite Detektiv ihn noch aufhalten konnte.

Der Mann kletterte weiter und verschwand auf der anderen Seite des Bergs. Von dort würde er zweifellos über den Zaun klettern, der das Gebrauchtwarencenter T. Jonas von der Straße trennte.

Kurz darauf stand fest: Die beiden Unbekannten waren entkommen.

»Wir haben uns reinlegen lassen wie blutige Anfänger!«, sagte Bob einige Minuten später zerknirscht. »Wie die Trottel sind wir alle nach draußen gestürmt, als die Bomben hochgegangen sind!«

Den Brief hatten sie auf dem Tisch liegen gelassen – leichte Beute für die Diebin, die sofort ins Wohnzimmer eingestiegen war, als es verlassen dalag. Während ihr grobschlächtiger Komplize draußen noch für Ablenkung sorgte und sich zweifellos ganz bewusst noch gerade so sehen ließ, hatte die Frau die offenbar wertvolle Hinterlassenschaft von Adam Reynolds entwendet und war durch die Haustür geflohen. Was zuvor im Stadtpark nicht gelungen war, hatten die beiden nun mithilfe der Bombenexplosion nachgeholt.

»Du hättest die Diebin fast noch gestellt, Justus«, sagte Peter.

»Aber sie ist mir entkommen!«, antwortete dieser schlecht gelaunt. »›Fast‹ nützt uns überhaupt nichts!«

Die Bomben waren im Grunde harmlos gewesen: Sie hatten zwar eine Menge Lärm und Rauch gemacht, aber wirklichen Schaden hatten sie nicht anrichten können. »Ein besseres Feuerwerk« hatte Reynolds es genannt, das sich die beiden Schurken zweifellos selbst zusammengebastelt hatten.

»Ehe wir weiter nachdenken«, forderte Bob, »müssen wir versuchen, den Text der Botschaft ganz genau aufzuschreiben! Es kann auf jedes Wort ankommen in so einem Rätseltext. Ein winziger Unterschied kann zu einer völlig anderen Bedeutung führen. Also konzentriert euch! Schließlich haben wir ihn alle mehrfach gelesen, vor allem Sie, Kommissar!«

»Ex-Kommissar«, korrigierte Reynolds.

Bob grinste. »Das klang vorhin aber ganz anders. Sie haben's immer noch drauf.«

Gemeinsam gelang es ihnen, den vollständigen Text zu rekonstruieren. Dabei verbesserten sie sich mehrfach gegenseitig, bis sie mit dem Ergebnis zufrieden waren. Zumindest glaubten sie, dass sie nun genau die gleiche Botschaft in Händen hielten, die Adam Reynolds seinem Bruder hinterlassen hatte.

Wenn dich wirklich interessiert, stand auf dem Zettel, *was damals in der Finsternis geschah, kleiner Bruder, dann sieh im echten Zentrum der Zentrumsstadt nach. Die Elfen sind die Wahrheit. Ach, würde es nur nicht brennen! Es hat so viel Zeit gekostet: dreizehn Jahre, vierzehn Monate und fünfzehn Wochen.*

Erst beim vierten Durchlesen fiel Justus noch ein Fehler auf. Er tippte auf das Wort »echten« im ersten Satz. »Das muss ›im wahren Zentrum‹ heißen, ich bin mir sicher.«

»Das macht doch keinen Unterschied«, sagte Peter, korrigierte es aber sofort.

»Das wissen wir nicht! Wenn sich eine Geheimbotschaft zwischen den Zeilen verbirgt, kann alles wichtig sein, jeder Buchstabe und jedes Satzzeichen!« Er wandte sich an ihren Auftraggeber: »Der Mann, den Sie verfolgt haben, Mr Reynolds – war das derselbe, der Sie im Park angegriffen hat?«

»Vermutlich. Wie gesagt, ich konnte ihn nicht genau erkennen. Aber die Statur stimmt und der Verdacht liegt ja ohnehin nahe. Wer diese Diebin sein soll, ist mir schleierhaft. Das alles ist mir ein Rätsel!«

Justus nickte. »Ich habe die Frau, die hier eingebrochen ist, leider auch nur schlecht gesehen. Ich könnte noch nicht mal sagen, wie alt sie eigentlich war. Aber eins wissen wir: Schlank ist sie und körperlich fit. Immerhin ist sie auch sehr schnell durch das Fenster ins Wohnzimmer geklettert.«

»Was alles andere als einfach ist«, gab Bob zu bedenken, der ihr ja vor wenigen Minuten auf ebendiesem Weg gefolgt war, ohne etwas ausrichten zu können.

»Wer sie ist oder was sie mit dem bulligen Kerl zu tun hat, darüber können wir nur rätseln. Nur eins wissen wir: Sie hat jetzt den Brief. Und sie schreckt auch vor Verbrechen nicht zurück.«

Draußen ertönte der Lärm von quietschenden Reifen. Durch das Fenster konnte man deutlich den Wagen von Inspektor Cotta sehen. Selbstverständlich hatte das Ehepaar Jonas die Polizeistation von Rocky Beach über die Explosionen und den Einbruch informiert.

»Na, dann gehe ich mal und begrüße meinen Kollegen und Nachfolger«, sagte Samuel Reynolds. »Ich habe ihn lange nicht gesehen. Ich erkläre ihm alles, was hier geschehen ist.«

So blieben die drei ??? allein im Wohnzimmer zurück.
»Ich habe nachgedacht«, ergriff Bob das Wort. »Seht euch mal die letzten Zeilen an. Von welcher Zeitspanne spricht Adam Reynolds dort? Dreizehn Jahre, vierzehn Monate, fünfzehn Wochen. Eine sehr seltsame Abfolge. Wann genau saß Adam im Gefängnis?«
Darauf konnte ihm keiner eine Antwort geben.
»Ich weiß nur, dass es sehr lange war«, sagte Peter. »Ein Wunder, dass ihm seine Frau, diese Lehrerin, die ganze Zeit über die Treue gehalten hat. Das muss ja wirklich die große Liebe gewesen sein.«
Justus knetete nachdenklich seine Unterlippe. »Wir können Kommissar Reynolds nach den genauen Daten der Gefangenschaft seines Bruders fragen, wenn du es für wichtig hältst.«
»Ex-Kommissar«, verbesserte Bob.
»Ach, daran werde ich mich nie gewöhnen …«

Es brennt

»Ihr wollt wissen, von wann bis wann mein Bruder genau im Gefängnis saß?« Samuel Reynolds runzelte die Stirn. Inzwischen standen die drei ??? bei ihm im Hof, Inspektor Cotta war wieder gefahren. »Vor Kurzem hätte ich es noch nicht gewusst, aber als die Nachricht vom Anwalt kam, habe ich mich natürlich damit beschäftigt: November 1962 bis Mai 1977.«

Bob grinste zufrieden. »Genau, wie ich vermutet habe. Also, dieses Rätsel wäre gelöst! Wisst ihr, wie lange es dauert von November 1962 bis Mai 1977?«

Justus nickte und er sah äußerst glücklich aus. »Dreizehn Jahre, vierzehn Monate und fünfzehn Wochen, wenn ich mich nicht täusche! Oder, wie man es normalerweise ausdrücken würde, etwa vierzehneinhalb Jahre.«

»Darauf also bezieht sich die seltsame Zeitangabe in Adams Botschaft«, meinte Samuel Reynolds. »Das hätte ich auch selbst erkennen können. Nur warum hat er sich so eigenartig ausgedrückt? Und was sollen die ganzen anderen Rätsel?«

»Dazu sollten Sie sich den Anfang der Nachricht Ihres Bruders anschauen, Sir«, bat Justus. »Er betont dort etwas – nämlich ob es Sie *wirklich* interessiert, was damals geschehen ist, als er gefangen genommen wurde. Es soll Sie Mühe kosten, Licht ins Dunkel zu bringen. Das ist wohl ein Hinweis darauf, dass es um Ihr Verhältnis nicht immer gerade zum Besten stand. Nur wenn Ihnen Ihr Bruder eben doch wichtig ist, sollen Sie die Botschaft verstehen können.«

»Er bedeutet mir etwas!«, sagte der ehemalige Kommissar mit fester Stimme. »Und wenn ich das erst jetzt, zwei Jahre nach seinem Tod, beweisen kann, dann soll das eben so sein.« Er senkte den Blick. »Vor allem will ich es wohl mir selbst beweisen.«

»Aber was hat es mit dem eigenartigen Hinweis auf das Feuer auf sich? *Ach, würde es doch nicht brennen!* So steht es in der Botschaft. War er damals von Flammen eingesperrt und konnte deshalb nicht fliehen? Oder gab es einen Brand in seinem Gefängnis?«

»Nichts von alldem!«, sagte Samuel Reynolds. »Zumindest nicht, soweit ich weiß. Aber … nun ja, ich weiß eben nicht viel, wie ich euch ja schon erklärt habe. Dieses Rätsel lässt sich wohl nicht einfach durch Nachdenken lösen. Ich fürchte, ihr werdet ermitteln müssen, Jungs.«

Die drei ??? warfen sich kurze Blicke zu. Justus übernahm die Antwort. »Aber sicher! Und bekanntlich übernehmen wir nicht nur jeden Fall, sondern setzen auch alles daran, ihn zu lösen! Wir werden nicht aufgeben, Sir!«

Reynolds hob die Hand und nickte den Jungen zu. »Ich bin gespannt! Wenn Inspektor Cotta irgendetwas über die beiden Schurken herausfindet, die hier für Unruhe gesorgt haben, lasse ich es euch sofort wissen. Ich wohne in einem Hotel am Hafen. Hier ist meine Handynummer, über die ihr mich ständig erreichen könnt!« Er gab ihnen einen Zettel. »Zögert nicht, mich anzurufen, und wenn es mitten in der Nacht sein sollte. Wahrscheinlich finde ich sowieso keinen Schlaf.« Er verabschiedete sich.

Mit Feuereifer stürzten sich die drei ??? auf ihren neuen Fall. Zunächst stand einige Recherchearbeit an.
Sie betraten ihre Zentrale über das Kalte Tor, einen großen Kühlschrank, der mitten in einem Schrottberg stand und dessen Rückwand sich öffnen ließ.
Bob ging sofort ins Internet und startete seine Recherche. Er öffnete eine Suchmaschine, um herauszufinden, was es mit der geheimnisvollen *Zentrumsstadt* auf sich hatte. Mit etwas Glück würde er so wenigstens einen Gedankenanstoß erhalten.
Es gab eine Menge Treffer. Einer der ersten führte auf eine Stadt in der Schweiz, die sich selbst so bezeichnete, weil sie sich als wirtschaftliches Zentrum ihrer Region verstand. Doch eine Stadt in der Schweiz? Die konnte unmöglich gemeint sein. Die übrigen Ergebnisse behandelten »Zentrumsstadt« wie zwei Wörter und bezogen sich dann auf das jeweilige Zentrum unterschiedlicher Städte – zumindest, soweit Bob die Ergebnisse sichten konnte.
Enttäuscht ging Bob auf die Startseite der Suchmaschine, überlegte und startete eine neue Anfrage: »Zentrumsstadt Pennsylvania« tippte er, denn in diesem Bundesland war Adam Reynolds damals gestellt und verhaftet worden. Wieder nichts. Er änderte »Zentrumsstadt« zu »Zentrum Stadt«, um mehr Treffer zu erzielen. Einer plötzlichen Eingebung folgend fügte er noch das Wort »brennen« hinzu, das der Verfasser des rätselhaften Briefes ja mit einem Ausrufezeichen betont hatte.
Diesmal hatte er mehr Glück. Bald entdeckte Bob einen vielversprechenden Hinweis. Er klickte sich über mehrere Seiten weiter und rief nach einigen Minuten begeistert: »Volltreffer, Kollegen! Ich hab's!«

Seine beiden Freunde streckten sofort ihre Köpfe über seine Schulter. Justus kaute lautstark und zu allem Überfluss unangenehm nah an seinem Ohr. Es roch ziemlich köstlich nach einem Schokoladen-Cookie.

»Centralia in Pennsylvania«, sagte Bob triumphierend. »Eine Stadt mit einer ganz besonderen Geschichte. Sie hieß früher Centreville – näher an dem Begriff *Zentrumsstadt* geht es wohl nicht mehr!«

»Dem kann ich nicht widersprechen«, kommentierte Justus auf seine typisch hochgestochene Art. Nur waren die Worte kaum zu verstehen; er kaute auf beiden Backen. »Es könnte aber auch Zufall sein, denn …«

»Kein Zufall, Just!« Bob klickte auf eine andere Seite. »Schaut euch an, wie man Centralia in Pennsylvania noch nennt: die brennende Stadt!«

Die brennende Stadt? Eine eigenartige Bezeichnung, da jeder Brand nach einer gewissen Zeit gelöscht wird und daher nicht als Namensgeber taugt. In den Köpfen der drei ??? jedenfalls löst dieser Beiname eine Menge Bilder aus. Er klingt nach Gefahr, aber auch nach Abenteuer. Vor allem ist der Zusammenhang mit der geheimnisvollen Botschaft überdeutlich.

Ich kann nur staunen, wie schnell die drei ??? fündig geworden sind. Aber so ist es wohl, wenn man findige Detektive beauftragt. Und ich bin davon überzeugt, dass sie noch mehr herausfinden werden, nun, da sie den entscheidenden Hinweis entdeckt haben. Was glaubt ihr?

Anderes wird sicher noch lange ungeklärt bleiben. Was

könnten zum Beispiel Fabelwesen wie Elfen mit einer Stadt zu tun haben, in der es dem Namen nach offenbar brennt?

»Die – was?«, fragte Justus.

»Man nennt Centralia auch die brennende Stadt«, wiederholte Bob. »Und dafür gibt es einen sehr guten Grund!«

In den nächsten Minuten lasen die drei ??? fasziniert eine höchst außergewöhnliche Geschichte. Demnach war Centralia eine völlig normale Kleinstadt gewesen, mit einigen tausend Einwohnern, mit Schulen, Theatern, Museen, Hotels, Kirchen – mit allem, was dazugehörte.

Bis 1962 im Kohlebergwerk unter der Stadt ein Brand ausgebrochen war. Und dieses Feuer wütete seitdem ununterbrochen!

Es war nicht möglich, die Flammen zu löschen. Die Regierung hatte alles nur Denkbare versucht und mehr als siebzig Millionen Dollar in Löschversuche investiert, es inzwischen jedoch aufgegeben.

Angeblich hatte das Feuer seinen Ursprung auf einer Müllverbrennungsanlage und war von dort aus in die Stollen des Bergwerks vorgedrungen. Die Kohle hatte sich entzündet – und seitdem loderte ein Höllenfeuer, das sich nicht löschen ließ, was immer man auch versucht hatte.

Diese Katastrophe hatte Centralia in eine Geisterstadt verwandelt. »Hört euch das an«, sagte Bob. »Die Kohleindustrie war der größte Arbeitgeber, das Netz der Stollen war rasch gewachsen – bis schließlich der Brand ausbrach. Die Stadt ist fast völlig verlassen, das Leben dort beinahe unmöglich. Nahezu alle Häuser sind eingestürzt oder abgerissen, nur noch wenige Gebäude stehen.«

»*Fast* völlig verlassen?«, fragte Peter. »Wer könnte dort noch immer wohnen?«

Bob klickte auf die nächste Seite des Berichts. »Hier steht, dass sich einige Leute einfach nicht aus ihrer Heimat vertreiben lassen wollen. Das zuständige Wahlbüro gibt an, dass es noch vierzehn Bewohner gibt, die Bezirksregierung spricht von zehn. Vor dem Brand waren es mehr als dreitausend! Diejenigen, die dageblieben sind, schweben in ständiger Gefahr. Wege und Gebäude sacken plötzlich ab, der Asphalt reißt auf, es steigen giftiger Dampf und Qualm in die Höhe. Hier, hört euch das an, das stammt aus einer Reportage: ›Viel mehr als die Bürgersteige und das Gitternetz der Straßen ist nicht mehr vorhanden. Das Feuer hat sich ein wenig von der Stadt weggefressen. Schwefelgestank und Rauch wabern nicht mehr durch das Zentrum, sondern durch die direkte Umgebung. Bisweilen soll sogar ein Bär durch die Stadt streunen.‹«

»Ein Bär?«, fragte Peter. »Klingt nicht besonders freundlich.«

Justus überging die Bemerkung des Zweiten Detektivs. »Fantastisch! Also geht es tatsächlich um Centralia! Nun müssen wir nur noch herausfinden, was das *wahre Zentrum* dieser Stadt ist, von dem Adam Reynolds in der Botschaft spricht. Und wo könnten wir das besser tun als direkt vor Ort?«

Peter seufzte. »Du willst dahin?«

»Selbstverständlich!«

»Langsam«, bat Bob. »Pennsylvania liegt an der Ostküste! Alles andere als ein Katzensprung! Da genügt keine kleine Spritztour am Nachmittag …«

»Ehe wir weiter darüber nachdenken, müssen wir uns ohnehin vergewissern, dass wir uns nicht irren.« Justus ging zum Telefon und zog den Zettel mit Mr Reynolds' Handynummer hervor. Er wählte und schaltete den Lautsprecher an.
Es läutete nur zwei Mal, ehe das bekannte, markige »Ja?« ertönte.
»Ich bin's, Sir, Justus Jonas. Können Sie bitte etwas für uns herausfinden? Wo genau wurde Ihr Bruder damals verhaftet? War es möglicherweise in einer Stadt namens Centralia in Pennsylvania?«
»Wie kommt ihr darauf?«
»Unsere Ermittlungen gehen rasch voran, Sir. Wir verfolgen eine vielversprechende Spur.«
Reynolds lachte. »Wenn man die drei ??? engagiert, muss man wohl mit allem rechnen.«
»Allerdings, Sir.«
»Centralia«, murmelte es am anderen Ende der Leitung. »Der Name kommt mir bekannt vor, als hätte ich ... Ach, Moment, Justus, ich muss da mal gerade etwas nachgucken. Ich melde mich gleich wieder bei euch.« Er unterbrach die Verbindung.
»Wenn er zurückruft«, meldete sich Peter zu Wort, der sich gerade einen Cookie aus der Packung nahm, »sollten wir ihn um noch etwas bitten. Wenn jemand mehr über Adam und seine Geschichte weiß, dann ja wohl seine Witwe. Wie hieß sie doch gleich?«
»Phyllis«, sagte Bob, ohne zu zögern. Als seine beiden Freunde ihn verblüfft ansahen, meinte er: »Mr Reynolds hat ihren Namen einmal genannt. Weil er heutzutage so ungewöhnlich ist, habe ich ihn mir gemerkt.«

Der Erste Detektiv nickte. »Du hast recht. Wir müssen mit ihr reden, auch wenn das sicher nicht ganz einfach wird.«
»Wieso glaubst du das?«
»Das Verhältnis zwischen ihr und Kommissar …«, begann Justus, wurde jedoch vom Klingeln des Telefons unterbrochen. Er hob ab und schaltete gleichzeitig den Lautsprecher an. »Ja?«
»Ihr habt recht!«, ertönte die Stimme von Samuel Reynolds. »Ich besitze Kopien der damaligen Polizeiberichte und habe rasch darin nachgesehen. Die Verhaftung fand tatsächlich in Centralia statt.«
»Dann kennen wir auch den Grund, warum Ihr Bruder das Feuer erwähnt.«
»So?«
Justus erklärte ihm die absonderliche Geschichte dieser Stadt, in der es seit 1962 unablässig brannte. Er hörte, wie Bob nach diesen Worten plötzlich wieder auf der Tastatur des Computers tippte, als sei ihm etwas eingefallen, das er überprüfen musste.
»Wir möchten Sie noch um einen Gefallen bitten, Sir.«
»Und das wäre?«
»Wir müssen mit der Witwe Ihres Bruders sprechen.«
»Phyllis …«, meinte der ehemalige Kommissar nachdenklich. »Ich habe sie auf der Beerdigung zuletzt gesehen, und da auch nur kurz in der Halle und am Grab. Wir haben kein einziges Wort miteinander gewechselt. Während Adams Zeit im Gefängnis habe ich sie ein paar Male angerufen, aber sie hat immer aufgelegt und sich völlig von mir abgeschottet. Bald habe ich es dann aufgegeben – und wollte mich ehrlich gesagt auch nicht länger darum kümmern. Sie wird heute wohl kaum zugänglicher sein als damals.« Er atmete tief durch. »Vielleicht

ist es deshalb besser, wenn ihr es versucht. Wenn sie meinen Namen hört, wird sie sofort abblocken.« Er raschelte in seinen Papieren und nannte eine Telefonnummer. »Unter dieser Nummer war Phyllis zumindest vor zwei Jahren noch erreichbar. Mehr weiß ich auch nicht.«
Kaum hatte Justus das Gespräch beendet, wartete Bob mit der nächsten Überraschung auf. Seine neue Suche im Netz war von Erfolg gekrönt gewesen. »Alles passt perfekt zusammen! Wir haben doch gelesen, dass es seit 1962 in Centralia brennt. Und nun kommt der Hammer! Wisst ihr, seit wann genau?«
»Ich ahne es«, meinte der Erste Detektiv.
Bob ließ sich davon nicht ablenken. »Seit November 1962, dem Monat, als sich auch Adam Reynolds dort aufgehalten hat! Und es soll mich nicht wundern, wenn es exakt in der Nacht geschehen ist, als man ihn verhaftet hat! Vielleicht hat er sogar etwas mit dem Ausbruch des Feuers zu tun.«
»Kollegen«, sagte Peter, »mich interessiert von Minute zu Minute mehr, *was damals wirklich in der Finsternis geschah ...«*
»Gut zitiert«, lobte Justus lächelnd. »Mich auch. Und darum werde ich keine Zeit verlieren.« Er deutete auf die Nummer, die er auf einen Zettel gekritzelt hatte, und wählte sie.
Es läutete.
Ein gutes Zeichen. Immerhin war der Anschluss nicht abgemeldet worden. Schließlich wäre ein Umzug der Witwe nach dem Tod ihres Mannes nicht ungewöhnlich gewesen.
Justus ließ es lange klingeln, achtmal, neunmal. Gerade wollte er auflegen, als sich eine gehetzte Stimme meldete. »Ja?« Es klang nach einer älteren Frau.

»Hier spricht Justus Jonas. Spreche ich mit Mrs Phyllis …« Er zögerte kurz, bis ihm einfiel, dass ihr Nachname natürlich Reynolds lauten musste, zumindest falls sie nicht wieder ihren Geburtsnamen angenommen hatte. »… Reynolds?«
»Wer?«
Der Anführer der drei ??? verzog enttäuscht das Gesicht. Offenbar war sie unter dieser Nummer nicht mehr bekannt.
»Ich meine, wer bist du, junger Mann?«
»Justus Jonas«, wiederholte er erleichtert. Er war sich inzwischen sicher, dass er mit einer älteren Dame sprach – hoffentlich mit Adams Witwe persönlich. »Ich, äh, ich kannte Phyllis' Mann Adam.« Damit dehnte er die Wahrheit zwar sehr weit, aber das erschien ihm einfacher als viele komplizierte Erklärungen.
»Dann weißt du es sicher noch nicht. Es tut mir leid, dir sagen zu müssen, dass Phyllis tot ist. Sie ist vor fünf Tagen gestorben.«
Vor fünf Tagen! Kurz darauf hatte sich der Anwalt bei Mr Reynolds gemeldet. Das konnte kein Zufall sein! »Das bedauere ich sehr«, sagte er zu seiner unbekannten Gesprächspartnerin, murmelte noch eine Floskel und beendete das Telefonat. »Nun wissen wir, warum die Botschaft gerade jetzt weitergegeben worden ist! Der Tod von Adams Witwe muss der Auslöser gewesen sein!«
»Aber warum?«, fragte Bob.
»Ich habe nicht die geringste Ahnung! Aber ist das nicht aufregend, Kollegen? Noch mehr Antworten werden wir allerdings nur an einem einzigen Ort finden können.«
»In Centralia.« Peter hörte sich an, als würde ihm die Vor-

stellung, sich in die brennende Stadt zu begeben, gar nicht behagen.

Für Justus jedoch klang alles nach einem wunderbaren Abenteuer. »Ich bin sicher, dass Mr Reynolds uns unterstützen wird! Kollegen, die drei ??? gehen auf eine weite Reise!«

Geisterschwaden

»Letzter Aufruf für die Passagiere des Fluges …«, hallte es durch das Terminal des Flughafens von Los Angeles.

»Das sind bestimmt wir!«, rief Mr Reynolds so laut, dass die drei ??? die genaue Flugnummer gar nicht hören konnten. Sie waren spät dran – kein Wunder, wenn man bedachte, dass sie am Tag zuvor noch nicht gewusst hatten, dass sie in ein Flugzeug steigen und mehr als viertausend Kilometer quer über die USA fliegen würden.

Zu viert hetzten sie zum nächsten Check-in-Schalter und mussten sich Vorwürfe anhören, dass sie so spät dran waren. Sie beeilten sich und konnten sich kurze Zeit später erleichtert in ihre Sitze sinken lassen. Sie hatten sich kaum angeschnallt, da wurde auch schon die Tür geschlossen und das Flugzeug rollte in Richtung Startbahn.

Genau wie von Justus erwartet, hatte sich Samuel Reynolds für die drei ??? eingesetzt und am späten Abend erst mit Onkel Titus und Tante Mathilda gesprochen, dann mit den Eltern von Peter und Bob. Sie waren zunächst skeptisch gewesen, ob sie ihr Einverständnis zur Reise geben sollten, aber dann hatte Mr Reynolds sie überzeugen können, dass den Jungen in Begleitung eines Ex-Polizisten nicht viel passieren konnte. Mr Reynolds hatte versprochen, alle Kosten zu übernehmen, und im Internet gleich die Flüge gebucht.

Der Anführer der drei ??? schaute aus dem Fenster. Der Flughafen war hell erleuchtet, doch nachdem das Flugzeug abgehoben hatte, herrschte völlige Dunkelheit. Sie waren pünktlich gestartet – um 4.25 Uhr am frühen Morgen. Oder mitten in der Nacht, wie sich Justus ausgedrückt hatte, als er zum ersten Mal die Abflugzeit gehört hatte.

Er war hundemüde. Da half auch Samuel Reynolds' aufmunternder Spruch nichts, dass Schlaf ohnehin Luxus sei. Deshalb nickte Justus schon nach wenigen Minuten ein und verpasste die Flugbegleiterin, die den Passagieren ein Frühstück servierte.

Als er aufwachte, sah er Peter neben sich kauen. Sofort meldete sich sein Magen mit einem grummelnden Hungergefühl.

Einen Platz weiter grinste Bob und aß genüsslich das letzte Stück seines Marmorkuchens. Offenbar schmeckte es sehr gut.

»Na, wach, Justus?«, sagte er, dank seines vollen Mundes nicht allzu deutlich. »Du hast so schön geschlafen, da wollten wir dich nicht wecken. Du sahst genauso friedlich aus wie er.« Der Dritte Detektiv deutete über den Gang. Mr Reynolds schlief in seinem Sitz, den Mund halb offen stehend. Die Zungenspitze berührte die Unterlippe.

»Aber Kollegen«, meinte Justus, »ihr wisst doch …«

Peter lachte und förderte zwischen sich und Bob das Frühstück zutage, das er für Justus angenommen hatte. Erleichtert griff dieser danach. Kaum aß er, ertönte der dezente Gong aus den Lautsprechern, der eine Durchsage ankündigte.

Der Flugkapitän forderte alle Passagiere auf, Platz zu nehmen und die Anschnallgurte anzulegen, da in Kürze der Landeanflug beginnen sollte. Der Erste Detektiv schaufelte in atemberaubender Geschwindigkeit das Essen in sich hinein, damit

er das Tischchen hochklappen konnte, wie es vor der Landung stets verlangt wurde.
Sie erreichten New York eine Viertelstunde vor Plan und quälten sich durch die Menschenmassen im Terminal. Der Zeitunterschied von drei Stunden machte ihnen zusätzlich zu schaffen, sodass sie sich wie zerschlagen fühlten.
Ein alter Freund von Mr Reynolds war so nett gewesen, ihnen sein Auto an den Flughafen zu bringen, damit sie sich keinen Mietwagen nehmen mussten. Ihnen stand, wenn alles glattlief, noch eine Fahrt von über vier Stunden bevor – nach dem gut fünfstündigen Flug eine Strapaze, auf die sie gern verzichtet hätten.
Doch ihre Müdigkeit schwand, je mehr sie sich dem Ziel näherten. Am späten Nachmittag parkten sie den Wagen vor ihrem Hotel im Nachbarort von Centralia. Er lag weit genug von dem dauerhaft brennenden Kohlefeuer entfernt, dass für die Bewohner keine Gefahr bestand.
Sie checkten bei einem ungepflegt aussehenden Mann ein, der ein speckiges Unterhemd trug und käseweiße Oberarme zur Schau stellte. Genauer gesagt, nannten sie ihre Namen und erhielten ihre Schlüssel, während der nicht sehr dienstbeflissene Mann unablässig weitertelefonierte.
Die drei ??? bezogen ein sogenanntes Familienzimmer im Obergeschoss, das sich als kleines Doppelzimmer entpuppte, in das man ein Zustellbett geschoben – oder gequetscht – hatte. Doch sie waren ohnehin nicht gekommen, um sich im Hotelzimmer aufzuhalten, deshalb spielte das keine Rolle. Sie packten etwas Verpflegung und vor allem die Taschenlampen in ihre Rucksäcke.

So verlockend die Aussicht auf ein kurzes Nickerchen auch sein mochte, es drängte die drei ???, endlich Centralia zu sehen. Samuel Reynolds hatte ihnen den Autoschlüssel übergeben, sodass sie sich gleich wieder auf den Weg nach unten machten. Mr Reynolds war in seinem Zimmer geblieben. »Ich glaube, mich braucht ihr nicht unbedingt dabeizuhaben. Sonst fragt ihr euch am Ende noch, wozu ich euch eigentlich engagiert habe«, hatte er gesagt.
Der Hotelangestellte im speckigen Unterhemd grinste die drei ??? an, als sie ihn passierten. Sein Telefonat hatte er inzwischen beendet. »Na, unnerwegs nach Centralia, wa?«, nuschelte er. »Wollts Feuer gucken, wa?«
»So ähnlich«, wich Peter aus.
»Kommen oft sensationslustige Touristen, wa!« Eine hochgestochene Formulierung wie *sensationslustige Touristen* schien so gar nicht zu Mr Speckhemd zu passen, der wirkte, als habe er seinen Verstand heute Vormittag im Badezimmer direkt neben seinen ordentlichen und sauberen Klamotten vergessen. Wahrscheinlich hatte er diese Bezeichnung auswendig gelernt und warf sie jedem Besucher des Hotels an den Kopf.
Justus nickte. »Ist ja auch interessant. Sagen Sie, Mr …«
»Rudesill, Andrew Rudesill. Ich bin auch nicht schuld annem Namen, wa?«
»Also, Mr Rudesill, können Sie uns erklären, wo …«
Wieder ließ der Hotelangestellte ihn nicht aussprechen. »Mr Rudesill, das war mein Vater! Sagt Andy zu mir, das kann mer sich besser merken, wa?«
Justus verlor langsam die Geduld. Es war wohl am besten, seine

Frage ganz direkt zu stellen. »Also, Andy – wo liegt das Zentrum von Centralia?«

Die Antwort bestand in einem Lachen. »Zentrum von Centralia! Das klingt lustig, wa? Weiß ich auch nich. Fragt doch einen von den Spinnern, die wo da noch wohnen.«

Die wo, dachte Justus. Das tat beim bloßen Zuhören weh. »Werde ich tun.« Nur mit Mühe verkniff er sich ein angehängtes »wa?«.

Draußen war es noch warm, obwohl die Sonne schon langsam unterging. Die Fahrt über die Pennsylvania State Route 61 dauerte nicht lang. Das östliche Ende der vierspurigen Straße lief genau in Centralia aus. Außer ihnen war kein Mensch darauf unterwegs.

Direkt vor der Stadtgrenze ragte ein unübersehbares Warnschild in die Höhe. »Lebensgefahr«, las Peter vor. »Feuer unter Tage. Das Betreten der Stadt kann zu schweren Verletzungen oder zum Tod führen. Gefährliche Gase. Der Untergrund kann nachgeben und plötzlich einstürzen.«

Er seufzte. »Klingt nicht besonders aufmunternd.«

Sie stellten den Wagen ab, um keine Beschädigung zu riskieren, und gingen stattdessen zu Fuß weiter.

Bald entdeckten sie zu beiden Seiten die Grundmauern von abgerissenen Häusern. Gestrüpp überwucherte die Überbleibsel der Gebäude. Die Natur eroberte sich das Gebiet tatsächlich unaufhaltsam zurück, genau wie es die Reportage beschrieben hatte, die sie im Internet gelesen hatten.

»Unheimlich, findet ihr nicht?«, fragte Peter. »Noch vor ein paar Generationen hat hier das Leben pulsiert. Wie wird es erst in fünfzig Jahren aussehen?«

»So wäre es wohl bald überall, wenn es morgen keine Menschen mehr geben würde«, meinte Bob.
Justus schüttelte den Kopf. »Du hast vielleicht verrückte Ideen.«
»Muss man das denn nicht denken, wenn man das hier sieht?«
Die Jungen drangen weiter in die Geisterstadt vor. Unkraut brach durch den zerstörten Asphalt und überwucherte stellenweise die Straßen. Kleine Bäume wuchsen wild in ehemaligen Vorgärten. Totes Gebüsch trieb wie in einem schlechten Westernfilm über den Boden, wenn ein Windstoß kam.
Direkt vor den drei ??? klaffte ein breiter Riss in der Straße, der in eine Erdspalte überging. Daraus stieg Rauch in die Höhe und zerkräuselte sich in etwa zwei Metern Höhe. Es stank nach Qualm. Justus musste husten, als er sich zu dicht heranwagte. Er erhaschte nur einen kurzen Blick in die Tiefe.
Nur noch vereinzelt gab es zumindest halbwegs intakte Häuser. Das heisere Kläffen eines Hundes drang zu den Jungen herüber.
Obwohl die Sonne bereits den Horizont berührte und es sich eigentlich merklich abgekühlt haben musste, blieb die Temperatur konstant hoch. Justus bückte sich, legte die Hand auf den Boden. Tatsächlich – der Asphalt war warm, fast heiß. Der Anführer der drei ??? mochte sich gar nicht vorstellen, wie es etliche Meter tiefer aussah … Offenbar verlief dort einer der brennenden oder vor sich hin schwelenden Stollen.
Die Luft sirrte. In einiger Entfernung glaubte Justus etwas im Luftzug flattern zu sehen. »Gehen wir dorthin!« Er wartete nicht auf die Bestätigung seiner Freunde.
Er schlug den direkten Weg ein, quer durch eine Ruine. Man

konnte den Standort der ehemaligen Wände, die als Stolperfallen aus dem Gras ragten, nur noch erahnen.
Mitten im Boden klaffte ein quadratisches Loch – der Einstieg in den Keller, der über ausgetretene Steinstufen sogar noch zugänglich war. Justus wäre fast hineingestürzt. »Vorsicht!«, rief er seinen Freunden zu, woraufhin aus der Tiefe ein Bellen und Knurren drang. Offenbar hatten sich dort wilde Hunde eingenistet.
Rasch zog sich der Anführer der drei ??? zurück und eilte weiter seinem Ziel zu. Bald standen die drei Detektive vor einer hohen Metallstange, an der die amerikanische Flagge hing. Der Stoff wirkte keineswegs so, als würde sie bereits jahrelang hier hängen. Die Stange ragte wenige Meter vor einem der seltenen intakten Gebäude auf, neben dessen verblichener Eingangstür noch ein Schild davon kündete, dass es sich um das Rathaus handelte.
Zwischen Fahnenmast und Rathaus stand ein nackter Springbrunnen, der sicher schon seit Ewigkeiten nicht mehr in Gebrauch war. Das Gestein war schmutzig und rußverschmiert.
»So, Kollegen«, sagte Justus, »damit wären wir wohl im Stadtzentrum angelangt. Ob es das *wahre Zentrum* ist, von dem Adam Reynolds in seiner Botschaft spricht, wird sich noch zeigen müssen.«
»Wahrscheinlich nicht«, vermutete Peter. »Das wäre viel zu naheliegend. Vielleicht sollten wir den geografischen Mittelpunkt von den Stadtgrenzen her ermitteln. Der muss ja nicht notgedrungen hier im alten Stadtzentrum liegen.«
Zwischen dem Rathaus und dem großen Nachbargebäude, das etliche Meter und einige Ruinen entfernt lag, stieg dunk-

ler Rauch in die Höhe. Er zeichnete sich als schwarze Silhouette vor dem rötlichen Abendhimmel ab.
Es roch wie an einem Herd, auf dem ein Steak anbrannte. Justus erinnerte sich an das Warnschild mit dem Hinweis auf die giftigen Gase und fragte sich erneut, wie die letzten Stadtbewohner es hier noch aushielten und warum sie sich weigerten, Centralia zu verlassen. Zweifellos waren sie es, die die amerikanische Flagge, die über ihnen im Wind flatterte, als Zeichen ihrer Heimatverbundenheit hegten und pflegten.
Rund um das Rathaus gab es noch einige halbwegs erhaltene Gebäude. Aber die Fassaden waren heruntergekommen, alles war mit einer dünnen schwarzen Schicht überzogen. In einem flachen, eingeschossigen Haus wurde soeben hinter einem Fenster Licht gemacht.
»Kollegen«, meinte Justus, »damit wissen wir, welches dieser Domizile bewohnt ist. Sollen wir …«
»Später«, unterbrach Bob. »Vielleicht spricht uns ja auch jemand an. Obwohl der Typ im Hotel behauptet hat, es gäbe eine Menge Sensationstouristen, scheinen wir momentan die Einzigen zu sein. Wir müssen doch auffallen wie bunte Hunde.«
Der Zweite Detektiv nickte hastig. »Kein Wunder, dass sonst niemand hier ist! In der Dunkelheit durch eine unter der Erde brennende Geisterstadt zu spazieren, wenn einem jeden Augenblick der Boden unter den Füßen wegbrechen kann, finde ich nicht so lustig! Oder die Vorstellung, dass hier gleich eine Flamme aus der Erde schießt …«
»Immer mit der Ruhe«, verlangte Justus. »Schließlich stecken wir nicht mitten in einem Hollywood-Film, wo es auf die Effekte ankommt. Es wird schon nichts passieren.«

»Ich frage mich, woher du diese Zuversicht nimmst.«
Der Erste Detektiv machte eine umfassende Handbewegung. »Also, schauen wir uns um: Adam Reynolds hat seinen Bruder mit einem Rätselspruch hierhergelockt. Warum, wissen wir nicht. Auch große Teile des Rätsels verstehen wir noch nicht. Wir müssen das wahre Zentrum dieser Stadt finden, das ist der nächste Schritt. Aber was wartet dort auf uns?«
»Die Beute des damaligen Bankraubs?«, meinte Bob. »Immerhin wurde sie nie gefunden.«
»Wie auch Adams Komplize nicht«, gab Peter zu bedenken. »Und der wird kaum all die Jahre nur Däumchen gedreht haben! Nein, der hat das Geld an sich gebracht und verprasst, wenn ihr mich fragt!«
»Während Adam Reynolds hinter Gittern saß?« Justus knetete seine Unterlippe. »In dem Fall hätte der Gefangene nichts von der Beute gehabt und bestimmt erfahren, dass es sich sein Komplize gut gehen ließ. Und dennoch hat er ihn nicht verraten? Das kommt mir unwahrscheinlich vor. Hier passt einiges nicht zusammen!«
»Der Kumpan wusste nicht, wo Adam das Geld versteckt hat!«, schlug Bob vor. »Klingt logisch, oder? Vielleicht … ja, vielleicht ist es ja der grobschlächtige Kerl, der Mr Reynolds überfallen hat! Weil er glaubt, über den Brief die Beute ausfindig machen zu können.«
Justus schüttelte den Kopf. »Das kommt nicht hin! Du vergisst, wie lange das alles her ist! Überleg doch mal, wie alt der Kerl jetzt sein müsste. Das passt nicht. Und wer ist die Diebin?«
Peter seufzte. »Fragen über Fragen. Aber keine Antworten.«
»Noch nicht! Wir stehen ja auch gerade erst am Anfang un-

serer Ermittlungen. Aber Spekulation ist müßig.« Der Anführer der drei ??? drehte sich entschlossen zu dem einstöckigen Flachbau um, in dem vorhin das Licht angegangen war. »Haltlose Vermutungen führen allzu leicht zu falschen Schlussfolgerungen.«

»Äh, Just«, zischte Bob.

»Ist ja schon gut, ich bin still.«

»Darum geht's nicht.« Bob packte Justus am Arm und zog ihn mit sich, in Richtung Rathaus. »Dahinten … in den Rauchschwaden … da ist jemand!«

Peter folgte den beiden. Sie verstanden sich auch ohne weitere Worte – es war besser, erst einmal unterzutauchen und sich zu verstecken. Denn der Fremde, der dort durch den Qualm schlich, sah verdächtig nach dem grobschlächtigen Kerl aus, der erst Mr Reynolds überfallen und dann auf dem Schrottplatz für Aufregung gesorgt hatte. Jedenfalls passte der massige Umriss zu ihm.

Die drei ??? gingen in einer etwa zwei Meter breiten und einen Meter tiefen Nische des Rathauses in Deckung. Ein alter, wenig vertrauenserweckender Holzbalken stützte die Decke über ihnen. So konnte der andere sie nicht sehen, zumal vor ihrem behelfsmäßigen Versteck der immerhin hüfthohe Springbrunnen stand, in dessen Mitte eine breite Säule aufragte und für Sichtschutz sorgte. Dahinter wiederum ragte die Fahnenstange mit der amerikanischen Flagge auf.

»Vielleicht sind wir übervorsichtig«, flüsterte Bob. »Das könnte auch ein ganz harmloser Bewohner der Stadt sein.«

Peter schüttelte heftig den Kopf. »Er ist es!«

»Spürst du das in deinem arthritischen Knie?«

»Mir ist gar nicht zum Lachen zumute, Kollege! Sieh ihn dir doch an … er kommt näher … ein richtiger Hüne! Ich hab ihn auf dem Schrottplatz verfolgt und ich sage dir: Er ist es!«
Sie duckten sich noch tiefer, kauerten sich auf den Boden und konnten nur hoffen, noch nicht entdeckt worden zu sein. Wenn Peters Vermutung stimmte, hatten ihre Widersacher den Hinweis auf Centralia ebenfalls richtig gedeutet. Möglicherweise war auch die Diebin ganz in der Nähe.
Der grobschlächtige Kerl trat aus den Rauchschwaden, und nun stand endgültig fest, dass es tatsächlich ihr Gegner war, der immer näher kam.

Das Rätsel der Diebin

Den drei ??? brach in ihrem Versteck der Schweiß aus. Plötzlich kam ihnen ihre Deckung mehr als notdürftig vor.

»Wenn er uns angreift«, flüsterte Peter, »muss er an einer Seite des Brunnes vorbei. Wir nehmen die andere und dann ab durch die Mitte!«

»Vielleicht hat er uns gar nicht entdeckt«, wisperte Justus.

Der massige Kerl ging zum Fahnenmast, schaute daran in die Höhe und grinste. Nun konnten die drei Detektive sein Gesicht deutlich sehen. Blaue Augen, Hamsterbacken und ein vorstehendes Kinn. Sein Haar war raspelkurz geschnitten, an den Schläfen fast kahl rasiert. Es ging nahtlos in einen Dreitagebart über. Trotz seiner Statur wirkte er alles andere als dick, sondern muskulös und durchtrainiert – dass er über eine gewisse Fitness verfügen musste, hatte er auf dem Schrottplatz bewiesen.

Der Fremde drehte sich plötzlich um und schritt auf das bewohnte Haus zu. Offenbar verfolgte er genau dieselben Absichten wie zuvor die drei ???, nur dass er sie jetzt zuerst in die Tat umsetzen konnte.

Justus fluchte leise vor sich hin.

»Bist du etwa traurig darüber, dass er uns nicht bemerkt hat?«, fragte Peter.

»Wir haben zu lange gezögert! Jetzt wird er noch vor uns mit dem Stadtbewohner sprechen!«

Doch noch ehe ihr Gegner die Haustür erreichte, wandte er sich ab, ging geduckt am Haus entlang bis zum erleuchteten Fenster und linste hindurch. Ein Ruck ging durch seine Gestalt, er bückte sich noch tiefer und huschte wieder zur Seite. Die drei ??? fragten sich, was er plante. Wollte er etwa auch in dieses Haus einbrechen, wie ins Anwesen der Familie Jonas? Aber warum?

Ihr Gegner rannte geduckt über den Platz vor dem Rathaus, aber zum Glück in die andere Richtung. Da die Sonne fast hinter dem Horizont versunken war, erhellte nur noch ein dumpfes Zwielicht die Szenerie.

Der Fremde sprang über einen Mauerrest in eine Ruine und ging im Schutz von trockenem Gebüsch in Deckung – ein besseres Versteck, als die drei ??? in der Eile gewählt hatten.

Die Haustür öffnete sich und zwei Gestalten traten ins Freie. Justus blieb vor Staunen der Mund offen stehen. Bei dem Mann handelte es sich wohl um den Bewohner des Hauses – und neben ihm stand die Diebin, die ihnen Adam Reynolds' Botschaft gestohlen hatte!

»Kollegen«, flüsterte der Erste Detektiv. »Was geht hier vor?«

Der Grobschlächtige blieb weiterhin in Deckung. Offenbar hatte er durch das Fenster gesehen, dass die Diebin mit dem Stadtbewohner sprach, und sich deshalb versteckt. Aber weshalb? Arbeitete er denn nicht mit der Unbekannten zusammen?

»Wieso verbirgt er sich vor ihr?«, fragte Justus leise.

»Nicht vor ihr«, vermutete Peter. »Sondern vor dem Mann, der …«

»Falsch, Kollege! Wenn er mit der Diebin zusammenarbeiten

würde, hätte er nicht heimlich ins Haus sehen müssen. Dann wäre ihm schon vorher klar gewesen, dass sie mit dem …«

»Still!«, zischte Bob. »Sie kommen näher und dürfen uns nicht hören!« Er zog sein Handy, schaltete es auf Kamera-Modus. »Warum fällt mir das jetzt erst ein«, fluchte er leise vor sich hin. »Ich hätte von dem Kerl Bilder schießen können!«

Die Diebin ging an der Seite des Stadtbewohners zum Fahnenmast. Sie stellten sich mit dem Rücken zum Brunnen und damit auch zu den drei ???, die sich in weniger als fünf Metern Entfernung in der Nische zusammenkauerten und keine Bewegung wagten.

Der Mann bildete das glatte Gegenteil ihres grobschlächtigen Gegners: Er war dünn und schmächtig, als könnte ihn der nächste Windstoß umreißen. Da er aber wahrscheinlich seit Jahren in Centralia wohnte und der Umgebung trotzte, musste er zäher sein, als sein Äußeres vermuten ließ. Er mochte etwa fünfzig oder sechzig Jahre alt sein – die drei Detektive konnten es schlecht einschätzen.

Er löste ein straff gespanntes Seil und holte dann die Flagge ein. »Das mache ich jeden Abend«, erklärte er der Diebin. »Und morgens hisse ich sie wieder. Ein Ritual, das mir zeigt, dass Centralia noch immer ein Teil der USA ist, auch wenn die Regierung das vielleicht anders sieht und denkt, das alles wäre nur noch Ödland!«

»Ich verstehe«, erwiderte seine Begleiterin. »Diese Stadt ist Ihre Heimat, richtig?« Ihre Stimme klang erstaunlich sanft und sympathisch.

Mal wieder ein Beweis dafür, dachte Justus, dass man einem Menschen nicht gleich ansehen konnte, ob er ein Verbrecher

war. Bob versuchte indes, mit dem Handy unauffällig ein Bild der Diebin zu schießen, doch das wollte ihm nicht richtig gelingen, weil er gleichzeitig in Deckung bleiben musste.
Der Stadtbewohner hakte die Flagge aus, faltete sie zu einem Dreieck zusammen und klemmte sie sich unter den Arm. »So ist es, Mrs Dearing! Und so wird es auch in Zukunft sein!«

Mrs Dearing – nun kennen die drei ??? immerhin den Namen der Diebin. Aber noch kann keiner etwas damit anfangen. Wer ist diese Frau und welche Rolle spielt sie?
Die drei ??? zerbrechen sich die Köpfe, sind aber sicher, diesen Namen noch nie gehört zu haben. Zweifellos ist sie nicht so unschuldig und charmant, wie sie tut. Für den gewieften Detektiv stellen sich einige Fragen, nicht zuletzt die, in welcher Beziehung sie zu dem grobschlächtigen Schläger steht. Offenbar arbeiten die beiden doch nicht zusammen, auch wenn es zunächst anders aussah.
Justus, Peter und Bob müssen sämtliche Fakten in diesem Fall wohl einer erneuten Überprüfung unterziehen. Ich bin sicher, es wird ganz Erstaunliches zutage kommen.

»Noch einmal zu meiner Frage«, bat die Frau. »Können Sie mir mehr über das *wahre Zentrum* dieser Stadt sagen?«
»Ich werde Ihnen mitteilen, was ich vermute. Aber nur, wenn Sie mitkommen. Irgendwo dort draußen ist noch mein Hund unterwegs.« Er marschierte auf sein Haus zu. Für einen Moment blieb Mrs Dearing unschlüssig stehen, blickte sich um – und Bob drückte auf den Auslöser seiner Handykamera.
Die Diebin bemerkte es nicht und folgte ihrem Begleiter. »Der

Hund kommt eigentlich immer zum Haus zurück, wenn es dunkel wird«, sagte dieser und ging an seinem Haus vorbei, »aber manchmal muss ich ihn suchen, wenn er …«

Mehr konnten die drei ??? nicht verstehen, weil sich die beiden zu weit entfernt hatten. Genau wie ihr Gegner am gegenüberliegenden Ende des freien Platzes verharrten sie in ihrem Versteck, während die Diebin und der Stadtbewohner im Zwielicht verschwanden. Sie hörten noch, wie er laut nach seinem Hund rief und pfiff.

»Verflixt!«, sagte Justus. »Diese Mrs Dearing ist uns einen Schritt voraus bei der Suche nach dem wahren Zentrum! Dieser dürre Kerl scheint etwas zu wissen.«

»Oder zumindest zu vermuten«, schränkte Peter ein. »So hat er sich jedenfalls ausgedrückt.«

Bob präsentierte ihnen das Foto, das er geschossen hatte. »Perfekt getroffen! Es ist zwar ein bisschen zu dunkel, aber man kann sie klar erkennen.«

»Was hast du damit vor?«, fragte der Zweite Detektiv.

»Na, es Kommissar Reynolds zu zeigen! Immerhin geht es um seinen Bruder. Vielleicht hat er diese Frau schon einmal gesehen. Wenn ich auch nicht daran glaube, aber wir müssen es versuchen. Außerdem kennen wir ja inzwischen ihren Namen. Falls sie keinen falschen genannt hat, was ich fast vermute.«

»Alles ist noch verwirrender geworden«, meinte Justus. »Der grobschlächtige Kerl scheint doch nicht mit Mrs Dearing zusammenzuarbeiten. Warum versteckt er sich vor ihr? Wer sind die beiden?«

Diese Fragen konnte natürlich keiner seiner Freunde beantworten. Stattdessen beobachteten die drei ???, wie ihr Gegner aus seinem Versteck auftauchte und in der Dunkelheit verschwand.

Zweifellos würden sie ihn bald wiedersehen.

Inzwischen konnte man nur noch wenige Meter weit sehen. Selbst in der Nähe war alles nur noch schemenhaft zu erkennen. Allein das Licht aus dem Inneren des offenbar einzigen bewohnten Hauses in der Umgebung fiel in die Dunkelheit. Die anderen verbliebenen Bewohner der Stadt mussten wohl in den Randbereichen leben.

Weil keine Gefahr mehr bestand, entdeckt zu werden, entspannten sich die drei ??? in ihrem Versteck und besprachen ihr weiteres Vorgehen.

Sie kamen überein, sich zu trennen. Peter bot an, Centralia zu verlassen und mit Bobs Foto zu Mr Reynolds zu fahren, um ihm die Aufnahme der Diebin zu zeigen. »Ich hab ja sein Handy gesehen. Wenn er nicht so ein vorsintflutliches Teil hätte, könnte ich's ihm einfach schicken!«, schimpfte Peter. Justus und Bob wollten in der Stadt bleiben und versuchen, mit einem der anderen Stadtbewohner zu sprechen.

Sie hofften, über Handy in Verbindung bleiben zu können. Peter wollte so bald wie möglich wieder zu seinen Freunden stoßen.

Sie verließen ihr Versteck.

Als sie am Rathaus vorbeigekommen waren, blieben sie einen Moment lang wie angewurzelt stehen. Dem Anblick, der sich ihnen bot, wohnte eine bizarre Schönheit inne: Zwischen den Häusern waberte auf einer verdorrten Wiese ein rotes Licht, wie das Glühen von Kohle. Geisterhaft trieben Rauchschwaden darüber und verschwanden im inzwischen völlig schwarzen Nachthimmel. Ein kleines Tier huschte vorbei, wohl ein Hase. Er schlug einen Haken und verschwand in der Finsternis.

»Ich bin froh, wenn ich diese Geisterstadt verlassen kann«, sagte Peter. »Euch wünsche ich viel Glück …«

Peter schaute sich ein Dutzend Mal um, während er dem Stadtrand entgegenjoggte, wo sie den Wagen geparkt hatten. Dabei achtete er genau auf den Weg vor ihm, den er selbst im Licht seiner Taschenlampe kaum erkannte.

Mehr als einmal musste er ein Erdloch umgehen, das vor ihm gähnte, weil die Erde abgesackt war. Irgendwo kreischte ein Vogel über ihm – ein unheimlicher Laut. Sein Herz schlug schneller, nicht nur wegen der körperlichen Anstrengung. Ständig erwartete er, dass ihr grobschlächtiger Gegner aus der Dunkelheit springen und sich auf ihn stürzen würde.

Er erreichte jedoch unbehelligt den Wagen, stieg ein und verriegelte als Erstes von innen sämtliche Türen. Dann startete er das Auto, wendete und verließ rasch das Stadtgebiet von Centralia.

Kaum fühlte er sich sicher, wanderten seine Gedanken zu seinen Freunden. Wie es ihnen wohl inzwischen ergehen mochte? Hoffentlich hatten sie Erfolg und fanden mehr über das *wahre Zentrum* heraus. Und hoffentlich konnten sie dieser Mrs Dearing aus dem Weg gehen und ihrem Komplizen – der offenbar doch nicht ihr Komplize war.

Es dauerte nur wenige Minuten, bis Peter das Hotel erreichte. Er sah auf die Uhr; es war kurz vor zehn.

Er betrat die Lobby und achtete gar nicht auf Mr Speckhemd,

der immer noch hinter der Rezeption lungerte und in einer Zeitschrift las. Stattdessen eilte Bob die Treppe nach oben und klopfte an die Tür des Zimmers ihres Klienten.

»Moment!«, ertönte Samuel Reynolds' markante Stimme, dann wurde die Tür geöffnet. »Peter«, sagte er erfreut. »Ich dachte schon, es wäre wieder dieser Kerl vom Hotel.«

Der Zweite Detektiv grinste. »Hat er Sie gestört?«

»Er hat dreimal unter einem blöden Vorwand bei mir geklopft! Aber komm erst mal rein!«

Dieser Aufforderung folgte Peter nur zu gern. »Wir haben einiges herausgefunden«, fiel er gleich mit der Tür ins Haus. Er gab eine rasche Zusammenfassung der Ereignisse. »Der Name der Diebin sagt Ihnen nichts?«

»Dearing«, murmelte Samuel Reynolds leise. »Nein, nie gehört.« Peter rief das Foto auf dem Handydisplay auf, das Bob von ihr geschossen hatte. Reynolds nahm das Mobiltelefon und studierte die Aufnahme lange. »Tut mir leid, ich habe sie noch nie gesehen. Oder …« Er brach ab.

Peter stand da wie auf glühenden Kohlen. Ein makabrer Vergleich, dachte er, hatte er sich doch eben noch in der brennenden Stadt Centralia aufgehalten.

Sein Gegenüber murmelte etwas vor sich hin, von dem der Zweite Detektiv nur Bruchteile verstand. »Da ist eine gewisse Ähnlichkeit, ich kann es nicht leugnen«, sagte er schließlich.

»Ähnlichkeit?«

»Mit meinem Bruder.« Die Hände des ehemaligen Kommissars zitterten ein wenig, als er Peter das Handy zurückgab. »Und mit Phyllis, soweit ich mich an sie erinnern kann. Zeitlich könnte das durchaus passen.« Er ging zwei Schritte und ließ sich auf den einzigen Stuhl im Zimmer fallen, der unter seinem Gewicht ächzte. Reynolds' Schultern hingen tief herab, als würde eine schwere Last daraufdrücken.

»Zeitlich könnte das passen? Was meinen Sie damit?« Als Peter diese Frage stellte, verstand er plötzlich. Adam Reynolds war 1977 aus dem Gefängnis freigekommen und zu seiner Frau zurückgekehrt. Es konnte also gut sein, dass …

»Ich hatte kaum Kontakt mit Adam«, riss der ehemalige Kommissar ihn aus seinen Gedanken. »Und ich glaube, ich habe Mrs Dearing doch schon einmal gesehen. Auf der Beerdigung meines Bruders. Kaum jemand war dort, nur eine Handvoll Leute. Auch diese Frau, mit der ich aber kein einziges Wort gewechselt habe.«

»Mrs Dearing?«

Reynolds nickte. »Adam ist nach seiner Zeit im Gefängnis wieder zu seiner Frau zurückgegangen. Wenn er danach ein Kind bekommen hätte, von dem ich niemals etwas gehört habe, müsste es heute erwachsen sein.«

»Wie Mrs Dearing«, sagte Peter fassungslos.

»So muss es sein.« Samuel Reynolds' Stimme klang tonlos. »Die geheimnisvolle Diebin ist die Tochter meines verstorbenen Bruders Adam. Meine eigene Nichte …«

Der Stadtforscher

Justus verschränkte missmutig die Arme vor der Brust. »Wieder nichts. Dabei war ich so sicher, dass dieses Haus hier bewohnt ist.«

»Diese Schrottbude, meinst du wohl«, verbesserte Bob. Sie standen vor dem Eingang eines Hauses, das ihnen aufgefallen war, weil es nicht bis auf die Grundmauern abgerissen worden war. Auf ihr energisches Klopfen hin reagierte niemand. »Außerdem brennt sowieso kein Licht. Hier wohnt keiner, Just.«

Mittlerweile herrschte Dunkelheit zwischen den Büschen und Ruinen. Die beiden Jungen gingen vorsichtig weiter. Nicht weit vor ihnen glomm eine geisterhafte Helligkeit über – nein, im Boden. Der Asphalt schien zu glühen. Bob fühlte sich an ein Kohlefeuer erinnert, das die ideale Temperatur fürs Grillen erreicht hatte.

Kurz darauf starrten die beiden in ein abgesacktes Loch mitten in der verlassenen Straße. Rauch stieg in die Höhe, aus der Tiefe leuchtete es orangerot. Justus streckte die Hände aus und rieb sie. »Heiß.«

»Was dachtest du denn? Da unten brennt's! Ich komme mir vor, als würde ich über dem Eingang zur Hölle stehen.«

»Also wirklich, Kollege! Wenn Peter so etwas sagt, okay … aber du?«

»Das alles ist mir nicht geheuer. Dir etwa?«

Justus knetete seine Unterlippe. »Ganz und gar nicht. Aber mit dem Einstieg in eine mythische Verdammniszone für die verlorenen Seelen hat das bestimmt nichts zu tun.«
Bob verdrehte die Augen. »Mythische Verdammniszone für die verlorenen Seelen? Just, das ist sogar für dich ziemlich schräg formuliert und …« Er unterbrach sich. »Hörst du das?«
»Was?«
Sie lauschten in die Dunkelheit. »Ich habe mich wohl getäuscht«, meinte Bob schließlich. »Ich hab gedacht, ich höre jemanden.«
»Schalten wir vorsichtshalber unsere Taschenlampen aus. Irgendwo müssen ja auch noch diese Mrs Dearing und der grobschlächtige Kerl herumstreifen. Die sollten wir nicht gerade mit Gewalt auf uns aufmerksam machen.«
»Halt, Just! Das waren wirklich Schritte! Los, weg hier!«
Die beiden rannten geduckt von der eingebrochenen Straße weg. In der Dunkelheit gelang es ihnen leicht, sich zu verbergen. Bob starrte in die verwehenden Rauchschwaden, nur erhellt durch das düsterrote Glühen aus der Tiefe. Es sah aus wie blutiger Nebel. Der Dritte Detektiv zuckte zusammen, als ein unheimlicher Laut in der Finsternis widerhallte.
»Bleib ruhig, Bob! Das ist nur ein bellender Hund.«
Das Tier sprang durch den blutroten Dunst, gefolgt von seinem Herrchen – dem etwa fünfzig- oder sechzigjährigen Stadtbewohner, den sie zuvor mit Mrs Dearing beobachtet hatten. Das Glimmen warf rötliche Schatten auf sein Gesicht und tanzte auf dem weißen Kinnbärtchen, das den beiden Jungen vorher gar nicht aufgefallen war.
»Offenbar hat er sein Tier gefunden«, flüsterte Justus. »Und

unserer Diebin hat er wohl gezeigt, was sie sehen wollte. Jedenfalls ist sie nicht mehr dabei.«
»Und jetzt?«
Justus hob demonstrativ seine Taschenlampe. »Na, was wohl … wir sagen ihm Guten Tag.«

Der Erste Detektiv scheint sich für ein forsches Vorgehen entschieden zu haben. Ob er sich das auch gut überlegt hat? Sonst verhält sich Justus meistens streng logisch und wägt alle seine Entscheidungen genau ab. Hat er das auch diesmal getan?
Natürlich mag dieser Bewohner der brennenden Stadt Centralia ein überaus wertvoller Informationsgeber sein. Aber die nach wie vor geheimnisvolle Diebin könnte ihn auch »geimpft« haben, sodass er allen weiteren Kontaktversuchen kritisch gegenübersteht. Wird er den drei ??? wohl die Wahrheit sagen – oder sie in die Irre führen?
Nun, Justus wird schon wissen, was er tut. Oder? Bob jedenfalls scheint nicht sonderlich begeistert zu sein.

»Ihm Guten Tag sagen?«, fragte der Dritte Detektiv. »Das kann doch nicht dein Ernst sein!«
Der Anführer der drei ??? grinste. »Okay, dann eben Guten Abend.« Er schaltete die Lampe ein. Der Lichtkegel schnitt durch die Dunkelheit. »Entschuldigen Sie!«
Bob blieb keine andere Wahl, als sich seinem Kollegen anzuschließen.
Der dürre Bewohner von Centralia drehte sich um. »Was ist denn heute nur los?« Es klang fast wie ein Knurren, was per-

fekt dazu passte, dass ihnen der Hund mit weiten Sprüngen entgegenjagte.
Bob rutschte einen Augenblick lang das Herz in die Hose, doch das Tier erwies sich als ziemlich klein und überaus freundlich. Es legte den Kopf schief und hechelte fröhlich. Wuscheliges schwarzes Fell verlieh ihm das Aussehen eines Wollknäuels, aus dem eine lange rosa Zunge baumelte.
»Entschuldigen Sie, Sir«, wiederholte Justus, der in aller Seelenruhe mit der Taschenlampe in der Hand auf den Fremden zuspazierte. »Vielleicht können Sie uns helfen?«
»Kommt drauf an.« Nun klang der Tonfall etwas freundlicher. »Was führt euch beide denn hierher? Es ist gefährlich in Centralia, ihr solltet nicht einfach hier herumlaufen, Kinder.«
Bob räusperte sich. »Wir sind keine …«
»… keine Kinder? Mag sein. Aber ihr wisst offenbar nicht, dass man hier nachts nicht herumspazieren sollte. Es gibt überall Einbrüche im Boden und nicht alle sieht man so gut wie den dort.« Er deutete über die Schulter auf das düsterrote Glühen.
»Wir danken Ihnen für den Hinweis, Sir«, meinte Justus diplomatisch. Der Hund schnupperte an seinem Bein. »Da Sie sich offenbar hier in Centralia gut auskennen … wären Sie so freundlich, uns eine Frage zu beantworten?«
»Das will ich meinen, dass ich hier Bescheid weiß. Ich wohne schon mein ganzes Leben lang hier.« Der dürre Mann gab einen verächtlichen Laut von sich. »Übrigens unter anderem deshalb, weil ich hier meine Ruhe habe. Dachte ich zumindest. Heute geht's hier zu wie in einem Taubenschlag.«
»So?«, fragte Justus unschuldig.
Ihr Gegenüber winkte ab, was den Hund dazu brachte, sich

auf den Hinterbeinen in die Höhe zu recken und mit der Schnauze die Hand seines Herrchens anzustoßen. »Lass gut sein, Siggi.«

»Schöner Name für einen Hund«, lobte Bob.

»Mit vollem Namen heißt er Mr Siggi oder auch Sigmund Freud.«

»So wie der berühmte Psychoanalytiker aus Österreich?« Nun kam Bob nicht umhin zu denken, dass es sich eher um einen seltsamen Namen für einen Hund handelte. Aber das behielt er für sich.

»Was dagegen?«

Der Erste Detektiv warf seinem Freund einen tadelnden Blick zu. »Sicher nicht. Entschuldigen Sie, Mr …«

»Bennett«, stellte sich der Dürre vor. »Logan Bennett.«

»Mein Name ist Justus Jonas, das ist mein Kollege Bob Andrews.«

»Kollege?«

»Wir sind Detektive.« Justus reichte Logan Bennett eine ihrer Visitenkarten.

»Und was treibt euch nach Centralia? Wollt ihr herausfinden, wie das Feuer ausgebrochen ist? Ich habe da meine eigene Theorie. Ich glaube nicht an den Firlefanz, dass es aus Fahrlässigkeit in der Müllhalde zu brennen anfing und sich von dort aus verbreitet hat.«

»Sie scheinen wirklich gut Bescheid zu wissen.«

»Muss ich ja.« Bennett zupfte an seinem kleinen Kinn-Ziegenbärtchen. »Als Stadtforscher.«

Justus pfiff leise durch die Zähne. Offenbar hatten sie sich genau an den Richtigen gewandt. Seine Begeisterung wurde allerdings gedämpft, als er daran dachte, dass auch die geheimnisvolle Diebin mit Bennett gesprochen hatte. Ihre Gegnerin war ihnen einen Schritt voraus.

»Lasst mich raten«, fuhr ihr Gegenüber fort. »Ihr fragt mich jetzt, ob ich weiß, wo sich das wahre Zentrum dieser Stadt befindet.«

»Bitte lassen Sie mich ebenfalls raten«, bat Bob. »Das wissen Sie, weil sich eine Frau namens Mrs Dearing heute schon einmal danach erkundigt hat.«

Bennett schnippte mit Daumen und Mittelfinger beider Hände und wies dann mit seinen Zeigefingern auf sie. »Offenbar versteht ihr euer Detektivhandwerk. Kommt mit.«

»Wohin?«

»Lasst euch überraschen.«

Der dürre Stadtbewohner führte sie zu seinem Haus, das sie schon von außen kannten. Mr Bennett öffnete die Tür und entzündete eine altertümlich wirkende Öllampe. Im Inneren stank es nach altem Qualm wie in der Wohnung eines starken Rauchers. Nur dass es nirgends Aschenbecher oder Zigaretten zu sehen gab. War das der konzentrierte Geruch der brennenden Stadt?, fragte sich der Erste Detektiv. Wahrscheinlich hatte Mr Bennett das Lüften aufgegeben und nahm den Gestank in seinem Haus schon gar nicht mehr wahr.

Der Hund – Sigmund Freud – verzog sich in eine Ecke auf eine zerfranste Decke, die er sich mit den Vorderpfoten so zurechtschob, dass eine Art Kopfkissen entstand. Bennett ließ sich an einen alten Holztisch nieder und bedeutete seinen Gästen, ihm gegenüber Platz zu nehmen.

Als Justus sich setzte, knarrte es bedrohlich, als würde der wackelige Stuhl jeden Augenblick zusammenbrechen. Dunkle Flecken und tiefe Kerben verunzierten die Tischplatte. Ganze Stapel Papier lagen am Rand, mit Büchern beschwert.

»Also, ich werde euch dasselbe sagen wie Mrs Dearing«, kündigte der Stadtforscher an. »Aber ich fürchte, es wird euch nicht gefallen.«

»Warten wir es ab.«

»Ich habe Amanda ins alte Stadtzentrum geführt.«

»Amanda?«

»Mrs Dearing. Dort hat früher der alte Saloon gestanden, mit dem hier alles angefangen hat, die Bull's Head Tavern.«

»Aber der eigentliche Stadtgründer hieß Rea, nicht wahr?«, fragte Bob, um zu demonstrieren, dass sie sich auf ihren Besuch vorbereitet hatten. »Alexander W. Rea.«

»Gut, mein Bursche!« Bennett klang hörbar beeindruckt. »Er ist 1854 hierhergekommen, hat Straßen und Grundstücke abgesteckt und so die Entwicklung des Ortes überhaupt erst möglich gemacht. Rundum haben sich dann schnell weitere Menschen angesiedelt. Später vor allem Arbeiter in der Kohleindustrie, die in den Stollen arbeiteten. Unter Tage, wie man das nennt. In seinen besten Zeiten hatte Centralia dreitausend Einwohner! Dreitausend! Wegen des Brandes sind wir gerade noch eine Handvoll.«

»Und Sie glauben, das wahre Zentrum liegt dort, wo sich der Saloon befand?«

»Eine Vermutung«, murmelte Mr Bennett. Sein Ziegenbärtchen verschluckte weiteres Gemurmel, ehe er wieder klar und deutlich sprach. »Ich schreibe die Geschichte der Stadt. Das

Buch ist fast fertig und ich hoffe, dass es Aufmerksamkeit erregen wird, wisst ihr? Wegen des Brandes ist Centralia ja nicht irgendein Ort wie tausend andere.«

An dieser Stelle hakte Justus ein, weil er das Gefühl nicht loswurde, dass sie sich früher oder später mit dem nun schon so lange lodernden Feuer beschäftigen mussten. So einfach wie in diesen Momenten würden sie wohl nie wieder an Informationen gelangen. Das wollte er ausnutzen. »Sie sagten, Sie glauben nicht an einen zufälligen Brand?«

»Natürlich nicht!« Logan Bennett griff zielsicher nach einem der Bücher, schob es weg und schnappte sich einige Blätter, die darunterlagen. Damit wedelte er so schnell und heftig, dass die beiden Detektive nur erkennen konnten, dass die Seiten von Hand dicht beschrieben worden waren. »Das ist der typische Unsinn, den unsere Regierung bei solchen Gelegenheiten immer von sich gibt. Es ist jedes Mal dasselbe. Oder haltet ihr es für Zufall, dass alle Bewohner ganz gezielt vertrieben wurden?«

Das interpretierte Justus tatsächlich nicht als Zufall, sondern als gesunden Menschenverstand. Er wäre auch nicht freiwillig in der brennenden Stadt geblieben. Das behielt er aber lieber für sich.

»Sie glauben an eine Art … Verschwörung?«, fragte Bob.

Bennett nickte hastig. »Aber eigentlich wolltet ihr ja etwas über das Zentrum wissen.«

»Das Zentrum der Zentrumsstadt, ja«, meinte der Erste Detektiv.

»Eine interessante Formulierung«, erwiderte der Stadtforscher. »Amanda hat es genauso ausgedrückt. Ich habe sie zum alten

Standort des Saloons geführt. Sie hat sich alles genau angeschaut, sah aber nicht sonderlich zufrieden aus. Was hat sie dort gesucht?« Die Frage kam plötzlich und klang lauernd.
»Keine Ahnung, Sir«, sagte Bob im Brustton der Überzeugung. Nur eins stand fest: Amanda Dearing suchte zweifellos genau dasselbe wie die drei ???. »Woher sollen wir das wissen?«
»Na, ihr seid doch hinter genau derselben Sache her! Aber ich glaube nicht, dass es da irgendein Geheimnis gibt. Ich kenne meine Stadt besser als jeder andere.«
Justus nickte. »Ehrlich gesagt, sind wir uns selbst nicht darüber im Klaren, was wir im Stadtzentrum suchen. Ich glaube aber sehr wohl, dass es ein Geheimnis gibt.«
»Wenn du meinst.« Logan Bennett erhob sich. »Wollt ihr etwas trinken? Ihr müsst entschuldigen, wenn ich kein guter Gastgeber bin. Es kommt nicht oft jemand in mein Haus. Geschichtsforschung ist ein einsamer Job.«
»Bestimmt«, schmeichelte Justus, »aber sehr wichtig. Wir danken für Ihre Hilfe, Mr Bennett. Auf das Getränk verzichten wir. Aber vielen Dank. Wenn Sie uns noch den Weg ins Stadtzentrum erklären könnten? Dorthin, wo Sie auch Mrs Dearing geführt haben?«
»Jetzt im Dunkeln würde ich an eurer Stelle nicht dort herumirren.«
»Tun wir nicht«, versicherte Justus. »Morgen ist ja auch noch ein Tag. Also, wären Sie so freundlich?«
Fünf Minuten später liefen die beiden Detektive durch die Dunkelheit, die inzwischen wie ein schwarzes Tuch alles unter sich begrub.
»So ganz ohne die Lichter aus den Häusern ist es richtig un-

heimlich«, sagte Bob. Bei jedem Schritt tanzte der Strahl seiner Taschenlampe über die Straßen und das Gebüsch. »Überall gibt es diese Ruinen. Eine echte Geisterstadt.«
Irgendwo in der Nähe raschelte es und das Tappen kleiner Pfoten ertönte. Bob schwenkte den Lichtstrahl. Zwei Augen blitzten dicht über dem Boden in der Finsternis auf und verschwanden mit trippelnden Geräuschen.
»Auf zum Stadtzentrum«, schlug Justus vor. »Auch wenn es nicht einfach wird, im Dunkeln der Wegbeschreibung zu folgen.«
»Hast du Mr Bennett nicht versprochen, dass wir erst morgen gehen?«
»Nein«, stellte der Erste Detektiv in seinem besten Oberlehrer-Tonfall klar. »Ich sagte, dass wir dort nicht im Dunkeln ›herumirren‹ werden. Und dass morgen auch noch ein Tag ist. Beides stimmt, auch wenn wir jetzt schon hingehen.«
Bob musste lachen. Sie stiefelten über die Straße. Nur einmal kamen sie an einer Rauchsäule vorbei, die diesmal aus einer Häuserruine aufstieg. Fast sah es aus, als habe jemand darin ein Lagerfeuer angezündet.
»Just?«
»Was ist, Kollege?«
»Dort vorne … da ist Licht hinter den Büschen! Eine Taschenlampe!« Im selben Moment löschte Bob seine eigene Lampe.
Justus tat es ihm gleich. »Ob er uns schon gesehen hat?«
»Er? Du meinst, es ist der grobschlächtige Schläger?«
»Er oder diese Mrs Dearing. Falls nicht jemand Drittes auftaucht und alles noch komplizierter macht. Aber Mrs Dearing

wird es wohl nicht sein. Sie hat das Stadtzentrum ja bereits durchforstet.«

»Und ist nicht fündig geworden, wenn man Logan Bennett Glauben schenkt.«

»Gehen wir weiter. Aber vorsichtig!«

Im Dunkeln tasteten sie sich mehr schlecht als recht voran. Justus schätzte, dass der Schein der Lampe noch etwa fünfzig Meter entfernt war. Der Lichtkegel wanderte über die Fassade eines alten, sehr baufällig aussehenden Hauses.

»Das ist das Gebiet, das Mr Bennett beschrieben hat«, flüsterte Bob. Zwar waren sie viel zu weit weg, als dass man sie hören könnte, aber sicher war sicher.

Sie schlichen weiter in Richtung des Bereiches, in dem der Stadtforscher das wahre Zentrum von Centralia vermutete. Was aber nichts anderes bedeutete, als dass sie sich auch ihrem Gegner nähern mussten.

Bob blieb in einem stacheligen Gebüsch hängen. Es raschelte, Bob drehte sich erschrocken um und stolperte. Mit dem Gesicht voran fiel er in das Geäst, das knackend brach. Dornen verhakten sich in seiner Kleidung. Der Dritte Detektiv fühlte seinen Puls rasend in der Halsschlagader pochen. Das Geräusch kam ihm so laut wie ein Gongschlag vor, aber der Lärm zuvor war sicher um ein Vielfaches lauter gewesen.

Die Taschenlampe des Mannes, der nach wie vor die Gegend absuchte und dabei offenbar sehr gründlich vorging, verharrte kurz und erlosch. Eine schattenhafte Gestalt drückte sich näher an die Hauswand. Kein Zweifel: Der – oder die – andere war aufmerksam geworden. Da half auch die fast undurchdringliche Dunkelheit nichts mehr. Das Einzige, worauf die beiden Detektive hoffen konnten, war, dass ihr Gegner sie für ein Tier hielt, das durch die Finsternis strich.

Während sich Bob möglichst geräuschlos aus den Zweigen befreite und sich selbst einen Narren schimpfte, flüsterte Justus: »Kollege, ich habe das gegenseitige Versteckspiel satt.«

»Was willst du tun? Wieder die Lampe anmachen und einfach so auf den Kerl zuspazieren? Bei Mr Bennett mag das ja funktioniert haben, aber …«

»Nein«, unterbrach ihn der Erste Detektiv leise. »Wir stellen unserem Gegner eine Falle!«

Die Falle schnappt zu

Justus erklärte seinem Detektivkollegen flüsternd, was er plante. »Wir sind ohnehin entdeckt. Umgekehrt hofft der Kerl dort vorne wohl, dass wir ihn noch nicht bemerkt haben. Also sollten wir …«

Bob ächzte. »Das ist mir zu kompliziert.«

»Im Gegenteil, Kollege. Es ist ganz einfach. Wir wissen, dass er weiß, dass wir da sind. Er weiß aber nicht, ob wir von ihm wissen. Klar?«

»Äh – ja.«

Der Anführer der drei ??? reckte die rechte Hand in die Höhe und spreizte Zeige- und Mittelfinger zu einem V wie »Victory« – dem Siegeszeichen. »Diesen Vorteil müssen wir ausnutzen.«

»Und wie?«, fragte Bob.

»Wir gehen in das größte Haus und spielen ihm etwas vor. Wir tun so, als würden wir dort drin etwas entdecken. Damit locken wir ihn auf eine falsche Fährte.«

Die beiden Freunde stimmten sich noch kurz ab und gingen los. Das Schauspiel für den unbekannten Zuschauer hatte begonnen, jedes Wort war nun genau auf diesen zugeschnitten.

»Mensch, pass doch das nächste Mal besser auf«, zischte Justus, der ganz in seiner Rolle aufging. Er musste zugeben, dass ihm diese Situation trotz der Gefahr Spaß machte. Er kam sich vor

wie der Hauptdarsteller in einem Kinofilm, was ihn an die Fernsehauftritte seiner Kindheit erinnerte.
Bob schaltete seine Taschenlampe an. »Es ist aber auch verflixt dunkel!«, rief er theatralisch.
»Übertreib's nicht«, zischte Justus leise. »Es soll ganz natürlich wirken.« Lauter brummelte er irgendetwas Belangloses für die Ohren ihres Zuhörers.
So kamen sie bis zu einem dreistöckigen Haus, besser gesagt: einer dreistöckigen Ruine, die sich von den meisten anderen Gebäuden in Centralia nur dadurch unterschied, dass sie nicht bis auf die Grundmauern abgerissen worden war. Alles sah jedoch aus, als wäre es nur eine Frage der Zeit, bis das Haus bei einem heftigen Windstoß in sich zusammenfallen würde.
Von ihrem Gegner war nichts mehr zu sehen. Er – oder sie – versteckte sich perfekt. Dennoch waren die beiden Jungen sicher, weiterhin beobachtet zu werden.
»Da drin?«, fragte der Erste Detektiv, ganz ihrem spontanen Plan gemäß.
»Genau da!«, erwiderte Bob. »Wenn mich nicht alles täuscht, in einem der Obergeschosse. Sieht zwar verflixt baufällig aus, aber dieses Risiko müssen wir eingehen.«
Justus nickte und bemerkte selbst, dass er genauso übertrieb, wie er es vorhin seinem Freund vorgeworfen hatte. Er überlegte, ob die drei ??? demnächst einen Theater- und Schauspielkurs belegen sollten. Das konnte durchaus hilfreich sein, wie sich in diesen Minuten zeigte.
Bob drückte gegen die Tür, die quietschend nach innen schwang. Vorher leuchtete er noch die Wand rundum ab. Auf einem verblassten Schild, von dem schon die Farbe abblätterte,

las er »Bull's Head Tavern & Hotel«. Das sollte einmal das erste Haus am Platze gewesen sein? Vom einstigen Glanz dieses Gebäudes war nichts mehr zu erahnen.
Sie traten ein und ließen die Tür hinter sich offen. So würde es für ihren Verfolger leichter sein, ihnen nachzuschleichen.
Justus leuchtete den Raum aus. Die Lobby des ehemaligen Hotels war größer, als man es von außen vermutet hätte. Eine Holztäfelung bedeckte die Wände. Alles lag unter einer dicken Staub- und Rußschicht.
Einige Schritte vor ihnen ragte eine Marmorsäule bis zur Decke. Sie schien das Einzige zu sein, was das Haus davon abhielt, in sich zusammenzustürzen. Ein Riss klaffte im Boden und verästelte sich mehrfach bis zu einem großen Tresen. An seiner breitesten Stelle hätte man mit etwas Mühe einen Fuß hineinstecken können. »Daher der Ruß«, sagte Justus. »Wahrscheinlich ist eine Zeit lang Rauch und Qualm aus dem Spalt gestiegen, wie wir es draußen schon gesehen haben.«
Bob musste husten. »Gut ist die Luft immer noch nicht.«
Der Anführer der drei ??? winkte ab. »Gehen wir nach oben.«
Bobs Blick sprach Bände. »Wirklich? Über *diese* Treppe?« Der Strahl seiner Taschenlampe glitt über morsche Stufen. Sie sahen aus, als hätte sie jemand mit einem schweren Hammer bearbeitet. Der Lichtstrahl wanderte in die Höhe. Teile der Decke waren heruntergebrochen und hatten die Holzstufen glatt durchschlagen.
Der Erste Detektiv grinste nur. »Den Aufzug würde ich erst recht nicht nehmen.«
»Wie denn auch – ganz ohne Strom?« Bob setzte seinen Fuß

auf die unterste Stufe. Es knarrte bedrohlich. Bob belastete sie. »Es geht! Allerdings solltest du warten, bis ich oben bin.«

»Ich versuche ja abzunehmen«, behauptete Justus. »Du musst nicht auf mir herumhacken.«

»Darum geht's gar nicht. Wenn wir nacheinander gehen, muss die Treppe uns nicht beide gleichzeitig aushalten.«

Über eine geborstene Stufe machte Bob einen großen Schritt. Als er auftrat, knarzte es so laut, dass der Dritte Detektiv unwillkürlich nach dem Geländer griff. Das gab unter seinem Gewicht nach, quietschte erbärmlich und neigte sich weit zur Seite. Das brachte Bob erst recht aus dem Gleichgewicht. Er verlor die Nerven und hastete weiter. Im ersten Obergeschoss blieb er sichtlich erleichtert stehen.

Justus folgte ihm und erklomm die gefährliche Treppe ohne Zwischenfall. »Durchsuchen wir alles!«, rief er Bob entgegen, in der Hoffnung, dass ihr unbekannter Gegner es irgendwie hörte. Spätestens wenn sie in den Zimmern verschwanden, würde dieser sich wohl ins Hotel schleichen.

Wenn es sich tatsächlich um den groben Schlägertypen handelte, mussten sie vorsichtig sein. Immerhin hatte er Samuel Reynolds tätlich angegriffen, im jonasschen Anwesen eine Bombe gezündet und damit Tante Mathildas Gemüsegarten verwüstet – Straftaten, für die er zur Rechenschaft gezogen werden musste. Wenn der Plan der beiden Detektive aufging, konnten sie den Verbrecher fangen und ausliefern.

Justus und Bob trennten sich und durchsuchten die Zimmer, die sich entlang des Korridors aneinanderreihten. In diesem ehemaligen Hotel gab es keine geheimen Hinterlassenschaften, nach denen sie hätten suchen können. In Wirklichkeit hielten sie nach etwas völlig anderem Ausschau – nämlich nach einem Zimmer, das sich abschließen oder von außen verbarrikadieren ließ und sich so als kurzzeitige Gefängniszelle eignete. Ihr ganzes Schauspiel diente nur dazu, ihren Verfolger dorthin zu locken und ihn einzusperren.

Ein normales Hotelzimmer kam dafür nicht infrage, denn diese besaßen selbstverständlich Fenster, durch die ihr Gegner hätte ausbrechen können. Dazu musste man kein allzu geübter Fassadenkletterer sein. Und seit der Aktion auf dem Schrottplatz wussten die beiden Detektive, dass ihr Gegner durchaus trainiert war.

Justus entdeckte kurz darauf doch noch ein geeignetes Zimmer. »Bob!«, rief er überdeutlich laut, kaum dass er die vierte Tür auf der linken Seite geöffnet hatte. »Komm her! Ich hab's!«

Er musste nicht lange auf seinen Freund warten. »Sieh dir das an!«

»Fantastisch, Just!«

Nicht nur, dass in der zum Glück sehr stabil aussehenden Tür von innen ein Schlüssel steckte – der Raum war fensterlos. An allen Wänden ragten tiefe Regale auf. Hier waren damals offensichtlich Laken und Handtücher gelagert worden. Eines der Wägelchen, die Zimmermädchen bei der Reinigung und beim Wäschewechsel benutzen, stand noch in der Ecke.

»Nicht besonders malerisch«, meinte Bob flüsternd, »aber für unsere Zwecke äußerst praktisch. Nun müssen wir unseren speziellen Freund nur noch hier hereinlocken.«

Justus zog den Schlüssel aus dem Schloss und ließ ihn in seiner Hosentasche verschwinden. »Wir gehen vor wie abgesprochen.«

Ein wagemutiger Plan, den die beiden ?? ausgeheckt haben. Der fensterlose Raum scheint ein echter Glücksgriff zu sein – aber die Erfahrung lehrt, dass man sich als Detektiv nicht immer auf sein Glück verlassen kann.
Es stellt sich die Frage, ob das Verderben möglicherweise im Detail steckt.
In diesem Moment braust Peter im Leihwagen zurück nach Centralia, um seinen Kollegen von der erstaunlichen Entdeckung zu berichten, um wen es sich bei Mrs Dearing handelt. Fragt sich, in welcher Lage er seine Freunde vorfinden wird.
Und wer ist der grobschlächtige Kerl, der ebenfalls durch die brennende Stadt streift? Komplize oder Gegner von Amanda Dearing? Wie dem auch sei, den drei ??? ist er bestimmt nicht wohlgesinnt. Nur – fällt er auch auf das Theaterstück von Justus und Bob herein?

»Ich denke, er hat jetzt genug Zeit gehabt, sich irgendwo in der Hotellobby zu verstecken«, flüsterte Bob. »Also los!«
Die beiden Jungen verließen den Raum. Justus ging möglichst vorsichtig die abbruchreife Treppe hinunter. »Der Raum ohne Zimmernummer! Wir fahren sofort zu Kommissar Reynolds und geben ihm Bescheid. Sonderlich gut versteckt war es ja nicht!«
Unter Bobs Füßen knarrte es so laut, dass er unwillkürlich befürchtete einzubrechen … doch nichts geschah. Die beiden fragten sich allerdings, ob sie dieses ganze Schauspiel möglicherweise ganz umsonst aufführten, weil es gar keinen Verfolger gab.

In der Lobby sagte der Dritte Detektiv: »Mr Reynolds wird sich freuen. Dumm, dass das Handy hier keinen Empfang hat und wir es ihm nicht direkt mitteilen können.«

»In einer Viertelstunde sind wir mit dem Wagen bei ihm«, erwiderte Justus, ehe sie das Gebäude verließen. Nun konnten sie nur hoffen, dass ihr Plan aufging. Sie entfernten sich einige Schritte vom Hotel, schalteten ihre Taschenlampen aus und schlichen zurück.

Der andere fühlte sich hoffentlich sicher und durchforstete die Wäschekammer nach dem, was die beiden Jungs angeblich so sehr begeisterte. Nur dass er nichts finden würde.

Der Anführer der drei ??? huschte zuerst in die Hotellobby, in der nahezu völlige Dunkelheit herrschte. Er konnte die Konturen der Treppe nur erahnen. Er lauschte. Tatsächlich – von oben kamen Geräusche. Es hatte geklappt!

Etwas berührte ihn. Fast hätte er aufgeschrien. Natürlich war es nur Bob. Gemeinsam schlichen sie weiter. Der Erste Detektiv ging zuerst und versuchte dabei, jedes verräterische Knarren der Stufen zu vermeiden. Bob folgte.

Die Tür der Wäschekammer stand offen, dahinter rumorte es. Offenbar war ihr Verfolger ebenso intensiv wie erfolglos auf der Suche. Ob er wohl wusste, *wonach genau* er Ausschau zu halten hatte? Oder tappte er wie die drei ??? buchstäblich im Dunkeln?

Die Tür war halb geöffnet. Justus würde einen Schritt in den Raum hinein machen müssen, um sie zu packen, zuzuschlagen und abzuschließen. Der Erste Detektiv zog den Schlüssel aus der Hosentasche und nickte. Er atmete tief ein – und griff nach der Türklinke.

Da klammerte sich eine Hand um seinen Arm. Justus wurde in den Raum gerissen.

»Du kleine Mistmade!«

Justus schrie auf.

»Ihr dachtet wohl, ihr könnt den alten Conrad reinlegen? Da müsst ihr aber früher aufstehen!«

Jagd in der Ruine

Peter parkte den Leihwagen wieder am Rand der brennenden Stadt, stieg aus und schaltete seine Taschenlampe an. Er hatte gerade das Handy aus der Hosentasche gezogen, um Justus anzurufen, als es klingelte. »Das ist wohl Gedankenübertragung«, murmelte er und nahm das Gespräch an.

»Peter!«, hörte er Bob atemlos rufen. »Komm sofort … wir sind im Stadtzentrum … in einem Hotel, ziemlich groß … du wirst uns hören, wir …«

Danach drang nur noch ein Knallen aus dem Lautsprecher, ein Ächzen – und Stille, nur unterbrochen von den Lauten eines Handgemenges.

»Bob?« Der Zweite Detektiv warf sich wieder ins Auto. Seine Finger zitterten leicht, als er den Schlüssel einschob und den Wagen startete. Ob es gefährlich war oder nicht, mit dem Wagen in die Stadt zu fahren – seine Freunde waren in Not, da zählte jede Sekunde! »Bob?«

Aus dem Handy kam nur noch ein lang gezogener Ton. Die Verbindung war tot.

Peter fuhr los.

Stadtzentrum! Das half ja unheimlich weiter. Schließlich waren sie ausgerechnet auf der Suche nach diesem Zentrum gewesen, und im Unterschied zu seinen Kollegen hatte er keinerlei Ahnung, wo es sich befand.

Sein Herz schlug wie rasend. Was hatte Bob gesagt? *Du wirst uns hören?* Klar, am Handy hatte es eindeutig nach einem Kampf geklungen. Da ansonsten in der ganzen Stadt Totenstille herrschte, konnte das ein guter Hinweis sein. Jeder Lärm würde weit hallen.

Also kurbelte Peter das Fenster herunter und lauschte. Er hörte aber nichts außer dem Brummen des Motors, das alles übertönte.

In der nächsten Sekunde stieg er voll auf die Bremse!

Vor ihm klaffte ein Loch in der Straße. Im Scheinwerferlicht waberte aufsteigender Rauch aus der Tiefe. Der Asphalt wölbte sich ein wenig nach oben und fiel dahinter steil ab.

Fast wäre der Zweite Detektiv in das Loch hineingefahren – es war groß genug, dass der Wagen halb hineingestürzt wäre. Und wer weiß, vielleicht war das Gebiet rundum kurz davor, ebenfalls einzubrechen. Dieses Risiko wollte er nicht eingehen.

Sein Herz hämmerte noch weitaus heftiger, als er den Rückwärtsgang einlegte und mit quietschenden Reifen einige Meter zurückschoss. Er stieg aus und lauschte erneut in die Dunkelheit.

Der Zweite Detektiv traute seinen Ohren nicht. Was er da hörte, waren weit mehr als die Geräusche eines Kampfes. Es klang, als würde ein ganzes Haus in sich zusammenstürzen!

Peter rannte los. Der Lichtstrahl seiner Taschenlampe tanzte vor ihm auf dem Asphalt. Um Zeit zu sparen, hetzte der Zweite Detektiv von der Straße hinunter, querfeldein durch ehemalige Gärten, immer in die Richtung, aus der der Lärm kam. Ohne groß nachzudenken, sprang er über die Reste von Mauern. An die Gefahr, der er sich so aussetzte, dachte er in diesem Moment nicht. Er musste seinen Freunden beistehen!

Der krachende Lärm nahm ab und Peter glaubte schon, dass er sich die extreme Lautstärke nur eingebildet hatte. Möglicherweise wirkte das Donnern in der Stille der Nacht auch viel lauter als in Wirklichkeit.
Vor ihm schälte sich ein Platz aus der Dunkelheit, um den noch einige Häuser standen, ähnlich wie rund um das Rathaus. Die Gebäude hoben sich kaum vom dunklen Himmel ab. Im Hintergrund allerdings flackerte durch eine große Erdspalte das dunkelrote Licht eines der unterirdischen Feuer. Deshalb konnte Peter zumindest etwas erkennen.
Der Lärm kam aus dem größten Haus! Der Zweite Detektiv richtete seine Taschenlampe dorthin, doch der Lichtstrahl wurde vom allgegenwärtigen Rauch verschluckt.
Peter rannte näher heran. Mit rasendem Herzschlag blieb er schließlich vor dem Haus stehen und suchte mit der Lampe die Fassade ab. Da – der Eingang!
Von drinnen gellte ein Schrei. Das war Justus!
Peter fluchte. Er riss die Tür auf, die erbärmlich in den Angeln quietschte. In der Hotellobby nahm er sich keine Zeit, um sich erst umzuschauen. Dennoch fiel ihm ein von Stein- oder Betonbrocken zerschmetterter Holztresen auf, den man schlicht nicht übersehen konnte. Große Staubwolken hingen in der Luft.
War das gerade passiert? War es der Lärm dieses Einsturzes gewesen, der ihn hierhergelockt hatte? Sein Blick wanderte nach oben. Die Decke war teilweise eingebrochen und nach unten gestürzt.
Peter wandte sich um und traute seinen Augen nicht:
Bob rannte eine Treppe herunter … oder versuchte es wenigs-

tens. Die Stufen brachen ein, er ruderte mit den Armen und fiel vornüber. Holzsplitter zischten durch die Luft und prasselten in die Tiefe, während Bob bis zur Hüfte verschwand. Er sackte halb in einen Hohlraum unter der Treppe, der wohl als Abstellkammer diente; zumindest gab es vom Erdgeschoss aus eine Klappe in der Seitenwand.

Gleichzeitig taumelte Justus am oberen Ende der Treppe rückwärts, stolperte und krachte mit dem Rücken gegen das Geländer. Holz ächzte und brach. Der Zweite Detektiv leuchtete panisch in Justus' Richtung. In der Luft war so viel Staub, dass sich das Licht darin fing und nichts zu sehen war.

Eine massige Gestalt eilte oben an Justus vorüber. »Peter!«, rief der Anführer der drei ???, der sich wieder aufgerappelt hatte. »Wir müssen ihn aufhalten!«

Inzwischen war der Zweite Detektiv bei Bob angelangt, der sich mühsam festklammerte. Peter zog seinen Freund hoch. Bobs Hose war zerrissen, er blutete am Arm. An den Beinen hingen Unmengen von Spinnweben. Zwei Treppenstufen bestanden ausschließlich aus spitzen Holzsplittern. Staubflocken rieselten in das dunkle Loch, in dem noch Bobs Füße baumelten.

»Es geht schon«, ächzte der Dritte Detektiv. Er zitterte. »Hilf Justus! Ich komm nach.«

Peter packte das Geländer, um über das zerborstene, dunkel gähnende Loch steigen zu können. Die Griffleiste gab nach, kippte zur Seite. Das Holz quietschte so erbärmlich, dass es wie das Jaulen eines Hundes klang.

Erschrocken ließ Peter los, machte einen großen Schritt und belastete vorsichtig die nächste erreichbare Stufe. Es knarrte,

aber mehr geschah nicht. Peter atmete tief ein und ging weiter – nur froh, nicht ebenfalls einzubrechen.
Hinter ihm kreischte Bob auf. Er drehte sich um, der Lichtstrahl seiner Taschenlampe fiel seinem Kollegen genau ins Gesicht. »Was ist los?«
Bob schüttelte den Arm aus. »Spinne«, rief er. »Dort unten …«
Er sprach nicht zu Ende. Eine fette, schwarze Spinne huschte über die Treppe davon. »'tschuldigung.«
Justus war nicht mehr zu sehen. Peter hörte hastige Schritte weiter vorn im Hotelflur. Er rannte hinterher, an einem Loch vorbei; hier war der Boden eingebrochen und hatte den Tresen einen Stock tiefer zerschmettert.
Die Schrittgeräusche gingen in den Lärm eines Handgemenges über. Plötzlich taumelte der Anführer der drei ??? aus einem der Zimmer und krachte mit dem Rücken an die gegenüberliegende Wand. Staub rieselte von der Decke. »Peter! Er ist da drin. Der Kerl, der schon Mr Reynolds angegriffen hat!«
Schritte ertönten hinter den beiden Jungen. Bob eilte herbei. »Jetzt sind wir drei gegen einen. Wir kriegen ihn!«
»Ich zuerst!« Peter dachte nicht lange nach und rannte in das Zimmer, aus dem gerade eben sein Freund getaumelt war. Er machte sich für eine handgreifliche Auseinandersetzung bereit – und fühlte nur einen Luftzug.
Das Fenster stand offen. Ihr Gegner hatte sich im wahrsten Sinne des Wortes aus dem Staub gemacht, der in dicken Schwaden durch das Zimmer trieb. Peter rannte zum Fenster, beugte sich ins Freie. An der glatten Fassade ging es schätzungsweise vier Meter nach unten. War der Kerl einfach gesprungen?

Justus stand plötzlich neben ihm, deutete auf die Fensterbank. »Hier stimmt etwas nicht!«
Da entdeckte auch Peter, worauf sein Kollege anspielte. Die dicke Staubschicht auf der Fensterbank war unversehrt. Darüber war niemand geklettert – jemand hatte nur das Fenster nach oben geschoben!
Gleichzeitig wirbelten die beiden Jungen herum.
Ihr Gegner sprang aus dem Badezimmer, packte Bob und stieß ihn seinen Freunden entgegen. Im nächsten Augenblick rannte er aus dem Raum.
Wie hatten sie sich nur so hereinlegen lassen können?
Als die drei ??? aus dem Zimmer hetzten, hörten sie es krachen und donnern. Ein dumpfer Schrei folgte, dann ein Poltern. Peter konnte das Chaos zuerst sehen.
Die Treppe stürzte endgültig ein. Noch immer prasselten Holzstücke in die Tiefe. Ihr Gegner wühlte sich auf dem Boden im Erdgeschoss aus den Trümmern und riss dabei das Geländer völlig aus seiner Verankerung. Er packte einen der Haltepfosten, zerrte ihn an sich und schleuderte ihn den drei ??? entgegen. Das Holzstück zischte an ihnen vorüber.
Noch während Justus, Peter und Bob überlegten, wie sie ohne Treppenstufen einen Stock tiefer kommen sollten, hetzte der grobschlächtige Kerl durch den Ausgang ins Freie.
»Der ist weg.« Der Erste Detektiv knirschte mit den Zähnen. »Das nenne ich einen radikalen Abgang.«

Das wahre Zentrum

Justus erklärte Peter, wie und weshalb sie ihren Gegner überhaupt in das ehemalige Hotel gelockt hatten. »Als wir ihn in der Wäschekammer einsperren wollten, hat er mich gepackt. Er hatte von Anfang an gewusst, was wir planen, und uns eiskalt auflaufen lassen.«

»Aber warum?«

»Er wollte wissen, was wir in Centralia suchen«, sagte Bob. »Wir haben versucht, uns rauszureden, und ihn abgelenkt. Da hat Just …«

»Ich habe ihm den Ellenbogen in die Magengrube gerammt und mich befreit.« Justus grinste zufrieden. »Danach ging alles verflixt schnell.«

»Ich hab dich angerufen«, ergänzte der Dritte Detektiv. »Aber dann hat Conrad mir das Handy aus der Hand geschlagen. Es muss noch irgendwo dort drüben liegen.«

»Conrad?«

»So hat er sich selbst genannt.« Bob verließ den Platz am oberen Ende der zerstörten Treppe und leuchtete den Korridor ab, bis er neben einem staubigen Teppichrest sein Handy fand. Er hob es auf und drückte einige Tasten. »Funktioniert noch. Was für ein Glück.«

»Kurz nach dem Telefonat mit dir gab es dort drüben ein Handgemenge – jenseits des Treppenabgangs. Das war wohl zu viel. Der Boden ist eingebrochen.«

»Ich habe es unten gesehen.« Peter versuchte sich an einem Lachen, doch es klang nicht sehr überzeugend. »Ein Gutes hatte das aber – der Lärm hat mir den Weg gewiesen. Dein Hinweis, dass ihr im Stadtzentrum wärt, war nicht gerade hilfreich, Bob!«
Der Dritte Detektiv grinste schmallippig. »Ich hatte keine Zeit, dir lang und breit alles zu erklären! Außerdem hat es doch funktioniert, was willst du also?«
»Was ich will?«, fragte Peter. »Raus hier, ohne mir auf dem Weg nach unten den Hals zu brechen.«
Justus winkte ab. »Ich hatte mir einige Zimmer angesehen. In einem verläuft die Feuerleiter direkt neben dem Fenster. Das ist unser Weg nach draußen.«
»Wenn die ebenso baufällig ist wie der Rest des Hotels …«
»Es sind nur etwa vier Meter nach unten«, warf Bob ein. »Das sollte zu schaffen sein.«
»Und sofort danach machen wir uns auf den Weg zurück zu Logan Bennett.«
»Wer ist Logan Benn …«, begann Peter.
»Das erklären wir dir unterwegs«, unterbrach ihn Justus. »Bob, ich glaube, wir müssen an einer ganz anderen Stelle nach dem wahren Zentrum suchen!«
Nacheinander kletterten die drei ??? durch das Fenster die Feuerleiter hinunter. Von dem geheimnisvollen Conrad war weit und breit nichts mehr zu sehen.
Unterwegs erfuhr Peter alles, was seine beiden Freunde über den Stadtforscher Logan Bennett wussten; umgekehrt erzählte er ihnen, wie er mit dem ehemaligen Kommissar Reynolds die Identität von Amanda Dearing gelüftet hatte.

»Sie ist also die Tochter von Adam Reynolds«, meinte der Erste Detektiv nachdenklich. »Das eröffnet völlig neue Möglichkeiten.«

»Und welche?«

»Wenn ich das nur wüsste. Wir brauchen noch mehr Hinweise, mehr Fakten, die wir miteinander kombinieren können! Aber das wird uns noch gelingen, Freunde, da bin ich mir ganz sicher.«

Wenige Minuten später entdeckten die drei ??? aus etlichen Metern Entfernung erleichtert, dass im Haus von Logan Bennett noch Licht brannte.

Justus bedeutete seinen beiden Detektivkollegen, stehen zu bleiben. »Bevor wir da einfach reinspazieren, sollten wir uns überzeugen, dass weder unser spezieller Freund Conrad noch Mrs Dearing im Wohnzimmer bei Mr Bennett sitzen und ihm irgendwelche Fragen stellen.«

Bob stimmte zu. Auch er verspürte keine Lust, erneut einem der beiden zu begegnen. Also schlich er sich an das Haus heran und linste durch das Fenster. Der Geschichtsforscher saß im Schein der Öllampe über den Tisch gebeugt, hielt einen Stift in der Hand und schrieb. Der Dritte Detektiv huschte in der Dunkelheit zurück zu seinen Freunden. »Er ist allein.«

Die drei ??? klopften an die Eingangstür.

Es dauerte nicht lange, bis sie aus dem Inneren des Hauses schwere Schritte hörten. Die Tür öffnete sich quietschend. »Ihr schon wieder. Wenn man sogar in einer brennenden Stadt nicht seine Ruhe hat, wo dann?«

Justus ließ sich davon nicht einschüchtern. »Bitte entschuldigen Sie, Mr Bennett, aber wir müssen noch einmal mit Ihnen sprechen. Ich glaube, es könnte auch für Sie interessant werden.«

»So?« Es klang skeptisch. »Und bald verschwindet ihr wieder und kommt eine Stunde später zu viert zurück? Immer einer mehr, was?«

Justus sah einen Augenblick verwirrt drein, bis er verstand. »Das ist unser Freund Peter. Er war vorhin unterwegs, als wir Sie zum ersten Mal besucht haben. Und keine Sorge, einen Vierten im Bunde gibt es nicht.«

Schließlich waren sie die drei ??? und nicht die vier ???? – und das würden sie auch nie werden.

Mr Bennett trat zur Seite. »Also, Jungs, ich gebe euch eine Viertelstunde, mehr nicht. Ich habe zu tun. Dann solltet ihr machen, dass ihr nach Hause kommt, wo immer das auch sein mag. Es ist gefährlich, nachts durch Centralia zu streifen.« Dabei wanderte sein Blick zu Bob, der reichlich malträtiert aussah, seit die Treppe unter ihm zusammengebrochen war. Seine Hose hing in Fetzen herunter, eine blutige Schramme glänzte am Arm. »Aber das wisst ihr schon, wie ich sehe. Was habt ihr in der Zwischenzeit getrieben? Mal eben ein Haus eingerissen, oder was?«

Das kam der Wahrheit ziemlich nahe, wie Justus zugeben musste. Er suchte gerade nach diplomatischen Worten, als der Stadtforscher abwinkte. »Ach, ich will's gar nicht wissen.«

Mr Bennett trug aus der Küche einen Hocker herein, sodass auch Peter am Tisch Platz nehmen konnte. Sigmund Freud, der Hund, schaute kurz aus seinem Deckenlager auf, ehe er wieder schnarchende Geräusche von sich gab. Er klang wie eine asthmatisch röchelnde Kaffeemaschine.

»Also, ich höre«, sagte Logan Bennett. »Ihr meintet, es wäre auch für mich interessant. Also hat es wohl mit der Geschichte meiner Stadt zu tun. Ich bin gespannt.«

Justus räusperte sich. Vielleicht hatte er sich ein wenig zu weit vorgewagt, um vor der Haustür das Interesse des Stadtforschers zu wecken. »Uns liegt ein altes … Dokument vor«, begann er vorsichtig. »Wir hätten vorhin etwas genauer sein sollen. In dieser Aufzeichnung ist die Rede vom *wahren Zentrum* dieser Stadt. Sie, Mr Bennett, haben uns und vorher Mrs Dearing in das alte Stadtzentrum geschickt. Wir glauben nicht, dass dieses Gebiet gemeint war. Eher ein *wahres* im Sinne eines *verborgenen* Zentrums. Also in einem eher poetischen Verständnis.«
»So etwas gibt es nicht«, gab sich der dürre Mann überzeugt. »Stadtplanung und Architektur sind eine ganz nüchterne Sache. Entweder ist etwas ein Zentrum oder nicht. Alles andere ist Humbug.«
»Ich glaube, Sie irren sich.«
Das nahm Mr Bennett gar nicht gut auf. »Ach ja? Dann bist du also der Experte, ja? Warum seid ihr dann hier aufgetaucht, wenn ich doch nur ein alter Trottel bin?«
»So meint Justus das nicht«, versicherte Bob rasch. »Was er sagen wollte, ist, dass es oft Geheimnisse gibt, die man nicht auf den ersten Blick als solche erkennt. Das Dokument, von dem er gesprochen hat, ist in einer verschlüsselten Form abgefasst. Auch das dort erwähnte *wahre Zentrum* könnte eher im Sinn eines Rätselspruchs gemeint sein. Hat sich irgendwann etwas besonders Wichtiges hier ereignet? Ich meine, bevor der Brand ausgebrochen ist? Oder … halt, natürlich, es könnte doch der Ort gemeint sein, an dem es damals zu brennen begann!«
»Unmöglich«, erwiderte Peter. »Adam Reynolds hat sich hier aufgehalten, als noch nicht klar war, dass das Feuer über Jahrzehnte lodern würde! Ein Brand wie tausend andere auch. Das

kann man kaum als etwas so Besonderes ansehen, dass man es als wahres Zentrum der Stadt bezeichnet.«

»Aber die Botschaft hat er viel später geschrieben«, gab Bob zu bedenken.

Logan Bennetts Blick wanderte zwischen den drei ??? hin und her. »Ich habe wirklich keine Ahnung, wovon ihr redet. Aber ihr habt recht – diese Sache beginnt tatsächlich, mich zu interessieren.«

»Hatte Mrs Dearing noch irgendetwas Besonderes erwähnt?«, fragte Justus.

»Ich wüsste nicht, was euch das angeht!«

Der Erste Detektiv nickte hastig. »Okay. Also noch mal zurück. Gab es ein bedeutendes Ereignis während der Stadtgründung oder kurz danach? Ein außergewöhnliches Verbrechen? Einen Mord? Ein Grubenunglück beim Kohleabbau? Gerede von Monstern aus der Tiefe? Vielleicht eine Geistererscheinung? Irgendetwas Mystisches würde gut in die Rätselsprache des Dokuments passen.«

»Just«, sagte Peter unbehaglich. »Nun lass uns mit Gespenstern und Ungeheuern in Ruhe!«

Justus knetete seine Unterlippe, als ihm plötzlich eine weitere Formulierung des Briefes in den Sinn kam. *Die Elfen sind die Wahrheit*, hatte Adam Reynolds geschrieben. Der Zusammenhang passte zwar nicht völlig in die Suche nach dem wahren Zentrum, aber der Erste Detektiv fragte trotzdem: »Hat man zum Beispiel jemals von Elfen in Centralia gehört?«

Mr Bennett stand wortlos auf und ging zu einem mit alten Büchern vollgestopften Regal. Zielsicher zog er eines heraus, strich eine dicke Staubschicht von seiner Oberseite und legte

es auf dem Tisch ab. Als er es öffnete, knackte es leise im Buchrücken. »Elfen?«, wiederholte er. »Nein. Aber ich habe eine andere Idee. Ihr habt nach etwas Mystischem gefragt. Damit kann ich tatsächlich dienen. Es hat nichts mit einem Zentrum zu tun, aber vielleicht ist es trotzdem interessant.«
Er klang, als wäre er mit einem Mal Feuer und Flamme. Keine Spur mehr davon, dass ihm das erneute Auftauchen der Jungen auf die Nerven ging. Wahrscheinlich verschwendete er auch keinen Gedanken mehr an die Viertelstunde, die er seinen Besuchern ursprünglich geben wollte.
»Ich will euch einige Aufzeichnungen aus der Zeit der Stadtgründung zeigen«, fuhr Bennett fort. »Ich glaube, ich habe schon erwähnt, dass Alexander W. Rea 1854 der eigentliche Gründervater unserer Stadt war. Er plante ein Straßennetz, das Centreville, wie er die Stadt nannte, an die Gegend anbinden sollte. Teile davon wurden verwirklicht, seine verrückte Idee ging allerdings unter.«
»Verrückte Idee?«, fragte Justus gespannt.
»Centreville hätte ein ganz besonderer Ort sein sollen, wenn es nach Rea gegangen wäre. Eine weithin berühmte Stadt, etwas Einmaliges, das man sofort erkennen konnte. Vor allem aus der Luft. Und seiner Meinung nach auf einer ›tieferen Ebene‹, wie er es ausgedrückt hat.« Bennett blätterte in dem Buch. »Er war ein Mystiker, wisst ihr, an übernatürlichen und magischen Dingen interessiert. Deshalb habe ich mich jetzt an diese Straßensache erinnert.«
Die drei ??? brannten vor Neugierde, hielten sich aber mit weiteren Fragen zurück. Sie wollten den Stadtforscher in seinem Gedankengang nicht unterbrechen.

»Seid ihr über die Pennsylvania State Route 61 gekommen?«, fragte Mr Bennett.
»Äh … ja«, stammelte Peter und ärgerte sich, dass man ihm seine Verblüffung über den plötzlichen Themenwechsel so deutlich anhörte.
»Die Straße endet in Centralia«, erklärte der dürre Stadtbewohner, während er den ausgestreckten Zeigefinger zwischen die Seiten legte und das Buch unvermittelt zuklappte. »Das ist das östliche Ende der Route 61. Außerdem verläuft die Route 42 in Nord-Süd-Richtung durch Centralia. Stellt euch vor, ihr fliegt in einem Hubschrauber über die Stadt und konzentriert euch auf diese beiden Hauptstraßen. Was seht ihr?«
Bob schloss die Augen, versuchte es sich vorzustellen. »Ein Symbol. Ungefähr in der Form eines großen T.«
»Genau! Das ist ein kleines Überbleibsel von Alexander W. Reas ursprünglichen Plänen des Straßennetzes. Eigentlich plante er ein echtes, bedeutungsschwangeres Symbol, das die Stadt umgeben sollte. Ein einige Kilometer großes, aus Straßen gebildetes Pentagramm!«
»Ein Pentagramm?«, wiederholte Justus. »Das ist höchst interessant. Dieses Zeichen gilt als Schutzsymbol vor bösen Mächten. Wer in einem solchen fünfzackigen Stern steht, den können böse Geister und Gespenster nicht erreichen, heißt es. Aber warum? So viel Mystik, ausgerechnet hier, mitten im Nichts? Wer hätte denn die Straßen benutzen sollen?«
Der Stadtforscher nickte. »Uns erscheint das heute seltsam, klar. Aber wer weiß schon, was Rea damals genau umgetrieben hat? Er hat sich jedenfalls alles genau überlegt. Seht es euch an!« Schwungvoll klappte er das Buch auf.

Die drei ??? starrten auf eine Skizze des Straßennetzes, wie es dem Mystiker Mr Rea vorgeschwebt hatte. Ein regelmäßiger, fünfzackiger Stern, in dessen Zentrum Gebäude gezeichnet waren – die Innenstadt von Centralia, so wie sie Mitte des neunzehnten Jahrhunderts vom Gründer der Stadt geplant worden war.

Das scheint ja ein merkwürdiger Kauz gewesen zu sein, dieser Mr Rea. Ob er seine Stadt vor dem Einfluss böser Mächte schützen wollte? Wenn ja, ist es ihm offenbar nicht gelungen. Zumindest hätte er an sein Versagen geglaubt, so wie ich ihn einschätze, und hätte behauptet, dass das Feuer in Centralia direkt aus der Hölle stamme und deshalb nicht gelöscht werden könne. Immerhin hat man ja sein magisches Schutzsymbol nicht verwirklicht.
Doch so interessant das alles sein mag, für die Suche nach dem wahren Zentrum der Zentrumsstadt scheint es nicht hilfreich zu sein.
Oder doch? In den Köpfen der drei ??? arbeitet es bereits. Wie geht es euch?

»Man nennt das Pentagramm auch Pentalpha«, gab Justus zum Besten, »weil es durch fünf ineinanderstehende Buchstaben A gebildet wird. Ebenso erhält man es, wenn man die Diagonalen eines regelmäßigen Fünfecks nachzieht. Ein weiterer Begriff dafür ist Drudenfuß, wie er schon in dem Klassiker ›Faust‹ von Johann Wolfgang von Goethe verwendet wird. Dort wird der Höllengeist Mephistopheles damit gebannt.«
Peter und Bob räusperten sich gleichzeitig, um ihren Kollegen

darauf hinzuweisen, dass dies nicht der beste Zeitpunkt für einen seiner gefürchteten Vorträge war.
Der Anführer der drei ??? verdrehte die Augen.
Logan Bennett trommelte mit den Fingerspitzen auf der Tischplatte. »Richtig, mein Junge. Genau so dachte Rea. Für ihn war das Pentagramm rund um Centreville ein Symbol für die sichtbare und auch für die unsichtbare Welt. Dass es nicht verwirklicht wurde, hat ihn schwer getroffen. Das gigantische Zeichen wäre in seiner Vorstellung das gewesen, was die Stadt eigentlich ausgemacht hätte.«
»Und genauso finden wir das *wahre Zentrum*!«, rief Bob begeistert. »Wenn das für diesen Mr Rea so unheimlich wichtig war, wissen wir also, wo wir suchen müssen.«
»Und wo?«, fragte der Stadtforscher verwirrt, der diesen Gedankensprung offenbar nicht nachvollziehen konnte.
»Ein Pentagramm hat einen genau bestimmbaren Mittelpunkt«, erklärte Justus. »Es ist eine simple mathematisch-geometrische Aufgabe, dieses Zentrum zu bestimmen.« Er schnappte sich ein Stück Papier und einen Stift. »Wenn man von den Ecken des zentralen Fünfecks die Senkrechte auf die gegenüberliegende Seite fällt, kreuzen sich alle Linien an exakt einem Punkt! Das ist der Mittelpunkt des Pentagramms!«
»Und wenn wir das bei dem geplanten Straßennetz wiederholen«, sagte Peter begeistert, »erhalten wir einen genauen Ort irgendwo in Centralia!«
Justus grinste so zufrieden wie immer, wenn er ein besonders schwieriges Rätsel gelöst hatte. »Das wahre Zentrum der Zentrumsstadt …«

In die Tiefe

Von diesem Moment an mussten die drei ??? Logan Bennett nicht lange um weitere Hilfe bitten. Der Stadtforscher zeigte sich begeistert. Er suchte alles Nötige zusammen und breitete es im flackernden Licht der Öllampe auf dem Tisch aus. Auf einem Stadtplan von Centralia aus der Zeit, bevor das Feuer ausgebrochen war, zeichnete er akribisch den von Mr Rea im Jahr 1854 geplanten Straßenverlauf ein.

Das perfekte Pentagramm durchschnitt die Gegend. Die Enden des Sterns lagen nur teilweise im ehemaligen Stadtgebiet, das nun einer eingeebneten Einöde glich.

»Es hätte wirklich faszinierend ausgesehen«, kommentierte Peter. »Nur wäre es wohl keinem Stadtbewohner aufgefallen. Nur aus der Luft, mit großem Abstand, hätte man diesen gigantischen Drudenfuß in seiner Gesamtheit erkennen können.«

»Für Mr Rea zählten andere Dinge«, gab sich Justus überzeugt. »Für ihn hätten die Straßen aufgrund ihrer magischen Form einen Schutz vor unsichtbaren bösen Mächten gebildet. Aber für uns spielt das natürlich keine Rolle.«

»Natürlich«, wiederholte Peter. »Ist ja auch nur eine mystische Spinnerei. Eine verrückte Idee, wie Mr Bennett gesagt hat.«

Die drei Jungen verfolgten gebannt, wie Logan Bennett im inneren Fünfeck des Pentagramms von den Ecken aus Striche zum Mittelpunkt der gegenüberliegenden Linie zog.

Bei der dritten Linie meinte Justus ungeduldig: »Schon gut – zwei hätten ja genügt. Sie treffen sich ja alle in diesem Punkt! Wir müssen jetzt los!«
Der Stadtplan wies ganz klar aus, was sich dort befand.
»Ein alter Eingang in das Bergwerk«, sagte der Zweite Detektiv tonlos. »Soll das etwa heißen …«
»Genau das, Kollege«, meinte Justus. »Dort liegt jetzt das wahre Zentrum der Stadt. Was immer wir suchen, es befindet sich *unter* der Oberfläche.«
»Im brennenden Bergwerk?« Peters Stimme klang unnatürlich hoch. »Wir können doch da nicht runter!«
»Ganz im Gegenteil. Wir können nicht nur … wir müssen! Und wir werden.«
Bob schüttelte den Kopf. »Just, wenn dort unten irgendetwas versteckt war, ist es schon vor Jahrzehnten verbrannt!«
»Das muss nicht sein«, warf Logan Bennett ein. »Es gibt Bereiche, in die das Feuer noch nicht vorgedrungen ist. Vergesst nicht, dass es wohl noch hundertfünfzig Jahre lang weiterbrennen wird. Es gibt also noch einiges, was es verschlingen kann. Aber ich würde euch trotzdem davon abraten, in die Tiefe zu steigen. Es ist viel zu gefährlich.«
»Da hörst du's«, sagte Peter.
Justus winkte ab. »Wir werden schon aufpassen. Mr Bennett, sagen Sie uns nur eins: Ist es möglich?«
Der Stadtforscher seufzte. Sein Zeigefinger glitt auf dem Stadtplan auf und ab. »Dieser Einstieg liegt in einem Gebiet, wo es vor etwa dreißig Jahren brannte. Ich erinnere mich noch gut an diese Zeit. Damals versuchte die Regierung noch, den Brand zu löschen. Inzwischen dürfte es in dieser Gegend al-

lenfalls noch kleine Restflammen geben. Mit der entsprechenden Ausrüstung kann man sich durchaus dort aufhalten.«

»Was für Ausrüstung?«, bohrte der Anführer der drei ??? nach.

»Die Luft ist entsetzlich schlecht. Auf jeden Fall benötigt ihr Atemschutzmasken. Außerdem natürlich Helme. Das ist das Mindeste. Ein Spaziergang wird das trotzdem nicht. Also, wenn ihr mich fragt, solltet ihr das Fachleuten überlassen.«

»Die drei ??? tun stets, was nötig ist!« Justus verschränkte die Arme vor der Brust. »Wenn wir uns nicht beeilen, werden andere schneller sein als wir.« Wen er damit meinte, musste er nicht sagen – Mrs Dearing und den grobschlächtigen Kerl, der sich selbst Conrad genannt hatte.

Mr Bennett stand ruckartig auf. Die Stuhlbeine schrammten über den Boden. »Ich habe alte Atemschutzmasken hier, als Teil meiner Sammlung von Objekten aus der Stadtgeschichte. Sie liegen im Obergeschoss. Ich schaue nach, ob sie noch funktionieren. Ihr wartet hier. Macht keine Dummheiten, bis ich wieder hier bin.« Er zündete eine Kerze an, steckte sie in einen Halter und verließ den Raum.

Kaum hatte er die Tür hinter sich geschlossen, fragte Bob: »Ist euch klar, dass wir uns in einer Sache gründlich geirrt haben? Wir haben geglaubt, einen Teil der Botschaft sofort verstanden zu haben. Eigentlich hat Adam Reynolds aber klar auf die brennende Unterwelt der Stadt hingewiesen. Wie schreibt er genau? *Wenn du wissen willst, was damals in der Finsternis geschah.* Versteht ihr? *In der Finsternis!* Damit meint er die Dunkelheit in den unterirdischen Gängen. Und wir Idioten glaubten, er würde auf die Nacht seiner Verhaftung anspielen.«

»Du hast recht, Kollege«, gab Justus zu, der alles andere lieber tat, als Fehler einzugestehen. »Und genau dieses Rätsel lösen wir jetzt. Wir werden die Ersten sein, die herausfinden, was damals in der Finsternis vorgefallen ist.«

Die drei ??? tauschten entschlossene Blicke. Auch Peter ließ sich nicht anmerken, dass ihm schon bei der Vorstellung, durch die dunklen, verlassenen Stollen zu streifen, ein eiskalter Schauer über den Rücken lief.

Wenig später kehrte Logan Bennett mit drei Atemschutzmasken zurück. Die Jungen nahmen sie dankend entgegen und verstauten sie in ihren Rucksäcken.

Sie nahmen dem Stadtforscher das Versprechen ab, weder Mrs Dearing noch dem grobschlächtigen Conrad etwas von ihrer Entdeckung zu sagen, falls diese sich erneut bei ihm melden sollten. Er sagte es zu und wünschte ihnen viel Erfolg – nicht ohne sie ein weiteres Mal zu ermahnen, vorsichtig zu sein.

Die drei ??? verließen das Haus und machten sich mit dem Stadtplan in der Hand auf den Weg. Noch einmal ging es quer durch das nächtliche Centralia. Inzwischen war es fast Mitternacht geworden, aber keiner der drei fühlte auch nur die geringste Müdigkeit.

Bis zum nächsten Tag zu warten kam für sie nicht infrage. Im Hotelzimmer hätte ohnehin niemand auch nur ein Auge zugetan. Außerdem hätte Samuel Reynolds sie wohl davon abgehalten, auf eigene Faust in die Tiefe hinabzusteigen.

Justus nahm seinen Rucksack ab, holte das vorletzte Sandwich heraus und biss herzhaft hinein. »Wer weiß, wann wir wieder zu einer Mahlzeit kommen. Dort unten können wir die Masken sicher nicht abnehmen.«

»Wie kannst du in einer solchen Situation nur ans Essen denken?«, fragte Peter.
Justus zuckte kauend mit den Schultern. »Was muss, das muss«, murmelte er mit vollen Backen.
Bob leuchtete mit der Taschenlampe auf den Stadtplan und versuchte, die Orientierung nicht zu verlieren. Straßenschilder gab es praktisch keine mehr, selbst die kleineren Nebenstraßen waren unter dem teils dichten Bewuchs von Unkraut und Büschen kaum noch zu erahnen.
Dennoch fanden sie sich zurecht und standen wenig später vor einem niedergerissenen Zaun, hinter dem sich die Ruine eines ehemaligen Bergwerksgebäudes erstreckte. Knapp die Hälfte der etwa acht Meter hohen und mindestens dreißig Meter langen Halle war eingestürzt. Stahlstützen ragten aus Schuttbergen.
Unter diesem Gebäudeteil war die Erde großflächig weggesackt, die Stollen offensichtlich zusammengebrochen. Die drei ??? konnten nur hoffen, dass es im anderen Gebäudeteil besser aussah und der Einstieg überhaupt noch zugänglich war. Sonst war ihre Mission von vornherein zum Scheitern verurteilt.
Sie kletterten über den am Boden liegenden Metallzaun, aus dem einzelne Verstrebungen als Stolperfallen in die Höhe ragten. Justus spazierte schnurstracks auf das Gebäude zu, entdeckte eine Tür und fand sie unverschlossen. Sie klemmte allerdings, sodass es einige Mühe kostete, sie aufzuziehen. Es knarrte und quietschte, bis die Tür mit einem knackenden Geräusch endlich aufschwang.
Im Inneren der Halle lag Schutt auf dem gefliesten Boden.

Neben der Tür hing in einem verschmutzten Schaukasten ein vergilbter Plan. Er zeigte wie auf einer Landkarte das unterirdische Netz aus Stollen und Querverbindungen. Die verwendeten Symbole wurden am Rand in einer Leiste erklärt.
»Ein Plan des Bergwerks«, sagte Justus zufrieden. »Genau das hatte ich zu finden gehofft.« Einige rote Markierungen zeigten die Stollen an, die sich damals im Bau befanden, als das Feuer für ein abruptes Ende der Kohleförderung unter Tage sorgte.
Peter leuchtete in den weiten Raum. Als er den Strahl seiner Taschenlampe an die Decke wandern ließ, stieß er einen entsetzten Schrei aus: »Jus… tus – da oben! Da hängen Menschen!«
Justus lachte. »Peter, entspann dich, das sind nur Kleider. Wir müssen hier in der Schwarzkaue sein. Die Kauen sind eine Innovation aus dem seinerzeit führenden deutschen Bergwerkswesen, die auch in den Vereinigten Staa…«
»Justus, sag uns einfach, warum da Kleider an der Decke hängen«, drängte Peter. Er hatte sich vom Schreck noch nicht so ganz erholt.
»Die Bergleute haben hier nach der Schicht ihre dreckigen Grubenanzüge ausgezogen, an eine Art stummen Diener gehängt und an einer Kette unter die Decke gezogen. So war die schmutzige Kleidung aus dem Weg und konnte lüften. Wenn wir Glück haben, finden wir so noch Schutzkleidung für uns. Aber sehen wir uns doch erst mal weiter um.«
Im hinteren Teil des Raumes entdeckte Peter eine etwa zwei mal zwei Meter breite Falltür, die von einem hüfthohen, einfachen Geländer umgeben war.
»Volltreffer«, sagte Bob zufrieden. »Von hier aus geht es weiter

in die Tiefe, in das Stollensystem des Bergwerks.« Er zog die Falltür nach oben. Sie quietschte erbärmlich. Er schnupperte vorsichtig, als erwartete er schon den Gestank von Rauch und glühende Hitze, die ihm entgegenschlug.

»Ein Zugang direkt hier in der Kaue? Zweifellos handelt es sich um einen Nebeneinstieg«, meinte Justus. »Die eigentlichen Eingänge waren sicher größer. Meistens konnte man sie mit einem Grubenaufzug befahren. Gut, dass wir gleich auf diesen Eingang gestoßen sind, denn den Aufzug hätten wir ohne Strom garantiert nicht zum Laufen gebracht.«

Die drei ??? ließen für jeden einen Grubenanzug von der Decke und schlüpften hinein. Der Stoff fühlte sich rau an. Sie setzten Mr Bennetts Atemschutzmasken und die Helme auf, die zusammen mit dem Anzug am Haken gehangen hatten. Die drei Detektive kamen sich seltsam kostümiert vor, aber ohne dieses Minimum an Schutzmaßnahmen hätte sich sogar Justus in seiner manchmal tollkühnen Art nicht in die Tiefe gewagt.

Die Lampen für die Helme fanden die drei Detektive zwar noch in einem Regal, aber in all den Jahrzehnten hatten sich die Akkus natürlich entladen. Was die Beleuchtung anging, mussten sie sich also auf ihre Taschenlampen verlassen. Einige Ersatzbatterien trugen sie in ihren Rucksäcken bei sich.

Bob beugte sich über den Einstiegsschacht. »Das darf doch nicht wahr sein! Das ist alles?« Seine Stimme klang unter der Atemschutzmaske dumpf.

Aus dem Gestein ragten metallene Stützgriffe, die als Sprossen dienen mussten. Sie waren gerade breit genug, einen Fuß darauf abzustellen, und lagen mindestens fünfzig Zentimeter auseinander.

»Mehr Komfort wird es wohl nicht geben«, meinte Peter. »Ein wenig Geschick beim Abstieg werden wir schon brauchen. Seid froh, dass hier keine morsche Holzleiter steht, die seit einer Ewigkeit vor sich hin fault. Sonst wäre jeder Schritt ein Himmelfahrtskommando.«
»Du hast gut reden«, sagte Justus, »so als durchtrainierter Supersportler.«
Peter grinste. »Mir gefällt es trotzdem überhaupt nicht, in diese brennende Unterwelt hinabzusteigen.«
»Direkt unter uns brennt es seit dreißig Jahren nicht mehr, hat Mr Bennett gesagt.«
»Beruhigt dich das, Just?«
»Nein«, musste der Erste Detektiv zugeben. »Aber wir gehen trotzdem.«
Als der Sportlichste der drei ??? stieg Peter voran. Die Griffe waren glatt und rutschig. An den Händen spürte er, wie kalt das Metall war.
Die Taschenlampe steckte in einer Tasche der Schutzjacke, der Lichtstrahl zuckte über das Gestein. Ein Schauer lief über den Rücken des Zweiten Detektivs. Wenn er nach unten schaute, gab es dort nichts als Dunkelheit.
Jeden Schritt setzte er äußerst vorsichtig und prüfte den Halt der in die Wand geschlagenen Metallsprossen, ehe er sie mit seinem Gewicht belastete. So ging es immer weiter hinab. Als seine Füße auf einem Absatz im Gestein einen festen Stand ertasteten, nestelte er mit der linken Hand die Lampe aus der Tasche und leuchtete an seinen Füßen vorbei nach unten. Der Lichtschein verlor sich in konturloser Schwärze.
Peter informierte seine Kollegen und hangelte sich tiefer. Eine

gefühlte Ewigkeit später kam er auf festem Grund an. Erleichtert richtete er die Taschenlampe in die Höhe und sah Justus, der noch mindestens fünf Meter über ihm mühsam Sprosse um Sprosse nahm. Noch ein Stück höher konnte er Bob erahnen. Trotz der wärmenden und robusten Jacke fror Peter innerlich, obwohl es in dieser Tiefe eigentlich nicht sonderlich kalt war. Hinter der Maske schmeckte die Atemluft schal und abgestanden. Er leuchtete rundum. Er stand in einer kleinen Kaverne. Feuchtigkeit glänzte im Strahl der Taschenlampe an den unebenen Wänden. In drei Richtungen zweigten Gänge ab. Dieser Einstieg stellte offenbar einen Knotenpunkt im Netz der Bergwerksstollen dar.

Als Justus ebenfalls den Boden erreichte, zog er den Plan hervor, den er oben aus dem Schaukasten genommen und eingesteckt hatte. Der Erste Detektiv zeigte nach rechts. »Dieser Stollen führt in den Teil der Stadt, in dem wir besonders viele Spalten und Löcher im Boden gesehen haben. Die Gefahr ist groß, dass dort durch die Brände alles in sich zusammengesackt ist. Da wir ohnehin nicht wissen, wo genau wir suchen sollen, empfehle ich, die andere Richtung einzuschlagen.«

Bob nickte. »Klingt gut.«

»Gut?« Peter räusperte sich. »Bin ich denn der Einzige, der sich fragt, ob wir uns verirren und nie wieder aus diesen Gängen herausfinden? Mr Bennett hatte recht, wir hätten das den Profis überlassen sollen.«

»Zweiter!«, rügte Justus. »Wir *sind* Profis. Und wir haben schon immer getan, was nötig war, um unsere Fälle zu lösen. Lassen wir uns etwa von Grüften, Unfällen oder Spukgeschichten aufhalten? Also los jetzt!«

»Wo du gerade die Spukgeschichten erwähnst, Just. Mir gehen die Elfen aus Adam Reynolds' Botschaft nicht aus dem Kopf. Was, wenn …«

»Wenn diese Sagengestalten uns auflauern und uns trennen?«, beendete der Anführer der drei ??? den Satz. »Peter, jetzt denk doch mal nach, ehe du dich von der Dunkelheit hier unten ins Bockshorn jagen lässt!«

»Elfen sind alles andere als wütende Monster«, erklärte Bob. »Keine besonders gruseligen Gestalten. Ganz im Gegenteil, sie gelten im Allgemeinen als positive, mythische Helfer-Wesen. Also los jetzt!«

Die drei ??? machten sich auf den Weg durch die nachtschwarze Unterwelt.

Kohle, Feuer, Rauch und Tod

Justus, Peter und Bob stolperten durch die Dunkelheit. An einigen Stellen mussten sie mit gesenktem Kopf laufen. Einmal fiel Bob ein Wassertropfen genau auf die Hand, mit der er die Taschenlampe hielt. Er zuckte vor Schreck zusammen.
Die Strahlen ihrer Taschenlampen strichen über nackte Felswände und Stahlträger, die nicht sonderlich vertrauenserweckend wirkten. Sie waren verbogen, wohl von der Hitze des Feuers, das dort lange gewütet hatte.
Jeder Schritt wirbelte Wolken aus uralter Asche auf. »Wenn hier irgendetwas war«, sagte Bob, »ist davon garantiert nichts mehr übrig. So leid es mir tut, aber das bringt nichts.«
Im nächsten Moment pfiff Justus durch die Zähne. »Seht euch das an, Kollegen!«
»Hast du etwas entdeckt?«
»Und ob.« Der Erste Detektiv ging in die Knie, streckte die Hand aus und deutete auf einen bleichen Knochen.
Peter, der direkt hinter ihm ging, stieß einen angeekelten Laut aus. »Das würde ich jetzt nicht gerade einen besonders tollen Fund nennen. Ist das ein … verbrannter Bergarbeiter?«
»Ich glaube nicht.« Der Erste Detektiv hob den Knochen in aller Seelenruhe auf. »Sieht mir eher aus wie der Rippenknochen eines kleinen Wildtieres. Weiß der Himmel, wie das hier unter Tage gekommen ist. Vergesst nicht, dass im Laufe der Zeit allerhand Tiere in Centralia gesichtet wurden.«

Peter leuchtete seinem Freund ins Gesicht. »Toll. Können wir jetzt weiterlaufen?«
»Du machst einen Fehler, Kollege!« Justus blinzelte und hob die Hand, um seine Augen zu beschatten. »Je mehr wir über diese Gänge wissen, umso besser. Möglicherweise gibt es hier immer noch Tiere. Diese Information könnte später nützlich werden.«
»Womöglich war das auch nur die Beute irgendeines Raubtiers, das hier unten haust«, sagte Bob. »Vielleicht wartet es nur darauf, uns zum Nachtisch zu verspeisen. Freunde, das gefällt mir überhaupt nicht.«
Peter quetschte sich am Ersten Detektiv vorbei. »Kann doch sein, dass auch die Gerüchte über die Elfen stimmen.«
»Wie oft sollen wir es dir noch sagen?« Justus verdrehte die Augen. »Elfen sind keine Gruselgeschöpfe, die Leute oder Tiere fressen und Knochen hinterlassen! Wenn es diese mythischen Geschöpfe hier unten gäbe, würden sie uns eher helfen. Aber sie entstammen nur dem Reich der Fantasie.«
Peter blieb stehen, drehte sich um und seufzte, weil sich Justus immer noch rund um den Knochen zu schaffen machte. »Aber irgendetwas muss es damit auf sich haben, sonst hätte Adam Reynolds sie nicht in seiner Botschaft erwähnt.«
»Da hat er recht«, stimmte Bob zu.
Justus schob hinter dem Fundort der makabren Hinterlassenschaft einen Stein zur Seite und legte einen kleinen Hohlraum frei. Er leuchtete hinein. Der Rest des Skeletts glänzte fahl im ersten Licht, das seit vielen Jahren darauffiel. In der Tat handelte es sich um ein Tier, etwa von der Größe eines Marders. Das Maul war aufgerissen und aus den gähnenden Augen-

höhlen schien das Tier sie direkt anzuschauen. »Suchen wir anderswo«, schlug der Anführer der drei ??? vor. »Hier werden wir nichts Wichtiges mehr finden.«

Sie wichen den Pfützen auf dem Boden des Stollens aus, wo immer sie konnten. Aber an einer engen Stelle blieb ihnen nichts anderes übrig, als durch das Wasser zu stiefeln. Bald fiel ihnen auf, dass Boden, Wände und Decke von Meter zu Meter stärker verrußt waren.

Bob studierte den Plan. »Wenn ich unsere Position mit der letzten Abzweigung vergleiche, sind wir bereits ganz schön weit gekommen. Überhaupt ist das Gebiet der Stollen insgesamt riesig und verschachtelt wie ein Labyrinth. Wir müssen nachdenken! Per Zufall werden wir auf nichts stoßen.«

»Schauen wir uns noch einmal die Botschaft an, die Adam Reynolds seinem Bruder hinterlassen hat.« Justus zog einen zerknitterten Zettel aus seiner Hosentasche und las die Sätze ein weiteres Mal vor: *»Wenn dich wirklich interessiert, was damals in der Finsternis geschehen ist, kleiner Bruder, dann sieh im wahren Zentrum der Zentrumsstadt nach. Die Elfen sind die Wahrheit. Ach, würde es nur nicht brennen! Es hat so viel Zeit gekostet: Dreizehn Jahre, vierzehn Monate und fünfzehn Wochen.«*

»Das meiste davon haben wir inzwischen geklärt«, kommentierte Peter. »Die Zeitangabe bezieht sich auf die Zeit von Adam Reynolds' Gefangenschaft. Das Zentrum der Zentrumsstadt haben wir gefunden und wir wissen, dass sich Adam in der Nacht, als er gefangen genommen wurde, hier aufhielt. In Centralia. Der Hinweis auf den Brand und die Finsternis legt nahe, dass er die unterirdischen Stollen besucht hat, ehe man ihn verhaftete.«

»Und er hat hier etwas versteckt«, ergänzte Bob. »Wahrscheinlich seine Beute. In der Finsternis, wie er es nennt. Passende Bezeichnung, wenn ihr mich fragt. Unbestimmt und doch absolut zutreffend.«

Justus faltete den Zettel wieder zusammen. »Bleibt nur noch eins. Nämlich die Sache mit den Elfen. Das muss uns den entscheidenden Hinweis liefern, wo wir zu suchen haben! Denn Adam wollte, dass sein Bruder fündig werden kann. Deshalb hat er ihm diesen Brief hinterlassen. Er wollte aber auch, dass er sich Mühe geben und seinen Verstand anstrengen muss. Also müssen wir genau das tun! Elfen … Elfen … Wo könnten hier unten Elfen existieren und in welcher Form? Statuen? Steinfiguren? Zeichnungen? Verflixt, was hat Adam Reynolds damit gemeint?«

Ja, was haben sagenhafte Wesen – mögen sie nun freundlich gesinnt sein oder nicht – mit einem Kohlebergwerk zu tun? Wusste der Verfasser der Rätselbotschaft, die die drei ??? erst quer durch Amerika und dann unter die Erde geführt hat, am Ende nicht mehr, was er schrieb?

Oder, auch das muss leider in Betracht gezogen werden, wollte er seinen zeitlebens verhassten Bruder nur in die Irre führen? Womöglich hat er sich ins Fäustchen gelacht, als er seinem Bruder den Brief schrieb. Führt dieser Fall unsere drei Detektive also tatsächlich nur in die Dunkelheit? Oder warten einige Elfen schon darauf, Licht in ebendiese Finsternis zu bringen?

Bobs Taschenlampe erlosch. »Hoffentlich nur die Batterie.« Die Stimme des Dritten Detektivs klang gepresst. Er nahm seinen Rucksack ab. »Leuchtet mir mal.« Er beförderte zwei Batterien zutage und wechselte sie aus. Erleichtert atmete er aus, als danach die Lampe wieder hell strahlte.

»Lasst uns nachdenken«, bat Justus. »Adam Reynolds geht davon aus, dass das, was er hier unten versteckt hat, noch immer hier ist. Sonst hätte er den Brief an seinen Bruder nicht geschrieben.«

Peter grinste. »Seltsame Vorstellung, dass seit Jahrzehnten keiner mehr in diesen Gängen war, findet ihr nicht auch? Dieses Bergwerk ist wirklich perfekt, um etwas für lange Zeit zu verstecken. Außer wenn das Feuer sich ausbreitet.«

»Das ist der springende Punkt!«, rief Justus. »Genau damit muss Adam gerechnet haben. Dennoch glaubte er, dass die Flammen es nicht zerstört haben. Was schließen wir daraus?«

»Hoffentlich nicht, dass wir wegen des Briefes von einem Mann, der sich einen schlechten Scherz erlaubt hat, in die Dunkelheit hinabgestiegen sind.«

»Nein! Sondern dass es ein Versteck geben könnte, dem auch das Feuer nichts anhaben kann!«

»Und wo sollte das …« Bob unterbrach sich selbst. »Ein Feuerschutzraum? Gibt es so etwas hier unten?«

Justus zog den Lageplan erneut heraus. »Ich muss gestehen, dass ich wenig über die Sicherheitsvorschriften in einem Kohlebergwerk weiß. Aber ich halte es durchaus für möglich, dass …« Er stockte mitten im Wort. Sein Zeigefinger fuhr die Legende entlang, die die verschiedenen Symbole auf der Karte erklärte. »Schaut euch das an!«

Peter und Bob versuchten zu erkennen, was ihren Freund so sehr begeisterte, doch die Fingerkuppe bedeckte es.

»Heureka!«, rief Justus.

»Heureka?«, wiederholte Bob skeptisch.

»Das ist ein berühmtes Wort eines alten Philosophen aus Griechenland. Man benutzt es heute als freudigen Ausruf nach der Lösung einer schweren geistigen Aufgabe. Es bedeutet …«

»Ich weiß, Just. ›Ich habe es gefunden.‹ Aber das hast du ja noch nie gesagt!«

»Ich war auch noch nie unter Tage und habe auf einem alten Lageplan herausgefunden, wie etwas einen Brand überstehen kann, der schon eine halbe Ewigkeit dauert.«

Peter verdrehte die Augen. »Das ist natürlich ein schlagendes Argument. Also … was hast du entdeckt?«

»Eine feuerfeste Rettungskammer!«

Anhand des Plans machten sich die drei ??? auf den Weg durch Kammern und Stollen. Die Orientierung fiel ihnen nicht leicht, aber es gab immer wieder Hinweise, die sie weiterführten.

Als sie schätzungsweise noch fünfzig Meter – oder zwei Querstollen – von der Rettungskammer entfernt waren, blieb Peter stehen. »Da vorn. Das gefällt mir gar nicht.« Er wies mit der Taschenlampe in die entsprechende Richtung. Vereinzelte Rauchschwaden trieben im Licht.

»Kein gutes Zeichen«, gab Justus zu. »Wir scheinen uns einem brennenden Gebiet zu nähern.«

»Macht kurz die Lampen aus«, forderte Bob. Seine Freunde verstanden sofort, worauf er hinauswollte. Einen Atemzug später standen die drei Detektive in absoluter Dunkelheit, wie

man sie auf der Erdoberfläche so gut wie nie erlebte. Meistens leuchtete ein einsames Licht in der Ferne, diffuse Helligkeit vom Mond oder wenigstens der Sterne am Firmament.
In den alten, seit Jahrzehnten verlassenen Stollen gab es all das nicht. Und doch blieb die Schwärze unter Tage nicht lange absolut. Ohne das störende Kunstlicht der Taschenlampen gewöhnten sich die Augen rasch an die Dunkelheit. So schälte sich in unbestimmbarer Entfernung, hinter den Rauchschwaden, ein düsteres rotes Flackern aus dem Nichts.
Peter schaltete als Erster seine Lampe wieder ein. »Das ist ein Brandherd. Und natürlich liegt er genau in unserer Richtung.«
Justus hielt den Lageplan ins Licht. »Wie es aussieht, können wir ihn mit ein wenig Glück umgehen. Falls er sich nicht allzu weit erstreckt.«
»Das werden die Elfen schon verhindern«, scherzte Bob.
Peter fand das gar nicht komisch und lachte gekünstelt. Bei dem Gedanken an das Feuer fiel es ihm schwer, unter der Maske weiterzuatmen. Dennoch folgte er seinen Freunden, als sich diese wieder in Bewegung setzten.
Das Glühen gewann an Intensität, die Rauchschwaden nahmen an Dichte zu. Außerdem stieg die Temperatur, bis die Hitze unangenehm auf den unbedeckten Händen und im Gesicht an den Rändern der Atemschutzmasken brannte.
Justus berührte vorsichtig die Steinwand, in der rote und grüne Adern verliefen. »Fühlt mal! Das Gestein ist warm.«
»Ich finde das gar nicht so faszinierend wie du«, versicherte Bob. »Vielleicht ist die Wand nur dünn und dahinter brennt es. Ein Hohlraum, eine Kohleader, was weiß ich.«

Der Gang knickte ab und verzweigte sich. Peter schaute in beide Richtungen. Rechts brannte es, keine zwanzig Meter entfernt.
Und links starrte er völlig verblüfft auf die Gestalt der Diebin Amanda Dearing!

Katastrophe in der Dunkelheit

Eine Sekunde lang blieb Peter wie versteinert stehen. Amanda Dearing hielt eine Waffe in der Hand. Immerhin richtete sie sie nicht auf ihn, war aber wohl genauso verblüfft wie er, hier unten auf jemanden zu treffen.

Der Zweite Detektiv warf sich herum, rannte die wenigen Schritte bis zu seinen Freunden. »Weg hier! Die Dearing ist da und sie hat eine Waffe!«

»Halt!«, gellte der Schrei der Diebin durch den Gang.

Die drei ??? scherten sich nicht darum, sondern liefen zurück, so schnell es in dem engen Stollen möglich war. Gehetzt warf Peter einen Blick über die Schulter. Mrs Dearing verfolgte sie.

Die drei Detektive versuchten, ihr zu entkommen und sich in einem der Seitenstollen in der Dunkelheit zu verstecken. Wäre sie nicht bewaffnet gewesen, hätten sie schnell den Spieß umdrehen und ihre Verfolgerin angreifen können. Gegen eine bewaffnete Gegnerin allerdings waren sie machtlos.

Sie nahmen eine Abzweigung, eine zweite, gewannen etwas Abstand zu der Frau. Nun zahlte sich aus, dass sie sich in dem hinter ihnen liegenden Teil des unterirdischen Labyrinths ein wenig auskannten. Schließlich drückten sie sich in eine Nische und schalteten ihre Taschenlampen ab.

Mit dem Rücken lehnten sie sich an den Fels. Der Grubenanzug hatte ihnen bislang guten Schutz geboten, doch jetzt spürten sie, wie Feuchtigkeit hindurchdrang. Oder war es nur die Kälte des Gesteins?

Die drei ??? atmeten schwer unter ihren Masken. In der völligen Dunkelheit und Stille kam es ihnen überlaut vor, sie glaubten, sich allein durch das rasende Klopfen ihres Herzens verraten zu können.

Sie lauschten, hörten die Geräusche ihrer Verfolgerin. Offenbar versuchte sie, sich möglichst leise vorwärtszubewegen. Wegen der seltsamen Akustik unter Tage konnten die Jungen nicht einschätzen, wie weit Mrs Dearing noch entfernt war. Alles hallte dutzendfach wider, der Schall schob sich eigenartig verzerrt durch die langen Stollen.

Da es jedoch völlig dunkel blieb, lag der Verdacht nahe, dass Amanda Dearing mindestens hinter der nächsten Abzweigung nach ihnen suchte. Der Schein ihrer Lampe hätte sonst auffallen müssen. Oder hatte sie diese ebenfalls ausgeschaltet und wartete darauf, dass sich die drei ??? verrieten?

»Was jetzt?«, wisperte Justus.

»Sie hat eine Pistole«, flüsterte der Zweite Detektiv ebenso leise zurück. »Wenn sie damit hier unten zu schießen anfängt – wer weiß, was dann passiert! Du hast doch vorhin die ›Stützen‹ gesehen.«

Bob ächzte. »Wir können aber auch nicht ewig hier in der Dunkelheit stehen und uns verstecken.«

»Vor allem«, ergänzte der Erste Detektiv, »müssen wir sicher sein, dass sie uns nicht verfolgt, wenn wir zum Schutzraum gehen. Wir dürfen ihr nicht ungewollt den Weg dorthin zeigen.«

»Wie kommt sie überhaupt hier runter? Woher weiß sie Bescheid?«

»Vielleicht ist sie uns gefolgt«, vermutete Justus. »Oder hat selbst die Lösung gefunden. Wir können nur hoffen, dass wir sie jetzt abgehängt haben. Wir müssen einen Weg zu diesem Feuerschutzbunker finden. Am Brand vorbei und ohne dass Mrs Dearing uns entdeckt.«

Sie warteten noch einige Zeit in der Dunkelheit ab. Es kam ihnen wie Stunden vor. Schließlich schaltete Bob seine Taschenlampe an, dämpfte den Strahl aber mit seiner Hand.

Sie versuchten auf dem Plan ihre aktuelle Position zu bestimmen, was einige Zeit dauerte – bei der Flucht hatten sie nicht genau darauf geachtet, welchen Weg sie genommen hatten.

Bald fanden sie sich jedoch zurecht und machten sich auf den Weg. Er führte durch etliche Stollen. Auf Mrs Dearing trafen sie zum Glück nicht mehr. Sie achteten aber so genau wie nur möglich auf ihre Umgebung, linsten in abzweigende Gänge, schauten immer wieder hinter sich. Dank des Lageplans kamen sie ihrem Ziel rasch näher.

Der Schutzraum erwies sich als ein extrem stabil aussehender Metallcontainer, der in einer genau passenden, eigens ausgehöhlten Nische stand. Sie war an einer Kreuzung zweier breiterer Tunnel am Rand einer kleinen, etwa fünf mal fünf Meter messenden Höhle in den Fels geschlagen worden. Die Außenwände des Containers waren schwarz und verkohlt.

Eigentlich diente ein Schutzraum wie dieser als Zufluchtsstätte im Fall eines Grubenunglücks. Wenn etwa Gänge einstürzten, bot der Metallcontainer eine zumindest halbwegs sichere Rückzugsmöglichkeit. Für Brände, die wochen- oder gar monatelang in direkter Nähe loderten, war er aber selbstverständlich nicht ausgelegt.

Justus klopfte mit dem Zeigefingerknöchel gegen die Wand neben der Eingangstür. Es klang hohl. Die Berührung hinterließ ein verschmiertes Loch in der allgegenwärtigen Rußschicht. »Offenbar hat das Feuer genau hier einige Zeit lang gebrannt und den Container schwer in Mitleidenschaft gezogen.«

»Dann werden wir sehen, ob das Innere des Schutzraums heil geblieben ist.« Peter fasste nach dem Drehgriff, um den Einstieg zu öffnen. »Besonders vertrauenserweckend sieht das Ding ja nicht gerade aus.«

Die Luft in diesem Bereich des Bergwerks war merklich heißer. Als die drei ??? an dem Container vorbei in den Stollen blickten, sahen sie es dort unheilvoll glimmen. Der schwache Lichtschein war fast völlig hinter Rauchschwaden verborgen. Ohne Schutzmasken wäre es wohl unmöglich gewesen, so nahe an einem der Kohlebrände zu atmen. Aber sie merkten auch so, dass die ohnehin muffige Luft viel schlechter wurde. Oder bildeten sie sich das nur ein?

Peter versuchte den Griff zu drehen, doch er ließ sich keinen Millimeter bewegen. Der Zweite Detektiv rüttelte daran. Ruß und Asche rieselten hinab. Metall quietschte und knarrte. Plötzlich ruckte die Tür knarrend einige Zentimeter nach innen, ehe sie sich verhakte.

»Offenbar hat sich alles wegen der extremen Hitze über die lange Zeit des Brandes verzogen oder verformt.« Justus versuchte mit seiner Taschenlampe ins Innere des Überlebenscontainers zu leuchten. Durch den Spalt hinter der handbreiten Außenwand konnte er jedoch nichts erkennen.

Peter drückte noch einmal gegen die Tür, doch erst als Bob

ihm half, knackte es laut und die Tür schwang endgültig nach innen. Das geschah so abrupt, dass die beiden Detektive vorwärtstaumelten und Bob völlig den Halt verlor. Er ruderte mit den Armen und landete auf dem Hosenboden.

»Gut gemacht«, sagte Justus beiläufig, ohne sich umzudrehen. Er leuchtete in den Container. Dort sah es erstaunlich sauber aus. Keine Spur von Feuer oder Asche. Zwischen den Regalen an den Wänden bildete ein kleiner Tisch das einzige Möbelstück, abgesehen von zusammengeklappten Stühlen am anderen Ende des mindestens fünf Meter tiefen Raumes.

»Ja, gut gemacht!«, ertönte plötzlich eine raue, aggressive Stimme hinter den Jungen.

Justus wirbelte herum, auch Bob kam wieder auf die Füße.

»Conrad!«, rief Peter fassungslos.

Der grobschlächtige Kerl, der sie im abbruchreifen Hotel ausgetrickst hatte, hielt jetzt eine Pistole in der Hand. Mit der Linken stieß er Amanda Dearing brutal in den Rücken, dass sie auf den Container-Schutzraum und damit auf die drei ??? zutaumelte.

»Ihr werdet jetzt hübsch von hier verschwinden. Alle vier!«, sagte er grob. Conrad hob die Waffe und zielte damit abwechselnd auf einen der Jungen und die Diebin. »Es sei denn, ihr wollt gleich für immer hierbleiben. Bei den Skeletten, die noch immer hier unten verstreut liegen, fallen ein paar mehr gar nicht auf …«

»Rein in den Schutzcontainer!« Der Zweite Detektiv holte mit seiner Taschenlampe aus und schleuderte sie ihrem Gegner entgegen.

Offenbar völlig verblüfft wich er aus und schoss. Die Kugel

krachte irgendwo an die Decke, richtete aber nicht mehr aus als einen kurzen Funkenschlag. Peters ebenso verzweifelte wie kühne Aktion verschaffte ihnen die Sekunden, die sie brauchten.

Niemand verlor einen Augenblick, alle folgten dem Vorschlag des Zweiten Detektivs. Justus stand so nah an der Tür, dass er als Erster in den Container sprang. Bob packte die sichtlich verwirrte Amanda Dearing und zog sie mit sich. Peter sprang nur einen Wimpernschlag später ebenfalls in den Schutzraum und rammte die Tür hinter sich zu.

Drinnen schnappte er nach Luft, während sich der Anführer der drei ??? an dem Schloss zu schaffen machte und es verriegelte. Er rückte den Tisch aus der Mitte des Raumes vor die Tür und verbarrikadierte sie notdürftig.

»Und jetzt?«, fragte Bob.

»Keine Ahnung«, musste Peter gestehen. »Ich hab nicht nachgedacht, was wir tun sollen, wenn wir erst einmal …«

»Du hast uns alle vor diesem Irren gerettet«, unterbrach Mrs Dearing. »Der wäre imstande gewesen, tatsächlich auf uns zu schießen.«

»Das *hat* er«, betonte Justus. »Nur dass er den Schuss völlig verrissen hat, als Peter seine Lampe auf ihn warf. Das war übrigens ganz schön gefährlich, Zweiter.«

»Ich … ich hab nicht nachgedacht«, wiederholte Peter.

Ihr Gegner rüttelte von außen an der Tür. Weil der Container in die Nische eingepasst war, bot der Eingang tatsächlich die einzige Möglichkeit einzudringen. Sie mussten die Tür also um jeden Preis verteidigen.

»Wer ist dieser Kerl?«, fragte Bob.

»Vielleicht sollte ich euch zuerst sagen, wer ich …«
»Sie sind Adam Reynolds' Tochter«, unterbrach Peter ihre Mitgefangene. »Und Sie machen dem schwarzen Schaf der Familie alle Ehre! Dieselbe Verbrecherin wie Ihr Vater! Auch wenn Sie sich mit dem dort draußen offenbar nicht ganz so gut verstehen. Das ist uns schon oben in Centralia aufgefallen.«
»Es tut mir leid«, sagte Amanda Dearing. »Ein Missverständnis! Ich erkläre es euch später. Ich wollte nicht …«
»Raus mit euch, dann lasse ich euch gehen«, brüllte ihr Gegner. »Wenn ihr Dummheiten macht, durchlöchere ich die Containertür! Ich gebe euch fünf Minuten zum Nachdenken, dann könnt ihr euer Testament machen, wenn ihr nicht zur Vernunft kommt!«
Amanda Dearing wurde bleich. Ihre Zunge fuhr über die Lippen, die Finger nestelten in ihrem Haar. »Sein Name ist Conrad Nash. Er ist Privatdetektiv. Ich habe ihn engagiert.«
»Ein Detektiv? Seine Methoden scheinen mir nicht besonders gesetzestreu«, kommentierte Justus auf seine typisch altkluge Art.
Mrs Dearing nickte hastig. »Genau deshalb habe ich mich mit ihm zerstritten, ehe er mir die Waffe abgenommen und mich zu euch gestoßen hat. Wir …«
»Vier Minuten!«, tönte es von draußen, gefolgt von einem Krachen, als Nash offenbar vor Zorn gegen die Außenwand des Containers trat.
»Mrs Dearing, wir haben keine Zeit für Erklärungen! Wir müssen handeln!« Justus sah sich um. Ringsum an den Wänden standen gut gefüllte Metallregale: Überlebensausrüstungen, ab-

gepackte Notfallrationen, Behälter mit Wasser, Sauerstoffflaschen, Decken, Erste-Hilfe-Kästen, Feuerlöscher …

»Was willst du tun?«

»Na, was wohl? Wir brechen aus und zeigen diesem Nash, was eine Harke ist!«

»Junge«, sagte Mrs Dearing ängstlich, »er hat eine Waffe!«

»Na und? Wir auch!« Justus hob einen der Feuerlöscher aus dem Regal. »Sogar jeder von uns, wenn wir wollen!«

»Ein … Feuerlöscher?«, fragte Peter. »Das ist nicht dein Ernst!«

»Oh doch!« Der Anführer der drei ??? testete ihn. Trotz des Alters funktionierte er tadellos. Löschschaum spritzte aus der Düse.

Von draußen war laut und vernehmlich ein »Drei Minuten« zu hören. »Oder wollt ihr lieber da drin verrotten?«

Justus schaute sich im Licht seiner Taschenlampe um. »Wir müssen improvisieren. Folgender Plan. Wir kapitulieren. Wenn Nash Privatdetektiv ist, wird er nicht sofort schießen.« Er knetete seine Unterlippe. »Sie öffnen, Mrs Dearing, gehen als Erste raus und lenken ihn ab. Wir drei bewaffnen uns mit Feuerlöschern und greifen ihn damit an. Das kann nur funktionieren, wenn wir ihn überraschen. Außerdem muss er nahe genug stehen.«

Amanda Dearing straffte ihre Haltung. »Dafür sorge ich.«

»Und wenn wir ihn außer Gefecht gesetzt haben, werden Sie uns einiges erklären müssen!«

»Versprochen.« Sie ging näher an die Tür. »Mr Nash?« Sie sprach gerade so laut, dass er es hören konnte – wenn er nahe genug am Container stand.

»Was ist?«, schnauzte der Privatdetektiv.
Bob und Peter schnappten sich ebenfalls einen Feuerlöscher, während sich Justus anderswo an den Regalen zu schaffen machte.

Justus scheint im Moment die besten Nerven zu besitzen, nachdem Peter vor dem Schutzraum für eine Überraschung gesorgt hat. Es ist eben doch gut, wenn man im Team unterwegs ist und einer den anderen ergänzen kann.
Aber wonach mag der Erste Detektiv in den Regalen suchen? Etwa nach Hinterlassenschaften der geheimnisvollen Elfen, deren Rolle in diesem Fall immer noch nicht geklärt ist? Aber diese mythischen Wesen verkriechen sich wohl kaum in einem Metallcontainer … selbst dann nicht, wenn es sie geben würde … oder doch? Justus jedenfalls hat seinen kühlen Verstand trotz der akuten Gefahr nicht ausgeschaltet.

»Wir sind bereit, uns zu ergeben, wenn Sie uns garantieren, dass Sie uns gehen lassen«, sagte Mrs Dearing durch die nach wie vor geschlossene und verbarrikadierte Tür, so leise, dass ihr Gegner sich nicht weiter entfernen konnte.
»Hab ich euch das nicht schon angeboten?« Conrad Nash lachte gehässig. »Ihr verschwindet und ich kassiere!«
»Uns geht es nur darum, zu überleben!«
»Dann kommt raus!«
»Wir müssen den Tisch wegschieben.« Sie warf den drei ??? einen auffordernden Blick zu.
Justus nickte. Sie standen im toten Winkel bereit, sodass sie von

außen nicht sofort gesehen werden konnten. Amanda Dearing packte das Möbelstück und schob es zur Seite. Sie atmete tief ein – und öffnete.
Die drei ??? hoben die Feuerlöscher. Mrs Dearing trat aus dem Container, Conrad Nash entgegen. Der grinste schmierig. »Dort rüber, los! Und danach diese Mistmaden von lästigen Kindern!«
Justus, Peter und Bob sprangen gleichzeitig ins Freie …
… und drückten zu.
Die drei Feuerlöscher traten in Aktion und sprühten ihren Inhalt mit hohem Druck dem verbrecherischen Privatdetektiv entgegen. Die drei ??? zielten Mr Nash genau ins Gesicht. Blind riss er den Arm hoch und feuerte erneut. Diesmal durchschlug die Kugel die Außenwand des Rettungscontainers.
Während Peter geduckt an ihren Gegner heraneilte, sprühten Justus und Bob weiter. Conrad Nash ruderte mit den Armen, hustete und würgte. Peter trat ihm gegen den Waffenarm, doch Nash ließ sich davon nicht abhalten. Wieder schoss er blindwütig ins Leere und dann noch ein drittes Mal. Der Zweite Detektiv warf sich zu Boden und robbte aus der Gefahrenzone.
Nash wischte sich mit dem Arm über das Gesicht und befreite sich so weitgehend von Löschschaum. Mit eigenen Augen konnte er sehen, welche Katastrophe er ausgelöst hatte.
Die beiden letzten Schüsse hatten etwas Gestein von der Decke gelöst. Im nächsten Moment rieselte Staub in die Tiefe, dann schien mit einem Krachen die ganze Welt unterzugehen. Steine donnerten in die Tiefe – ein Felssturz, der immer schlimmer werden und alles unter sich begraben konnte! Es

rumorte und donnerte, Steine rumpelten und krachten auf den Boden. Mrs Dearing schrie. Auch den drei ??? war klar, was die Stunde geschlagen hatte.

Der Stollen stürzte ein!

Die Elfen sind die Wahrheit

Conrad Nash schrie auf, warf sich herum und rannte zurück in den Stollen.

Ein weiterer Träger gab knirschend nach und schmetterte auf den Boden. Eine Staubwolke folgte, dann das Prasseln kleiner Steine, die zu Boden regneten.

»Wir müssen hier raus!«, rief Peter. »Der ganze …« Seine weiteren Worte gingen im Lärm eines gewaltigen Einsturzes unter. Ein Gesteinsbrocken von mindestens einem Meter Durchmesser krachte in den Gang, den Nash eben noch passiert hatte. Im nächsten Augenblick sackte dort alles in sich zusammen.

Amanda Dearing lehnte mit schockgeweiteten Augen an der Containerwand. Bob packte sie am Arm, zerrte sie mit sich. »Raus hier!« Alles andere zählte nicht mehr.

Zurück in den Schutzraum konnten sie nicht. Selbst wenn sie darin den Einsturz überleben sollten, wären sie danach für immer eingesperrt.

Justus versuchte trotz der Panik, die in ihm hochkroch, einen klaren Kopf zu bewahren. Den Weg, auf dem Nash geflohen war, konnten sie unmöglich nutzen. Die Gegenrichtung führte nur tiefer in das Gewirr der Stollen. »Rechts«, schrie der Erste Detektiv gegen den Lärm des einstürzenden Bergwerks an. »Wir müssen nach rechts!«

Seine beiden Kollegen folgten der Aufforderung sofort. Bob

zog Mrs Dearing mit sich. Dabei fiel die Taschenlampe des Dritten Detektivs zu Boden. Sie blitzte ein letztes Mal auf, dann erlosch sie. Bob ließ sie liegen. Es musste auch ohne sie gehen. Die anderen trugen noch Lampen bei sich.
Hinter den Flüchtenden donnerte weiterhin mit infernalischem Lärm Gestein in die Tiefe. Die Stollen brachen in sich zusammen. Staubwolken peitschten an den drei ??? und ihrer Begleiterin vorüber.
Zu viert rannten sie teils neben-, teils hintereinander – so wie es in den engen Stollen möglich war. Irgendwann verebbte der Lärm. In Justus' Ohren rauschte und dröhnte es immer noch.
»Wie konnte er das nur tun?« Amanda Dearings Stimme klang erstickt. »Nash hat uns eiskalt zurückgelassen! Wir hätten alle sterben können!«
»Wir sind noch nicht außer Gefahr!«, betonte Bob. »Der Einsturz kann sich jederzeit ausweiten. Ganz zu schweigen davon, dass wir irgendwie aus diesem Labyrinth herauskommen müssen. Was, wenn der Weg überall versperrt ist?«
Justus ließ sich von den düsteren Überlegungen nicht beirren. »Wir müssen ruhig bleiben. Ich habe einen Plan der ganzen Stollen! Wir werden einen Weg finden.«
Mrs Dearing starrte ihn mit zitternden Händen an. »Weißt du denn, wo wir sind? Ich habe nicht darauf geachtet, als wir um unser Leben gerannt sind!«
»Ich ebenfalls nicht«, musste Justus zugeben. »Aber mit dem Plan können wir uns orientieren, da bin ich mir ganz sicher.« Er versuchte seiner Stimme einen zuversichtlichen Klang zu verleihen. In einer Situation wie dieser half nur nüchterne

Logik gegen die Angst. Er musste seinen Verstand über die Gefühle stellen, durfte die Nerven nicht verlieren.
Doch das war leichter gesagt als getan.
Der Erste Detektiv breitete den Plan aus. Peter gab ihm Licht. Gemeinsam versuchten sie, ihre Position zu bestimmen. Zunächst waren sie von dem Schutzraum aus rechts abgebogen, also in östlicher Richtung, daran erinnerte sich Justus noch. Er fuhr mit dem Finger den entsprechenden Weg entlang.
»Hört ihr?«, fragte Peter. »Es ist still geworden.«
Mrs Dearing massierte sich mit den Daumen beide Schläfen. »Wir dürfen uns nicht in Sicherheit wiegen. Es kann jederzeit wieder losgehen. Die Brände haben die Stabilität der Stollen massiv beeinträchtigt. Ihr habt ja alle die verbogenen Stahlträger gesehen. Da reicht es dann schon, dass dieser irre Nash um sich schießt, und es kommt zur Katastrophe.«
Der Anführer der drei ??? tippte demonstrativ auf den Plan: »Konzentrieren wir uns darauf, wie wir hier rauskommen.«
»Hier, Just!« Peter zeigte auf die erste Verzweigung auf ihrem Fluchtweg. »Dort sind wir nach links und später geradeaus.«
»Nicht geradeaus!«, behauptete Bob. »Da war diese riesige Pfütze, ich bin voll reingetreten, deshalb erinnere ich mich noch genau. Wir sind an der Stelle wieder nach links.«
Sie diskutierten noch eine Weile weiter, bis alle übereinstimmten, ihre aktuelle Position gefunden zu haben. Von dort aus war es zumindest theoretisch mithilfe des Plans leicht, den Ausstieg aus dem Bergwerk zu finden.
Sie fassten neuen Mut und marschierten los. Die Strahlen der verbliebenen Taschenlampen strichen über dunkles Gestein.
»Ich muss mich noch einmal bei euch entschuldigen«, sagte

Amanda Dearing wenig später. »Genau genommen ist all das meine Schuld!«

»Nash hat geschossen«, widersprach Justus. »Er hat den Einsturz ausgelöst.«

Sie verschränkte die Arme vor der Brust. »Und ich habe ihn engagiert! Wenn ich daran denke, dass ich diesem Kerl auch noch die Reise bezahlt habe!« Jedes der Worte bebte vor Zorn.

»Fühlt ihr das auch?«, fragte Peter. »Diese Hitze!«

Im Schein der Lampen waberte frischer Rauch in der Luft. Mit jedem Schritt wurde es wärmer. Die drei ??? und ihre Begleiterin näherten sich einem der unterirdischen Feuer.

Niemand sprach aus, was alle wussten. Wenn sie diesen Weg nicht nehmen konnten, waren sie eingesperrt! Die kleinen Abzweigungen und Seitenstollen in diesem Teil des Bergwerks waren alle Sackgassen.

Ihnen allen trat der Schweiß auf die Stirn, als sie das Feuer mit eigenen Augen entdeckten. Eine der Seitenwände glühte förmlich, vereinzelte Flammen leckten über die Wände. Der Rauch stieg nahezu senkrecht in die Höhe und verschwand dort.

Justus hob seine Taschenlampe. Eine winzige Öffnung im Gestein nahm den Qualm auf. Ein solcher natürlicher Kaminschacht konnte bis an die Oberfläche führen.

Peter starrte mit leicht schräg gehaltenem Kopf ins Feuer. »Seht ihr das? Wir kommen vorbei, wenn wir geschickt vorgehen! Das Feuer brennt vor allem in einer seitlichen Nische.«

Bob war davon ganz und gar nicht überzeugt. »Aber die Flammen schlagen in den gesamten Durchgang!«

»Nur hin und wieder. Zumindest wir drei tragen Grubenanzüge und Helme. Wenn wir vorbeirennen, kann uns eine Flamme auch im ungünstigsten Fall nur kurz streifen. Wir können das schaffen!«

»Nein.« Mrs Dearing schüttelte kaum merklich den Kopf. »Wir können nicht nur, wir *müssen*!«

Die drei ??? warfen sich unbehagliche, aber entschlossene Blicke zu. Sie hatten schon ganz anderes gemeistert!

Peter trat vor. »Ich gehe zuerst, dann seht ihr, dass es ganz leicht ist.«

Bob räusperte sich vernehmlich. »Glaubst du?«

Der Zweite Detektiv zögerte. »Nein. Aber ich gehe trotzdem zuerst.« Ohne ein weiteres Wort zu verlieren, rannte er los, auf das Feuer zu.

Er drückte sich bei dem Spurt fast an die gegenüberliegende Wand. Als die Flammen quer durch den Stollen schlugen, schrie er auf, stoppte aber nicht. Stattdessen sprang er. Die Flamme strich über seinen Grubenanzug. Er spürte nichts davon. Es war, wie wenn man den ausgestreckten Zeigefinger rasch durch die Flamme einer brennenden Kerze zog. War man schnell genug, geschah nichts; war man jedoch zu langsam, wurde es schmerzhaft.

Hinter dem brennenden Bereich blieb er stehen, atmete tief durch und rief seinen Kollegen und Mrs Dearing »Alles in Ordnung« zu.

So weit, so gut. Die Flucht scheint den Freunden tatsächlich zu gelingen. Aber was ist mit Conrad Nash, und vor allem – wird das Rätsel um Adam Reynolds nun für immer im wahrsten Sinne des Wortes »im Dunkeln bleiben«?

Rund um den Schutzraum ist alles eingestürzt, keiner wird noch dorthin vordringen können.
Sollte dieser Fall der drei ??? tatsächlich ungelöst bleiben? Daran mag ich kaum glauben, aber selbst der beste detektivische Spürsinn kann nun wohl nichts mehr ausrichten.

Allen gelang es, die Flammen ohne Zwischenfälle zu durchqueren. Auch der weitere Weg verlief problemlos. Als sie laut der Karte nicht mehr weit von ihrem Ziel entfernt waren, sprach Mrs Dearing aus, was ihr wohl schon die ganze Zeit über auf dem Herzen lag. »Bei alldem tut mir eins besonders leid.«
»Und das wäre?«, fragte Bob.
»Dass ich nun nie das Geheimnis lüften kann, das mein Vater hinterlassen hat.«
Der Erste Detektiv grinste siegessicher. »Aber wieso nicht?«
»Wohin immer er uns führen wollte, es war in dem Schutzcontainer verborgen, oder etwa nicht? Wir können nie mehr zurück.«
»Das müssen wir auch nicht!«
Peter und Bob blieben gleichzeitig stehen. »Was meinst du damit, Just?«, fragte der Dritte Detektiv.
»Ich habe das Rätsel bereits gelöst.« Der Erste Detektiv sagte es in einem Tonfall, als wäre es das Normalste der Welt. »Wisst ihr es denn nicht? *Die Elfen sind die Wahrheit!*«
»Ja klar«, meinte Bob. »Das stand in der Botschaft, aber …«
»Nichts aber! Wir haben die ganze Zeit an irgendwelche Fabelwesen gedacht, aber die gab und gibt es in diesem Bergwerk selbstverständlich nicht. Im Schutzraum allerdings gab es sehr wohl Elfen.«

»Du … du spinnst ja«, entfuhr es Peter.
Justus ging nicht darauf ein. »Aber es waren keine Fabelwesen, sondern eine ganz andere Art von ›Elfen‹. Nämlich Zahlen! Versteht ihr? Elfen! Genau zwei davon.«
»Du hast wirklich etwas entdeckt?«, rief Amanda Dearing fassungslos.
»Ja. In den Regalen gab es zwei Reihen Notpakete. Nummeriert jeweils von eins bis zwanzig. Also gab es auch zwei Pakete mit der Ziffer Elf. Angenommen, Adam Reynolds war dort unten im Schutzraum, und daran zweifle ich nicht, und weiter angenommen, er würde irgendetwas verstecken wollen, wo könnte er das besser tun als ganz offen vor aller Augen?«
Peter pfiff durch die Zähne. »Natürlich! In einem Notpaket, das getrocknete Nahrung und Wasser für den Fall enthält, dass Bergleute in dem Schutzraum eingeschlossen werden. Ein solches Paket wird Wochen und Monate, vielleicht sogar Jahre lang liegen bleiben, ohne dass jemand es anrührt. Adam Reynolds wollte irgendwann zurückkommen und sich wiederholen, was er versteckt hatte. Nur machte ihm erst seine Verhaftung und danach das Feuer einen gehörigen Strich durch die Rechnung.«
Justus deutete triumphierend auf seinen Rucksack. »Genau so ist es, Kollege. Ich habe die beiden Notpakete mit der Nummer elf eingesteckt. Sobald wir in Sicherheit sind, können wir uns anschauen, was Adam Reynolds in der Nacht seiner Verhaftung so gut versteckt hat, dass es so viele Jahre niemand gefunden hat …«

Was damals in der Finsternis geschah

Als sie den senkrechten Schacht erreichten, wartete etwas auf sie, das sie zunächst für eine böse Überraschung hielten. Als sie näher herangingen, erkannten sie jedoch, dass sie so böse gar nicht war.

Conrad Nash war die Flucht nicht ganz gelungen. Er hatte einen anderen Weg gewählt als die drei ??? und war sogar vor ihnen am Fuß des Ausstiegs angekommen. Aber auf seiner Route waren hinter ihm nach und nach die Stollen eingestürzt! Erst zehn Meter vor der Sprossenleiter war das Gestein zur Ruhe gekommen.

Zu seinem Glück war Nash nur halb von kleinerem Geröll begraben worden. Aus eigener Kraft konnte er sich nicht befreien, sein rechtes Bein war gebrochen. Seine Waffe lag unter dem Schutt, unerreichbar für ihn. Die Taschenlampe war zerbrochen, er hatte zuletzt in völliger Dunkelheit gelegen.

»Das war knapp«, sagte Peter. »Was da alles runtergekommen ist! Wenn das noch bis zum Fuß der Sprossenleiter so weitergegangen wäre ... Wer weiß, wie wir dann rausgekommen wären.«

Den drei ??? und ihrer Begleiterin gelang es zwar, Nash freizulegen, doch mit seinem gebrochenen Bein konnte er unmöglich die Trittstufen hinaufsteigen. Huckepack nehmen konnte ihn selbst Peter nicht, dafür war Conrad Nash zu schwer.

»Da bleibt nur eins«, entschied Justus. »Wir werden so schnell wie möglich einen Rettungsdienst organisieren, wenn wir oben sind. Zu Ihrem Glück haben wir Handys dabei, Mr Nash, und die funktionieren in Centralia meistens ziemlich gut, obwohl wir im abbruchreifen Hotel das Gegenteil behauptet haben, um Sie zu täuschen. Ach ja, und die Polizei wird ebenfalls hier auftauchen.«

Nash war einverstanden. Was blieb ihm auch anderes übrig? Er betonte, dass alles besser wäre als die Angst, die ihn in seiner Hilflosigkeit inmitten der Schwärze geplagt hatte.

Eine Viertelstunde später konnten die drei ??? ihre Schutzmasken endlich abnehmen. Justus wählte die Nummer des Ex-Kommissars, und Samuel Reynolds versprach, sofort alles Nötige zu organisieren.

Der Rettungswagen hielt so nahe wie möglich. Zwei Männer schleppten Seile und eine Tragevorrichtung Richtung Kaue. Dem Polizeiwagen, der wenig später angefahren kam, entstieg zuerst Samuel Reynolds. Ihm folgten zwei Polizisten in Uniform, die sich auf ganz andere Art als die Rettungskräfte um den verletzten Conrad Nash kümmern würden.

Reynolds hingegen eilte zu den drei ???. »Ihr habt den Fall also wieder einmal gelöst!«

»Noch nicht ganz!« Justus zog seinen Rucksack ab. »Wir haben extra auf Sie gewartet. Sie sollen dabei sein, wenn wir das Vermächtnis Ihres Bruders nach einem halben Jahrhundert ans Licht bringen.« Er holte die beiden mit »11« beschrifteten Notfallpakete heraus.

»Warte noch einen Augenblick«, bat Samuel Reynolds. »Meine Nichte soll ebenfalls dabei sein. Sie hat es sich verdient, auch wenn sie zunächst nicht ganz den richtigen Weg gewählt hatte.

Dass sie sich zuletzt gegen Nash und seine rabiaten Methoden entschieden hat, spricht für sie.«
Amanda Dearing hatte Mr Reynolds letzte Worte gehört. Mit gesenktem Kopf trat sie zu ihnen. »Werden …« Sie zögerte. »Wirst du mich anzeigen?«
»Nicht, wenn es sich vermeiden lässt«, stellte Reynolds sofort klar. »Ich bedauere zutiefst, dass wir uns nie kennengelernt haben. Immerhin bist du meine Nichte.«
»Und du bist Onkel Samuel, von dem ich fast nie etwas gehört habe.«
»Ein Familientreffen hat ja durchaus etwas für sich«, meldete sich Bob zu Wort. »Aber bin ich der Einzige, der jetzt endlich wissen will, was in diesen verflixten Paketen steckt? Und was damals in der Finsternis wirklich geschehen ist?«
»Ganz sicher nicht!« Justus öffnete das erste Paket, indem er die Verschlussknöpfe drehte und dann den Deckel abhob. Zum Vorschein kam …
»Haufenweise Geld!«, rief Peter begeistert. »Guckt euch die Bündel an! Das muss die Beute aus dem damaligen Bankraub sein!«
Justus legte die Scheine beiseite. »Da ist noch mehr!« Mit diesen Worten zog er einen dicken, vergilbten Briefumschlag heraus. Darauf stand in geschwungener Handschrift eine eindeutige Botschaft: *Der wahre Schatz*.
Der Erste Detektiv reichte den Umschlag an Samuel Reynolds weiter, der wohl als der eigentliche Adressat gelten konnte.
Dieser musterte kurz den Schriftzug. »Es ist die Handschrift meines Bruders.« Mit fahrigen Bewegungen riss er den Umschlag auf.

Zum Vorschein kamen Briefe. Reynolds las kurz hinein und hob dann verwirrt den Blick. »Das sind die Liebesbriefe, die sich mein Bruder und seine Frau geschrieben haben.«

Eine Stunde später saßen sie zu fünft im engen Hotelzimmer der drei ??? und quetschten sich auf die Betten. Alle hatten die höchst ungewöhnliche Lektüre der Briefe beendet.

»Es ergibt sich ein klares Bild«, zog Justus ein Resümee: »Adam Reynolds hat die Bank überfallen – und sein Komplize war niemand anders als seine Frau, die junge Lehrerin, die so ehrbar schien.«

»Meine Mutter«, sagte Amanda Dearing leise.

In den Briefen hatten die beiden Diebe festgehalten, wie sie den großen Coup durchführen wollten. Ihre Planung hatten sie geschickt zwischen Liebesbotschaften versteckt und es später wohl nicht übers Herz gebracht, die Briefe einfach zu vernichten. Nach seiner Flucht hatte Adam die Briefe deswegen zusammen mit der Beute versteckt.

»Mein Vater wurde verhaftet«, sagte Amanda Dearing, »und büßte im Gefängnis, während meine Mutter nie enttarnt worden ist. Vater hat all die Jahre geschwiegen und sie nie verraten, obwohl ihm für diesen Fall Strafminderung angeboten worden war.«

»Kein Wunder, dass er danach zu ihr zurückkehrte«, kommentierte Bob. »Er muss sie wirklich geliebt haben.«

Amanda nickte. »Und sie ihn. Sie hat mir von ihren gegenseitigen Liebesbriefen sogar einmal erzählt, als ich noch ein Kind war. Mein Vater hat die Briefe seinen wahren Schatz genannt … genau wie es auf dem Umschlag steht. Mutter hat

mir sogar erzählt, dass Vater sie dabeihatte, als er den Bankraub begangen hat. Für den Fall, dass etwas schiefging und er nicht mehr nach Hause zurückkehren konnte, wollte er sie bei sich haben, hat meine Mutter gesagt, so verräterisch sie auch waren. Aber erst jetzt verstehe ich das so richtig. Im Fall der Fälle hätten sie ihre Wohnung tatsächlich aufgegeben müssen, denn Mutter war damals bei dem Raub auch mit dabei. Aber das hat sie mir natürlich nie erzählt.«
»Aus gutem Grund«, sagte Justus. »Haben Sie von der Beute gewusst?«
»Natürlich. Vater hat stets gesagt, dass sie irgendwo versteckt liegt und dass niemand sie jemals finden würde. Als er aus dem Gefängnis entlassen wurde, wollte er sie zunächst holen, aber er ist zurückgekommen und hat gemeint, dass das im Moment nicht möglich wäre. Nun wissen wir, warum.«
»Das Feuer hat im Bergwerk rund um den Schutzcontainer gewütet.«
Sie nickte. »Später hat er dann kein Interesse mehr an dem Geld gehabt. Es hätte ihm zu viele Jahre seines Lebens geraubt, hat er gesagt, und dass er ohne das Geld glücklicher gewesen wäre. Er hätte schließlich alles, was er bräuchte – seine Freiheit und seine Familie.«
Samuel Reynolds rieb sich über die Bartstoppeln am Kinn. »Das klingt sehr vernünftig und gar nicht nach Adam.«
»Du hast ihn nicht gekannt!«, widersprach seine Nichte. Ihr Onkel hatte bereits versichert, in ihrem Fall auf eine Anklage zu verzichten. Conrad Nash allerdings war zu weit gegangen und würde sich verantworten müssen.
»Als Mutter gestorben ist, hat sie als Letztes zu mir gesagt, dass

nun, nach ihrem Tod, unser aller Gewissen erleichtert werden würde, weil zumindest Adams Bruder die Wahrheit erfahren konnte: du, Samuel. Aber er wollte es dir nicht leicht machen. Du solltest das nur herausbekommen, wenn es dir etwas wert wäre.«

Justus grinste zufrieden. »Das hat Mr Reynolds bewiesen, indem er die drei ??? engagiert hat!«

»Ich wusste eben, dass ich mich auf euch verlassen kann, Justus!«

Amanda schloss die Augen. Die nächsten Worte schienen ihr schwerzufallen. »Mein Fehler bestand darin, dass ich das Geld für mich selbst wollte. Also habe ich mich an Nash gewandt, der mir helfen sollte. Zunächst wollten wir dir, Samuel, die Botschaft stehlen. Ich habe zu spät begriffen, dass Nash die völlig falschen Mittel angewendet hat. Als ihm dann gedämmert hat, dass es um die damalige Beute ging, hat er endgültig alle Skrupel verloren.«

»Du siehst, wohin es geführt hat!« Reynolds schüttelte den Kopf. »Er hätte euch alle fast umgebracht und er selbst liegt nun im Krankenhaus. Von dort aus wird es für ihn direkt ins Gefängnis gehen.«

Peter verschränkte die Hände hinter dem Kopf. »Damit wäre alles geklärt. Bob, wieder ein Fall, den du zu den Akten legen kannst!«

»Nicht so schnell«, dämpfte Justus seinen Optimismus. »Eins ist mir immer noch nicht klar. Wie haben Sie herausgefunden, dass Sie in die Tiefe steigen müssen, Mrs Dearing? Und Nash ebenfalls?«

»Für meinen Fall kann ich dir eine einfache Erklärung liefern«, versicherte Amanda. »Der Stadtforscher Logan Bennett hat mir brühwarm mitgeteilt, was ihr herausgefunden habt.«

»Aber er hatte uns versprochen zu schweigen!«

»Tja. Ich hatte ihm schon vorher während meines Besuches eine Menge Geld versprochen, wenn er das Rätsel des wahren Zentrums doch noch knacken kann. Das war ihm wohl mehr wert als das Versprechen, das er euch gegeben hat. Und was Nash angeht … nun, ich fürchte, er hat mich beobachtet und ich habe ihn direkt in die Tiefe geführt.«

Justus seufzte. »Kollegen, da waren wir wohl einfach zu gutgläubig.«

Dem widersprach niemand. Eine Weile schwiegen alle, dann ergriff Samuel Reynolds das Wort. »Und das ist gar nicht so übel, Justus. Denn Schurken gibt es ohnehin schon an jeder Ecke …«